ADMINISTRATION

GÉNÉRALE

DES HOPITAUX ET HOSPICES CIVILS
DE PARIS.

TABLE

ALPHABÉTIQUE, CHRONOLOGIQUE
ET ANALYTIQUE

DES RÈGLEMENS

Relatifs à l'Administration générale des Hôpitaux,
Hospices, Enfans-Trouvés et Secours de la Ville
de Paris.

A PARIS,

DE L'IMPRIMERIE DE MADAME HUZARD
(née Vallat la Chapelle),
Imprimeur des Hospices civils, rue de l'Eperon, n°. 7.

1815.

ERRATA.

Page 13, ligne 25, 3 août 1799 : *lisez* 4 juillet 1799.
Page 15, ligne 14 , 1795 : *lisez* 1796.
Page 20, ligne 11, 28 mai 1801 : *lisez* 8 mai 1801.
Page 24, ligne 14 , 1803 : *lisez* 1801.
Page 28, ligne 20 , 28 octobre : *lisez* 26 octobre.
Page 29, ligne 9 , 1803 : *lisez* 1805.
Page 33 , ligne 6 : *aujoutez* *.
Page 35 , ligne 8, 27 septembre : *lisez* 28 septembre.
Page 38 , ligne 22 , 14 juillet : *lisez* 24 juillet.
Page 39 , ligne 17 , 1513 : *lisez* 1512.
Page 46 , ligne 20, 6 octobre : *lisez* 6 novembre.
Page 47 , ligne 2, 28 mai : *lisez* 28 mars.
Page 47 , ligne 22 , 1802 : *lisez* 1803.
Page 58 , ligne 12 : *ajoutez* *.
Page 59 , ligne 12 , 12 avril : *lisez* 19 avril.
Page 59 , ligne 16 , 4 janvier : *lisez* 14 janvier.
Page 63 , ligne 28 , 27 octobre : *lisez* 27 novembre.
Page 69 , ligne 14 : *ajoutez* *.
Page 71 , ligne 14 , 1812 : *lisez* 1802.
Page 73 , ligne 5 : *ajoutez* *.
Page 73 , ligne 10 , 358 : *lisez* 361.
Page 74 , ligne 2, 1792 : *lisez* 1793.
Page 74 , ligne 6 , Caisse : *lisez* Caisses.
Page 80 , ligne 12, 29 janvier : *lisez* 23 janvier.
Page 82 , ligne 9 , 28 mai : *lisez* 8 mai.
Page 83 , ligne 27 : *ajoutez* *.
Page 86 , ligne 16 , 12 avril : *lisez* 19 avril.
Page 86 , ligne 20 , 28 mai : *lisez* 8 mai.
Page 87 , ligne 20 : *ajoutez* *.
Page 87 , ligne 26 , 71 : *lisez* 171.
Page 96 , ligne 19 , 1643 : *lisez* 1645.
Page 99, ligne 6 , 1803 : *lisez* 1805.
Page 101 , ligne 3, 14 juillet : *lisez* 14 janvier.
Page 101 , ligne 23 , 7 septembre : *lisez* 7 octobre.
Page 111 , ligne 23 : *ajoutez* *.
Page 116 , ligne 1 , 27 août : *lisez* 25 août.
Page 117 , ligne 9 , 7 septembre : *lisez* 7 novembre.

Page 117, ligne 19 : *ajoutez* *.
Page 119, ligne 14, 4 juillet : *lisez* 4 janvier.
Page 122, ligne 17, 29 septembre : *lisez* 27 novembre.
Page 126, ligne 2, 3147 : *lisez* 1473.
Page 128, ligne 7, 1813 : *lisez* 1803.
Page 130, ligne 13, 31 mai : *lisez* 8 juin.
Page 132, ligne 25 : *ajoutez* *.
Page 139, ligne 13, 7 novembre : *lisez* 17 décembre.
Page 144, ligne 8, 875 : *lisez* 879.
Page 150, ligne 18, 1151 : *lisez* 1161.
Page 153, ligne 16, 18 avril : *lisez* 8 avril.
Page 154, ligne 22, 31 mai 1803 : *lisez* 8 juin 1802.
Page 155, ligne 25, 1828 : *lisez* 1838.
Page 158, ligne 5, 20 avril : *lisez* 30 avril.
Page 159, ligne 14 : *ajoutez* *.
Page 159, ligne 28, 3 février : *lisez* 15 février.
Page 160, ligne 21, 13 mai : *lisez* 11 mai.
Page 161, ligne 12, 689 : *lisez* 789.
Page 161, ligne 15, 14 décembre : *lisez* 4 décembre.
Page 163, ligne 20, 12 avril : *lisez* 19 avril.
Page 163, ligne 22, 218 : *lisez* 247.
Page 163, ligne 24, 18 floréal : *lisez* 8 prairial.
Page 168, ligne 5, 831 : *lisez* 851.
Page 168, ligne 27 : *ajoutez* *.
Page 170, ligne 10, 5 août : *lisez* 4 juillet.
Page 172, ligne 20 : *ajoutez* *.
Page 187, ligne 10, 20 octobre : *lisez* 24 octobre.
Page 189, ligne 6, 1803 : *lisez* 1805.
Page 198, ligne 8, 575 : *lisez* 675.
Page 199, ligne 17, 28 mai : *lisez* 28 avril.
Page 201, ligne 25, 1800 : *lisez* 1801.
Page 206, ligne 23, 1061 : *lisez* 1245.
Page 206, ligne 26, 13 décembre : *lisez* 3 décembre.
Page 208, ligne 2, 1803 : *lisez* 1805.
Page 213, ligne 1, 12 mars : *lisez* 13 mars.
Page 213, ligne 11, 564 : *lisez* 561.
Page 215, ligne 14, 12 mars : *lisez* 15 mars.
Page 230, ligne 2, 28 octobre : *lisez* 2 octobre.
Page 231, ligne 8, 1592 : *lisez* 1591.

Page 231, ligne 27, 28 mai : *lisez* 8 mai.

Page 232, ligne 17, 2763 : *lisez* 1763.

Page 233, ligne 9 : *ajoutez* *.

Page 241, ligne 17, 16 mai : *lisez* 16 maas.

Page 243, ligne 18 : *ajoutez* *.

Page 247, ligne 12, 1813 : *lisez* 1803.

Page 261, ligne 18, 9 juillet : *lisez* 27 juillet.

Page 262, ligne 22 : *ajoutez* *.

Page 264, ligne 8, 16 octobre : *lisez* 26 octobre.

Page 268, ligne 12, 28 mai : *lisez* 8 mai.

Page 272, ligne 18, 16 février : *lisez* 29 janvier.

Page 276, ligne 5, 564 : *lisez* 364.

Page 283, ligne 16, 28 mai : *lisez* 8 mai.

Page 284, ligne 10 : *ajoutez* *.

Page 285, ligne 1, 7 septembre : *lisez* 7 octobre.

Page 285, ligne 26, 27 août : *lisez* 27 avril.

Page 293, ligne 17, 15 septembre : *lisez* 25 septembre.

Page 296, ligne 2, 23 septembre : *lisez* 28 septembre.

Page 297, ligne 15, 15 mars : *lisez* 5 mars.

Page 299, ligne 6, 28 mai : *lisez* 8 mai.

Page 300, ligne 8, 1787 : *lisez* 1987.

Page 303, ligne 23 : *ajoutez* *.

Page 304, ligne 6, 332 : *lisez* 322.

Page 310, ligne 26, 12 avril : *lisez* 19 avril.

Page 311, ligne 3, 18 floréal : *lisez* 8 prairial.

Page 314, ligne 12, 1ᵉʳ. complémentaire an XIII (18 septembre 1803) : *lisez* 15 brumaire an XIV (6 novembre 1805).

Page 317, ligne 20, 2 octobre : *lisez* 12 octobre.

Page 320, ligne 6 : *ajoutez* *.

Page 326, ligne 15, 13 mai : *lisez* 3 mai.

Page 328, ligne 9, 1667 : *lisez* 1789.

Page 332, ligne 4 : *ajoutez* *.

Page 332, ligne 9 : *ajoutez* *.

Page 332, ligne 14 : *ajoutez* *.

Page 337, ligne 2, 1405 : *lisez* 1435.

Page 339, ligne 19, 385 : *lisez* 585.

ÉCLAIRCISSEMENS

PRÉLIMINAIRES.

Le manuscrit auquel on renvoie dans le cours de cette table, est une collection de règlemens (2 volumes in-4°.) déposés sur le bureau du Conseil général d'Administration.

Ce manuscrit ne contient que les règlemens faits antérieurement au 31 octobre 1812, et la table ci-jointe renferme l'analyse de tous les règlemens jusqu'au 1ᵉʳ. janvier 1815.

Les cartons indiqués dans le cours de ce travail, sont déposés au secrétariat où les recherches ont été faites. Le numéro des pièces a été conservé soigneusement pour faciliter les recherches. On doit observer qu'au commencement de chaque année on renouvelle la série des numéros d'enregistrement.

Pour la transcription des Arrêtés du Conseil, il est tenu chaque année au secrétariat un registre par ordres de date et de numéros. *La série des numéros n'a pas été changée depuis l'an IX, époque de la création du Conseil.*

Un exemplaire du Bulletin des Lois *est déposé dans le bureau du secrétariat de l'Administration.*

Peu de temps après la création du Conseil, il a été dressé un recueil des lois en ce qui regarde l'Administration des Hospices. Cet ouvrage est déposé sur le bureau du Conseil.

Par ordre du Ministre, toutes les instructions et circulaires du Ministère sont imprimées, et forment chaque année un ou plusieurs volumes.

ABRÉVIATIONS
EMPLOYÉES DANS CETTE TABLE.

M	*signifie*	Manuscrit page . . . .
*	—	non portés sur le manuscrit.
c.	—	carton.
intit.	—	intitulé.
reg.	—	registre.
nº.	—	numéro.
p.	—	page.
t.	—	tome.

TABLE

ALPHABÉTIQUE, CHRONOLOGIQUE
ET ANALYTIQUE

DES RÈGLEMENS

*Relatifs à l'Administration générale des Hôpi-
taux, Hospices et Secours de la ville de
Paris.*

A.

ABONNEMENS. — DÉCISION du Ministre de
l'intérieur, du 9 mai 1809, qui autorise à
consentir des abonnemens pour tenir lieu du
droit des pauvres sur les spectacles, aux entrepreneurs des lieux de divertissemens publics. M. 1669, c. 59, int. *Spectacles*, n°. 103.

— LETTRE du préfet de la Seine, du 20 juin 1809,
qui fixe l'époque à laquelle doit être exécutée
la décision du Ministre de l'intérieur du 9 mai
précédent. M. 1679, c. 59, int. *Spectacles*,
n°. 112.

ACCOUCHEMENS. — RÈGLEMENT du 4 ventôse

an X (23 février 1802), sur le service des accouchemens à la Maternité. M. 688, imprimé, et se trouve dans le carton 46, intit. *Service de santé.*

— Arrêté du Ministre de l'intérieur, du 11 messidor an X (30 juin 1802), sur le service des accouchemens à l'hospice de la Maternité. M. 649, imprimé, un exemplaire est déposé dans le carton 11, intit. *Maternité.*

— Lettre du préfet de la Seine, du 11 septembre 1812, qui annonce que le *Mémorial de madame* Boivin, *sur l'art des Accouchemens*, fera partie des livres distribués aux élèves sages-femmes de la Maison d'Accouchement. M. 2061, int. c. 11, *Maternité*, n°. 172.

ACCOUCHEMENT (Maison de l'). — Arrêté du Ministre de l'intérieur, du 18 vendémiaire an X (10 octobre 1801), sur l'admission des femmes enceintes à la Maison d'Accouchement. M. 333, imprimé, *Règlement sur les Admissions.*

— Code spécial de la Maternité, en date des 14 et 16 pluviôse an X (3 et 5 février 1802), traitant : *De la réception des femmes grosses à la Maternité.* M. 418. — *Du traitement des femmes pendant leurs couches.* M. 419. — *De la police particulière de la Maison d'Accouchement.* M. 455, imprimé.

— Arrêté du Conseil général des Hospices,
du 14 janvier 1807, qui ordonne que les dépenses de la Maison d'Accouchement seront
distinctes des dépenses de la Maison d'Allaitement. M. 1439, reg. des arrêtés du Conseil,
t. 8, n°. 4515, p. 30.

— Arrêté du Ministre de l'intérieur, du 17 janvier 1807, portant règlement sur l'École d'Accouchement. M. 1447, c. 11, int. *Maternité*,
n°. 77.

— Arrêté du Ministre de l'intérieur, du 8 novembre 1810, portant règlement général pour
l'École d'Accouchement. M. 1801, imprimé,
un exemplaire est déposé dans le carton 11,
int. *Maternité*, n°. 262.

— Arrêté du Conseil général des Hospices, du
26 juin 1811, faisant suite au règlement précédent sur l'École d'Accouchement. M. 1933, imprimé et inséré aux reg. des arrêtés du Conseil,
t. 12, n°. 10747, p. 462.

— Arrêté du conseil général des Hospices,
29 juin 1814, portant que le service de la
Maison d'Accouchement sera distinct et séparé
du service de la Maison d'Allaitement, qui à
l'avenir portera le nom d'*Hospice des Enfans-
Trouvés*, et que dans chaque maison il y aura
un agent de surveillance. * Reg. des arrêtés du
Conseil, t. 15, n°. 15221, p. 396.

ACQUÉREURS DE BIENS NATIONAUX. —
Arrêté des Consuls, du 23 floréal an XI
(13 mai 1803), qui charge les acquéreurs
des biens nationaux de payer lés frais de timbre
et d'enregistrement relatifs à leurs acquisitions.
M. 807, *Bulletin des lois* 282, n°. 2778,
p. 427, 3ᵉ. série.

ACQUÉREURS DE BIENS RÉVÉLÉS. — Avis
du Conseil d'État, du 11 janvier 1811, relatif
à des difficultés élevées entre la régie des domaines et les acquéreurs de biens révélés.
M. 1901, *Bulletin des lois* 345, n°. 6465,
p. 52, 4ᵉ. série.

ACQUÉREURS DE MAISONS URBAINES. —
Arrêté du Conseil général des Hospices, du
30 décembre 1807, portant fixation du prix
des plans des maisons mises en vente, à payer
par les acquéreurs. M. 1543, reg. des arrêtés du Conseil, t. 8, n°. 5810, p. 711.

— Arrêté du Conseil général des Hospices, du
20 novembre 1811, portant qu'il pourra être
donné aux acquéreurs des maisons des Hospices, communication des titres des propriétés
par eux acquises. M. 1983, reg. des arrêtés
du Conseil, t. 12, n°. 11269, p. 867.

ACTES. — Arrêté du Conseil général des Hospices, du 7 mai 1806, qui autorise le membre

de la Commission administrative chargé des domaines, à lever chez les notaires tous les actes nécessaires à l'administration, qui ne se trouveront point aux archives des Hospices. M. 1343, reg. des arrêtés du Conseil, t. 7, n°. 3571, p. 292.

ACTES DE DÉCÈS. — Circulaire du Ministre de l'intérieur, du 31 octobre 1808, portant que les actes de décès des personnes décédées dans les Hôpitaux et Hospices, doivent être dressés par l'officier civil. * Circulaire du ministre de l'intérieur, t. 8, p. 371.

ACTES DE L'ADMINISTRATION. — Arrêté du Conseil général des Hospices, du 10 brumaire an XII (2 novembre 1803), qui charge le secrétaire général de signer toutes les expéditions des arrêtés et autres actes de l'administration. M. 901, reg. des arrêtés du Conseil, t. 4, n°. 1863, p. 76.

ACTES DES AUTORITÉS ADMINISTRATIVES. — Avis du Conseil d'État, du 4 août 1807, sur l'expédition des actes émanés des autorités administratives. M. 1507. *Bulletin des lois* 156, n°. 2677, p. 29, 4ᵉ. série.

ACTES DU GOUVERNEMENT. — Arrêté du Ministre de l'intérieur, du 8 prairial an X (28 mai 1802), portant que les actes du Gou-

vernemént seront transmis à l'administration
des Hospices par le préfet de la Seine. M. 621,
c. 31, int. *Règlemens généraux*, et inséré
aux registres des arrêtés du Conseil, t. 2,
p. 222.

ACTES JUDICIAIRES. — ARRÊTÉ du Conseil
général des Hospices, du 20 fructidor an XI
(7 septembre 1803), portant que tous les actes
soit contentieux, soit volontaires, qui appar-
tiennent à sa juridiction, seront signés par le
préfet de la Seine. M. 857, reg. des arrêtés
du Conseil, t. 3, n°. 1674, p. 465.

— ARRÊTÉ du Conseil général des Hospices, du
14 nivôse an XII (5 janvier 1804), qui fixe
le tarif des droits à payer à l'huissier de l'administration pour frais d'actes. M. 921, reg.
des arrêtés du Conseil, t. 4, n°. 2002,
p. 159.

ADJOINTS-MAIRES. — ARRÊTÉ du Ministre
de l'intérieur, du 12 août 1813, qui nomme
les adjoints-maires, membres nés du bureau
de bienfaisance de l'arrondissement municipal
auquel ils sont attachés. * imprimé et se trouve
c. 48, int. *Agence des secours*.

ADJUDICATAIRES DE MAISONS. — ARRÊTÉ
du Conseil général des Hospices, du 5 juillet
1809, qui fixe le prix des plans à payer par les

adjudicataires de maisons urbaines. M. 1693, reg. 10, n°. 7964, p. 515.

ADJUDICATION DES DOMAINES NATIO-NAUX. — EXTRAIT de la loi du 10 juillet 1791, sur les conditions exigées pour être admis à enchérir les domaines nationaux. M. 61, recueil de lois, t. 3, p. 377.

ADJUDICATIONS DE BAUX. — ARRÊTÉ du Conseil général des Hospices, du 28 mai 1806, relatif aux adjudications des baux à ferme ou à loyer des biens des Hospices. M. 1349, reg. des arrêtés du Conseil, t. 7, n°. 5662, p. 354.

— DÉCRET impérial, du 12 août 1807, portant que les baux à ferme des Hospices seront adjugés aux enchères par-devant un notaire, et confirmés par le préfet de la Seine. M. 1501, *Bulletin des lois* 155, n°. 2655, p. 2, 4ᵉ. série.

ADJUDICATIONS DE FOURNITURES. — LETTRE du préfet de la Seine, du 23 septembre 1807, relative au mode d'adjudication au rabais pour les fournitures à faire aux Hospices et Hôpitaux. M. 1513, c. 34, int. *Préfet de la Seine*, n°. 195.

ADMINISTRATION DES HOSPICES. — LOI du 16 messidor an VII (3 août 1799), qui règle les attributions de l'administration des

Hospices de Paris. M. 211, *Bulletin des lois*, 293, n°. 3112, 2ᵉ. série, t. 8.

— Arrêté du Ministre de l'intérieur, du 8 prairial an X (28 mai 1802), qui fixe le mode de correspondance de l'administration des Hospices de Paris avec les autorités supérieures. M. 621 , c. 31 , int. *Règlemens généraux*, n°. 2255.

— Arrêté du Ministre de l'intérieur, du 6 fructidor an XI (24 août 1803), portant nouvelle organisation des bureaux de l'administration. M. 845, imprimé et inséré aux reg. des arrêtés du Conseil, t. 3, p. 449.

— Organisation de l'administration générale des Hospices, et attributions de chacune des divisions, adoptées par le Conseil en sa séance du 15 brumaire an XIV (6 novembre 1805), M. 1245, imprimée et insérée reg. 6, n°. 3026, p. 133.

ADMINISTRATION FORESTIERE. — Loi du 29 septembre 1791, concernant les bois soumis au régime forestier. M. 75, collection des lois, t. 4, p. 290.

ADMINISTRATIONS CHARITABLES. — Décret du 7 germinal an XIII (28 mars 1805), qui fixe les règles à suivre pour le renouvelle-

ment des administrations charitables. M. 1109,
c. 31, int. *Règlemens généraux*, n°. 145.

— Instruction du Ministre de l'intérieur, du 15
thermidor an XIII (3 août 1805), relative au
renouvellement des membres des administrations charitables. M. 1191, c. 31, int. *Règlemens généraux*, n°. 214.

— Lettre du préfet de la Seine, du 24 thermidor an XIII (12 août 1805), sur le renouvellement des administrations charitables.
M. 1195, c. 31, int. *Règlemens généraux*,
n°. 214.

ADMINISTRATIONS MUNICIPALES. — Loi
du 16 vendémiaire an V (7 octobre 1795), qui
donne aux administrations municipales la surveillance des Hospices civils. M. 171, *Bulletin
des lois* 81, n°. 753, 2e. série.

ADMISSION DES FOLLES A LA SALPÊ-
TRIÈRE. — Arrêté du Conseil général des
Hospices, du 24 fructidor an X (11 septembre
1802), qui charge les officiers de santé de la
Salpêtrière de prononcer sur l'admission des
folles qui se présenteront à cet Hospice pour
y être traitées. M. 691, reg. des arrêtés du
Conseil, t. 2, n°. 985, p. 455.

ADMISSIONS. — Arrêté du Conseil général des
Hospices, du 9 floréal an IX (29 avril 1801),

portant qu'il sera établi un registre pour inscrire tous les indigens qui demandent à être
admis dans les Hospices. M. 257, reg. des
arrêtés du Conseil, t. 1, n°. 63, p. 57.

— Arrêté du Ministre de l'intérieur, du 18 vendémiaire an **X** (10 octobre 1801), sur les
formes d'admission dans les Hospices, et les
conditions exigées des indigens qui demandent
leur admission. M. 324, imprimé et inséré à
la fin du reg. 1 des arrêtés du Conseil.

— Arrêté du Conseil général des Hospices, du 4
ventôse an XI (23 février 1803), portant qu'il
ne sera fait aucune admission dans les Hospices,
sans en avoir donné préalablement connois-
sance au Conseil. M. 755, reg. des arrêtés du
Conseil, t. 3, n°. 1517, p. 195.

— Arrêté du Conseil général des Hospices, du
3 messidor an XI (22 juin 1803), relatif aux
admissions dans les Hôpitaux et Hospices.
M. 825, reg. des arrêtés du Conseil, t. 3,
n°. 1543, p. 358.

— Instructions du 26 nivôse an XII (17 janvier
1804), relatives à l'admission des indigens dans
les Hospices. M. 925, imprimées.

— Arrêté du Conseil général des Hospices, du
27 nivôse an XII (18 janvier 1804), relatif

aux demandes en admission adressées par les indigens. M. 931, reg. des arrêtés du Conseil, t. 4, n°. 2020, p. 174.

— ARRÊTÉ du Conseil général des Hospices, du 27 germinal an XIII (17 avril 1805), portant qu'il pourra être admis dans les deux Hospices de Bicêtre et de la Salpêtrière des indigens au-dessous de 70 ans, pourvu qu'ils aient des infirmités incurables. M. 1115, reg. des arrêtés du Conseil, t. 5, n°. 2717, p. 217.

— ARRÊTÉ du Conseil général des Hospices, du 16 prairial an XIII (5 juin 1805), fixant les infirmités qui doivent remplacer l'âge de 70 ans pour être admis dans les Hospices de Bicêtre et de la Salpêtrière. M. 1145, reg. des arrêtés du Conseil, t. 5, n°. 2775, p. 283.

— DÉCRET IMPÉRIAL du 23 juin 1806, portant que les sommes offertes pour l'admission des indigens dans les Hospices, ne devront être acceptées par le préfet de la Seine, qu'autant qu'elles seront au-dessous de 500 francs; au-dessus de cette somme, il faut une autorisation du Gouvernement. M. 1359, *Bulletin des lois* 102, n°. 1676, 4ᵉ. série, p. 261.

— ARRÊTÉ du Conseil général des Hospices, du 30 juillet 1806, portant règlement sur les admissions dans les Hôpitaux. M. 1415, reg. des arrêtés du Conseil, t. 7, n°. 3849, p. 547.

3

— Arrêté du Ministre de l'intérieur du 6 août 1812, qui maintient les règlemens pour les nominations et admissions des indigens dans les Hospices. M. 2057, c. 33, int. *Ministre de l'intérieur*, n°. 160.

— Lettre du préfet de la Seine, du 1er. mars 1814, demandant l'exécution des règlemens sur les admissions dans les Hospices. * C. 12, int. *Bicêtre*, n°. 33.

ADMISSIONS D'URGENCE. — Arrêté du Conseil général des Hospices, du 13 frimaire an X (4 décembre 1801), qui fixe les cas dans lesquels les malades doivent être admis d'urgence dans les Hôpitaux. M. 383, imprimé et inséré fin du registre 1er. des arrêtés du Conseil.

— Arrêté du Conseil général des Hospices, du 9 messidor an X (28 juin 1802), qui enjoint aux officiers de santé des Hôpitaux de spécifier dans leurs bulletins d'admission les faits qui établissent l'urgence. M. 645, reg. des arrêtés du Conseil, t. 2, n°. 816. p. 283.

— Arrêté du Conseil général des Hospices, du 3 messidor an XI (22 juin 1803), relatif aux admissions d'urgence dans les Hôpitaux et Hospices. M. 825, reg. des arrêtés du Conseil, t. 3, n°. 1543, p. 359.

— Arrêté du Conseil général des Hospices , du 3o juillet 1806 , relatif aux admissions d'urgence dans les Hôpitaux. M. 1415 , reg. des arrêtés du Conseil, t. 7 , n°. 3849 , p. 547.

— Arrêté du Conseil général des Hospices, du 1er. septembre 1813 , relatif aux admissions d'urgence à l'Hôtel-Dieu. * Reg. des arrêtés du Conseil général , t. 14 , n°. 13924 , p. 835.

— Délibération du Conseil général des Hospices, du 21 septembre 1814, qui charge les membres de la Commission de donner l'ordre aux agens de surveillance d'envoyer à chaque séance du Conseil l'état nominatif des individus admis d'urgence dans les Hôpitaux pendant le cours de la semaine. * Reg. des arrêtés du Conseil, t. 15 , p. 623.

AFFICHES.—Décret impérial, du 12 août 1807, portant que les affiches annonçant les adjudications des baux des Hospices , seront apposées par-tout où besoin sera , et insérées dans le journal du lieu dans l'étendue duquel les biens sont situés. M. 1501 , *Bulletin des lois* 155 , n°. 2655, p. 2, 4e. série.

AFFICHEUR. — Arrêté du Conseil général des Hospices , du 6 septembre 1809, qui fixe la rétribution à payer à l'afficheur de l'adminis-

3 *

tration. M. 1707 ; reg. des arrêtés du Conseil ;
t. 10, n°. 8242, p. 668.

AGENCE DES SECOURS. — Loi du 19 mars
1793 , qui établit une agence pour la distribution des secours publics. M. 93, Recueil de
lois , t. 6 , p. 465.

— Loi du 28 juin 1793 , sur la formation et les
attributions des agences des secours. M. 113,
Recueil de lois , t.7 , p. 172.

— Arrêté du Ministre de l'intérieur , du 18 floréal an IX (28 mai 1801) , qui établit l'agence
des secours et fixe ses attributions. M. 271,
imprimé.

— Arrêté du Conseil, du 26 vendémiaire an XII
(19 octobre 1803), qui fixe le traitement des
membres de l'agence des secours. M. 889,
reg. des arrêtés du Conseil , t. 4 , n°. 1805,
p. 45.

— Arrêté du Ministre de l'intérieur , du 20 vendémiaire an XIV (12 octobre 1805) , qui réduit à deux les membres de l'agence des secours.
M. 1228, c. 31 , int. *Règlemens généraux ,*
n°. 11.

— Arrêté du Conseil général des Hospices , du
20 janvier 1808 ; qui met 3000 francs à la
disposition de la 4ᵉ. division , pour délivrer aux

indigens des secours dans des cas urgens et
imprévus. M. 1547, reg. des arrêtés du Conseil,
t. 9, n°. 5902, p. 38.

— Lettre du préfet de la Seine, du 21 janvier
1810, qui met les membres de l'agence des
secours au rang des membres de la Commission administrative des Hospices. M. 1739,
c. 59, int. *Spectacles*, n°. 23.

— Arrêté du Conseil général des Hospices, du
16 août 1810, qui donne à l'agence des secours la surveillance du droit des pauvres
sur les spectacles. M. 1787, reg. du Conseil
général, t. 11, n°. 9654, p. 595.

AGENS DE SURVEILLANCE. — Instruction
du Conseil général des Hospices, en date du
6 brumaire an X (28 octobre 1801), sur les
devoirs des agens dans les maisons qui leur sont
respectivement confiées. M. 378, imprimée et
insérée fin du reg. 1er. des arrêtés du Conseil.

— Arrêté du Conseil général des Hospices, du
13 messidor an X (2 juillet 1802), qui enjoint
aux agens de surveillance de rendre compte
de l'exécution des règlemens dans leurs maisons
respectives. M. 655, reg. des arrêtés du Conseil,
t. 2, n°. 856, p. 503.

— Arrêté du Ministre de l'intérieur, du 6 fructidor an XI (24 août 1803), portant qu'il sera

nommé aux places d'agens de surveillance par
le préfet de la Seine, sur la présentation du
Conseil et sous l'approbation du Ministre.
M. 847, imprimé et inséré au reg. des arrêtés
du Conseil, t. 3, p. 449.

— Arrêté du Conseil général des Hospices, du
20 fructidor an XI (7 septembre 1803), portant qu'à l'avenir il y aura dans chaque maison hospitalière un agent et un économe ; ce
même arrêté fixe les attributions des agens et
économes. M. 855, reg. des arrêtés du Conseil,
t. 3, n°. 1674, p. 461.

— Arrêté du Conseil général des Hospices, du
2 complémentaire an XI (19 septembre 1803),
sur la nourriture des agens de surveillance
dans les Hospices. M. 861, reg. des arrêtés du
Conseil, t. 3, n°. 1716, p. 495.

— Arrêté du Conseil général des Hospices, du
27 nivose an XII (18 janvier 1804), qui
charge les agens de surveillance de signer les
feuilles de dégustation des alimens. M. 929, reg.
des arrêtés du Conseil, t. 4, n°. 2019, p. 174.

— Arrêté du Conseil général des Hospices, du
7 germinal an XII (28 mars 1804), qui autorise les agens à signer les extraits des registres
déposés dans leur maison. M. 971, reg. des
arrêtés du Conseil, t. 4, n°. 2133, p. 256.

AGENS DE SURVEILLANCE ET AUTRES EMPLOYÉS. — Arrêté du Conseil général des Hospices, du 16 fructidor an IX (3 septembre 1801), qui leur donne le droit d'habiter avec leur famille dans les Hospices auxquels ils sont attachés. M. 294, imprimé et fin du reg. des arrêtés du Conseil, t. 1.

— Arrêté du Conseil général des Hospices, du 16 ventose an XII (7 mars 1804), portant que toutes les dépenses faites par les agens de surveillance et autres employés, dans leur logement, ne leur seront pas remboursées. M. 955, reg. des arrêtés du Conseil, t. 4, n°. 2093, p. 227.

ALIÉNATION. — Loi du 10 juillet 1791, en forme d'instruction, sur l'aliénation des domaines nationaux. M. 61, Collection des lois, t. 3, p. 377.

— Modèle du procès-verbal d'adjudication pour l'aliénation des propriétés urbaines des Hospices. M. 2233, c. 43, int. *Ventes et aliénations des biens.*

ALIÉNÉS. — Arrêté du Conseil général des Hospices, du 10 juin 1807, sur l'envoi des aliénés indigens à l'Hospice de Bicêtre, par le Bureau central d'admission. M. 1493, reg. des arrêtés du Conseil, t. 8, n°. 5109, p. 517.

ALIÉNÉES. — Arrêté du Conseil général des

Hospices, du 16 frimaire an XIII (7 décembre 1804), qui ordonne le renvoi à la Salpêtrière des aliénées guéries à la maison de Charenton. M. 1057, reg. des arrêtés du Conseil, t. 5, n°. 2556, p. 68.

ALIMENS. — ARRÊTÉ du Conseil, du 27 nivose an XII (18 janvier 1804), portant que les feuilles de dégustation des alimens seront signées par les agens de surveillance. M. 929, reg. des arrêtés du Conseil, t. 4, n°. 2019, p. 174.

ALLAITEMENT (MAISON DE L'). — ARRÊTÉ du Ministre de l'intérieur, du 18 vendémiaire an X (10 octobre 1803), sur la destination de la Maison d'Allaitement. M. 332, imprimé.

— CODE spécial de la Maternité, en date des 14 et 16 pluviôse an X (3 et 5 février 1802), traitant :

— *De la réception des enfans à l'Hospice,* m. 426. — *Des enfans placés à la crèche,* m. 427. — *Du placement des enfans chez des nourrices de la campagne,* m. 432. — *De la layette des enfans placés à la campagne,* m. 441. — *De la police intérieure de la Maison d'Allaitement,* M. 456. Imprimé.

— ARRÊTÉ du Ministre de l'intérieur, du 11 messidor an X (30 juin 1802), relatif au régime des enfans et au service des infirmeries à la

Maison d'Allaitement. M. 653, c. 11, int. *Maternité*, n°. 140.

— ARRÊTÉ du Conseil général des Hospices, du 16 thermidor an X (4 août 1802), sur le régime des enfans et le service de santé à la Maison d'Allaitement. M. 681, reg. des arrêtés du Conseil, t. 2, n°. 913, p. 362.

— ARRÊTÉ du Conseil général des Hospices, du 14 janvier 1807, qui ordonne que les dépenses de la Maison d'Allaitement seront distinctes et séparées de la Maison d'Accouchement. M. 1439, reg. des arrêtés du Conseil, t. 8, n°. 4515, p. 30.

— ARRÊTÉ du Conseil général des Hospices, du 29 juin 1814, portant que le service de la Maison d'Allaitement sera distinct et séparé du service de la Maison d'Accouchement, et portera le nom d'Hospice des Enfans-Trouvés. * Reg. des arrêtés du Conseil, t. 15, n°. 15221, p. 396.

AMENDES. — Loi du 22 juillet 1791, sur les amendes prononcées en police correctionnelle, dont le produit doit être, pour un tiers, employé au soulagement des pauvres. M. 67, Recueil des lois, t. 3, p. 429.

— LETTRE du Ministre de l'intérieur, du 15 messidor an VIII (4 juillet 1800), portant que le produit des amendes sera exclusivement employé à acquitter les mois de nourrice des en-

4

fans abandonnés. * Collection des lettres et instructions du Ministère, t. 3, p. 271.

— Décret du 17 mai 1809, qui fixe la rétribution
accordée aux Communes et aux Hospices sur
les amendes de police municipale, correctionnelle et rurale. M. 1671, c. 59, int. *Rentes
dues aux Hospices*, n°. 142.

AMENDES ET CONFISCATIONS. — Arrêté
des Consuls, du 25 floréal an VIII (15 mai
1800), qui consacre exclusivement au paiement
des mois de nourrice des enfans abandonnés
les portions d'amendes et de confiscations attribuées aux Hospices et Secours. M. 225, *Bulletin des lois 25*, n°. 172, 3°. série.

AMPHITHÉATRES. — Arrêté du préfet de police, du 15 octobre 1813, sur les amphithéâtres
ouverts dans Paris pour l'instruction des élèves
en médecine et en chirurgie. * C. 35, int.
Préfet de Police, n°. 227, imprimé.

ANIMAUX. — Arrêté du Conseil général des
Hospices, du 31 mai 1809, qui défend aux
agens et économes de souffrir dans les Hôpitaux et Hospices, ni chiens, ni lapins, ni ca-
nards, ni autres oiseaux. M. 1677, reg. des
arrêtés du Conseil, t. 10, n°. 7797, p. 418.

ANNEXE DE L'HOTEL-DIEU. — Décision du
Ministre de l'intérieur, du 15 décembre 1808,

portant que les bâtimens de la Pitié serviront
à évacuer une partie des bâtimens de l'Hôtel-
Dieu occupés par des malades. M. 1609,
c. 18, int. *Orphelins*, nᵒˢ. 242 et 243.

APPOINTEMENS. — ARRÊTÉ du Conseil général des Hospices, du 18 avril 1810, relatif aux
états d'appointement des sœurs de charité des
Hospices. M. 1761, reg. des arrêtés du Conseil, t. 11, nᵒ. 9210, p. 283.

APPROVISIONNEMENS. — ARRÊTÉ du Conseil
général des Hospices, du 1ᵉʳ. complémentaire
an XIII (18 septembre 1805), relatif au mode
à suivre pour l'approvisionnement des objets
nécessaires au service des Hôpitaux. M. 1213,
reg. des arrêtés du Conseil, t. 5, nᵒ. 2922 *bis*,
p. 415.

APPROVISIONNEMENS DE LA RÉSERVE.
— ARRÊTÉ du Ministre de l'intérieur, du 9 février 1809, qui charge le conservateur de l'approvisionnement de la réserve de la fourniture
des farines nécessaires à la consommation des
Hôpitaux et Hospices. M. 1641, c. 55, int.
Farines, nᵒ. 35.

— ARRÊTÉ du Ministre de l'intérieur, du 4 juillet 1809, qui charge l'approvisionnement de la
réserve de fournir la farine nécessaire pour la
fabrication du pain des indigens. M. 1689,
c. 48, int. *Agence des Secours*, nᵒ. 135.

ARCHEVÊQUE DE PARIS. — Arrêté du Conseil général des Hospices, du 14 nivôse an XII
(3 janvier 1804), qui donne à M. l'Archevêque
de Paris le droit de nomination à un lit aux Incurables. M. 919, reg. des arrêtés du Conseil,
t. 4, n°. 1994, p. 154.

ARCHITECTES. — Arrêté du Conseil général
des Hospices, du 16 fructidor an IX (3 septembre 1801), portant que deux architectes
seront chargés de la direction des bâtimens des
Hospices. M. 297, imprimé et se trouve fin du
reg. 1er. des arrêtés du Conseil.

— Arrêté du Conseil général des Hospices, du
16 fructidor an IX (3 septembre 1801), qui
fixe les attributions des architectes dans la direction des bâtimens des Hospices. M. 298, imprimé et se trouve fin du reg. 1er. des arrêtés du
Conseil.

— Instruction du Conseil général des Hospices,
du 4 brumaire an X (28 octobre 1801), sur les
devoirs des architectes par rapport à la conservation, l'entretien et l'amélioration des bâtimens des Hospices. M. 378, imprimée et insérée fin du reg. 1er. des arrêtés du Conseil.

— Arrêté du Conseil général des Hospices, du
14 germinal an XII (4 avril 1804), portant nouvelle organisation des architectes de l'Adminis-

tration des Hospices. M. 974, reg. des arrêtés
du Conseil, t. 4, n°. 2137, p. 271.

— ARRÊTÉ du Conseil général des Hospices, du
19 nivôse an XIII (9 janvier 1805), portant
qu'à l'avenir il n'y aura plus qu'un architecte
des Hospices. M. 1063, reg. des arrêtés du
Conseil, t. 5, n°. 2596, p. 101.

— ARRÊTÉ du Ministre de l'intérieur, du 9 germinal an XIII (30 mars 1805), portant qu'il
n'y aura plus pour l'Administration des Hospices qu'un seul architecte, directeur des travaux. M. 1112, c. 45, intit. *Bâtimens et ter-*
rains, n°. 126.

— ARRÊTÉ du Conseil général des Hospices, du
11 février 1806, qui charge les architectes de
dresser les devis descriptifs et estimatifs pour
constructions et réparations. M. 1317, reg. des
arrêtés du Conseil, t. 7, n°. 3325, p. 100.

— ARRÊTÉ du Ministre de l'intérieur, du 10 octobre 1809, portant qu'il n'y aura plus qu'un
seul architecte des Hospices, conformément à
son arrêté du 9 germinal an XIII. M. 1709,
c. 33, intit. *Ministre de l'intérieur,* n°. 167.

ARCHIVES DES HOSPICES. — ARRÊTÉ du
Conseil général des Hospices, du 16 frimaire
an XIII (7 décembre 1804), qui ordonne la
centralisation des archives des Hospices. M.

1059 , reg. des arrêtés du Conseil, t. 5,
n°. 2555, p. 67.

ARMOIRIES, CHIFFRES ET EMBLÊMES. —
Arrêté du Gouvernement provisoire , du
4 avril 1814, qui ordonne la suppression de
tous les emblèmes, chiffres et armoiries, qui
ont caractérisé le règne de *Bonaparte.* * C. 32,
n°. 67, intit. *Gouvernement et Ministres.*

ARPENTAGES. — Arrêté du Conseil général
des Hospices, du 7 janvier 1807, qui autorise
le membre de la Commission chargé des domaines, à faire faire l'arpentage des terres appartenant aux Hospices. M.1437, reg. des arrêtés du Conseil, t. 8, n°. 4486, p. 17.

ARPENTEURS. — Arrêté du Conseil général
des Hospices, du 9 mars 1808, qui autorise
le membre de la Commission chargé des domaines, à choisir les arpenteurs à l'approximité
des biens ruraux qui sont à arpenter. M. 1555,
reg. des arrêtés du Conseil, t. 9, n°. 6076,
p. 154.

ARRÊTÉS DU CONSEIL DES HOSPICES. —
Arrêté du Ministre de l'intérieur, du 8 prairial an X (28 mai 1802), qui charge le secrétaire général de l'Administration des Hospices
de présenter au *visa* de M. le préfet de la
Seine tous les arrêtés du Conseil général des

Hospices. M. 622. c. 31, int. *Règlemens géné-*
raux, et inséré aux registres des arrêtés du
Conseil, t. 2, p. 222.

— Arrêté du Conseil général des Hospices, du
20 fructidor an XI (7 septembre 1803), relatif à l'envoi des arrêtés dudit Conseil aux
divisions de l'Administration chargées de l'exécution. M. 856, reg. des arrêtés du Conseil,
t. 3, n°. 1674, p. 461.

— Arrêté du Conseil général des Hospices, du
10 brumaire an XII (2 novembre 1803), qui
charge le secrétaire général de signer toutes
les expéditions des arrêtés du Conseil général.
M. 901, reg. des arrêtés du Conseil, t. 4,
n°. 1863, p. 76.

ARRÊTÉS DU MINISTRE DE L'INTÉRIEUR.

— Arrêté du Ministre de l'intérieur, du 8 prairial an X (28 mai 1802), qui prescrit le mode
d'envoi et d'exécution des arrêtés du Ministre
de l'intérieur, etc., etc. M. 621, c. 31, int. *Rè-*
glemens généraux, n°. 2255.

ASSEMBLÉES ADMINISTRATIVES. — Lettres-patentes du Roi sur un décret de l'Assemblée nationale, du mois de janvier 1790,
qui règle les fonctions des assemblées administratives. M. 15, Recueil de lois, t. 1, p. 63.

— Lettres-patentes du Roi, du 26 février 1790,
sur un décret de l'Assemblée nationale, por-

tant que toutes les délibérations des assemblées
représentatives, municipales et administratives,
seront rédigées et signées Conseil tenant, et
contiendront les noms de tous les délibérans.
M. 17, Recueil de lois, t. 1, p. 108.

— PROCLAMATION du Roi, sur une instruction de
l'Assemblée nationale, du 20 août 1790, concernant les fonctions des assemblées administratives relativement à la mendicité, aux hôpitaux
et aux prisons. M. 23, Recueil de lois, t. 1,
p. 336.

ASSISTANCE DU PAUVRE. — Loi du 19 mars
1793 qui, en déclarant l'assistance du pauvre,
dette nationale, ordonne la vente des biens des
pauvres et des hôpitaux. M. 93, Recueil de
lois, t. 6, p. 465.

ATELIERS PUBLICS. — LETTRES-PATENTES du
Roi, du 10 septembre 1790, sur un décret de
l'Assemblée nationale, relatif aux ateliers publics à former dans le royaume. M. 27, Recueil
de lois, t. 1, p. 397.

ATTRIBUTIONS. — ORGANISATION de l'Administration générale des Hospices et attributions
de chaque bureau, adoptées en séance du
Conseil, le 15 brumaire an XIV (6 novembre
1805). M. 1245, reg. des arrêtés du Conseil,
t. 6, n°. 5026, p. 133 et imprimée.

AUMONES. — ARRÊTÉ du Conseil général des

Hospices, du 14 septembre 1814, qui charge
le membre de la Commission surveillant les
domaines, de mettre chaque mois sous les yeux
du Conseil l'état des sommes versées à titre
d'aumône dans la caisse des Hospices. Reg. des
arrêtés du Conseil, t.15, n°. 15672, p. 621.

AUMONIERS. — Arrêté du Gouvernement ;
du 11 fructidor an XI (29 août 1803), relatif
au traitement des aumôniers dans les Hôpitaux.
M. 849, *Bulletin des lois* 310 , n°. 3131 ,
p. 909, 3e. série.

— Arrêté du Conseil général des Hospices, du
13 novembre 1811, qui fixe le nombre et le
traitement des aumôniers dans les Hôpitaux
et Hospices. M. 1979 , reg. des arrêtés du
Conseil, t. 12, n°. 11236, p. 832.

AUTORITÉ ADMINISTRATIVE. — Avis du
Conseil d'état , du 16 thermidor an XII (4
août 1804), portant que les condamnations et
les contraintes émanées des administrateurs ,
dans les cas et pour les matières de leur compétence , emportent hypothèques de la même
manière et aux mêmes conditions que celles
de l'autorité judiciaire. M. 1041 , *Bulletin
des lois* 429, n°. 7899, t. 16, p. 282, 4e série.

AVEUGLES ET SOURDS-MUETS. — Loi du
16 vendémiaire an V (7 octobre 1796), por-

5

tant que les établissemens destinés aux aveugles
et sourds-muets resteront à la charge du trésor.
M. 171, *Bulletin des lois* 81, n°. 753, 2ᵉ. série.

AVOUÉS DE L'ADMINISTRATION. — Arrêté
du Conseil général des Hospices, du 13 thermidor an XII (1ᵉʳ. août 1804), qui règle la
manière dont doivent être payés les avoués de
l'Administration , pour les frais judiciaires.
M. 1033, t. 4, n°. 2379, p. 437.

B.

BAINS. — Arrêté du Ministre de l'intérieur ,
du 23 floréal an IX (13 mai 1801), relatif
aux bains à délivrer gratuitement aux indigens par l'établissement des eaux minérales
factices. M. 261, c. 46, int. *Service de santé.*

BANDAGES. — Arrêté du Conseil général des
Hospices, du 24 ventose an X (15 mars 1802),
portant qu'il sera délivré gratuitement des
bandages aux indigens, par le Bureau central
d'admission. M. 545, reg. des arrêtés du Conseil,
t. 2, n°. 547, p. 60.

BATIMENS. — Arrêté du Conseil général des
Hospices, du 16 fructidor an IX (3 septembre
1801), qui charge deux architectes de la direction des bâtimens des Hospices. M. 297, imprimé
et se trouve fin du reg. 1ᵉʳ. des arrêtés du
Conseil.

— Instruction du Conseil, du 6 brumaire an X
(28 octobre 1801), sur les devoirs que les
architectes ont à remplir pour la conservation,
l'entretien et l'amélioration des bâtimens des
Hospices. M. 378, imprimée et insérée fin du
reg. 1er. des arrêtés du Conseil.

— Arrêté du Conseil général des Hospices, du
5 vendémiaire an XII (23 septembre 1803),
relatif aux constructions et réparations. M. 873,
reg. des arrêtés du Conseil , t. 4, n°. 1738,
p. 3.

— Arrêté du Conseil général des Hospices, du 14
germinal an XII (4 avril 1804), relatif aux
constructions et réparations. M. 973, reg. des
arrêtés du Conseil, t. 4, n°. 2137, p. 271.

— Arrêté du Ministre de l'intérieur, du 9 germinal an XIII (30 mars 1805), relatif aux constructions, reconstructions et réparations des
bâtimens appartenant aux Hospices. M. 1111,
c. 45, int. *Bâtimens et terrains,* n°. 126.

— Décret impérial du 10 brumaire an XIV
(1er. novembre 1805), relatif aux constructions, reconstructions et réparations des bâtimens des Hospices. M. 1237, *Bulletin des
lois* 63; n°. 1101, p. 104, 4°. série.

— Circulaire du Ministre de l'intérieur, du 12
frimaire an XIV (3 décembre 1805), portant

instruction sur le décret du 14 brumaire ci-
dessus. M. 1240, imprimée et se trouve dans
le c. 45, int. *Bâtimens et terrains*, n°. 57.

— Arrêté du Conseil général des Hospices, du
26 mars 1806, qui divise entre les vérificateurs des bâtimens des Hospices la vérification à faire des mémoires des entrepreneurs.
M. 1335, reg. des arrêtés du Conseil, t. 7,
n°. 3449, p. 213.

— Arrêté du Conseil général des Hospices, du
11 juin 1806, relatif à la dépense à faire en bâtimens par les bureaux de bienfaisance. M. 1353,
reg. des arrêtés du Conseil, t. 7, n°. 3710, p. 390.

— Lettre du préfet de la Seine, du 25 novembre
1806, sur les travaux à faire dans les bâtimens
des Hospices. M. 1429, c. 45, int. *Bâtimens
et terrains*, n°. 282.

— Arrêté du Ministre de l'intérieur, du 10
octobre 1809, portant qu'il n'y aura plus qu'un
seul architecte des Hospices. M. 1709; c. 45,
int. *Bâtimens et terrains*, n°. 199.

— Arrêté du Conseil général des Hospices, du
18 décembre 1811, qui réduit le nombre des
inspecteurs des bâtimens. M. 1993, reg. des
arrêtés du Conseil, t. 12, n°. 11373, p. 938.

BAUX. — Arrêté des Consuls, du 7 germinal
an IX (28 mars 1801), portant qu'il ne pourra

être consenti de baux à longues années pour
les biens ruraux appartenant aux Hospices.
M. 245, *Bulletin des lois* 77 , n°. 607, 3°. série,
p. 8.

— INSTRUCTION du Ministre de l'intérieur , de
floréal an IX (1801), sur les formalités à
remplir par les administrations des Hospices
pour les baux à longues années. * Collection
de lettres et instructions du ministre , t. 3,
p. 481.

.— ARRÊTÉ du Conseil général des Hospices , du
 . 19 fructidor an IX (6 septembre 1801), qui
autorise à ajouter aux charges sous lesquelles
les baux des biens situés hors Paris sont
consentis , 2 centimes par franc ; et pour les
biens situés à Paris , 1 centime par franc.
M. 303, reg. des arrêtés du Conseil, t. 1 ,
n°. 244, p. 223.

— ARRÊTÉ du Conseil général des Hospices , du
29 nivose an XI (19 janvier 1803), relatif au
paiement des fermages, soit en nature, soit
en argent. M. 741, reg. des arrêtés du Conseil,
t. 3, n°. 1245, p. 141.

— ARRÊTÉ du Conseil général des Hospices, du
4 ventose an XI (23 février 1803), interprétatif de celui du 29 nivose précédent, concernant l'exécution des clauses spéciales des baux.

M. 761, reg. des arrêtés du Conseil, t. 3, n°. 1313, p. 190.

— Arrêté des Consuls, du 14 ventôse an XI (5 mars 1803), relatif aux formalités à remplir pour la résiliation des baux faits par les Hospices. M. 773, *Bulletin des lois* 252, n°. 2359, p. 516, 5°. série.

— Arrêté du Conseil général des Hospices, du 20 fructidor an XI (7 septembre 1803), portant que les baux à ferme et à loyer des Hospices seront adjugés suivant les formes suivies pour les biens des communes. M. 857, reg. des arrêtés du Conseil, t. 3, n°. 1674, p. 461.

— Arrêté du Conseil général des Hospices, du 23 ventôse an XII (14 mars 1804), portant que les expéditions des baux à vie qui manquent aux archives seront levées chez les notaires, par le membre de la Commission chargé des domaines. M. 961, reg. des arrêtés du Conseil, t. 4, n°. 2116, p. 243.

— Arrêté du Conseil général des Hospices, du 5 thermidor an XIII (14 juillet 1805), portant qu'il ne pourra être passé de baux sans enchères, qu'en vertu d'un arrêté qui aura été discuté dans deux séances. M. 1163, reg. des arrêtés du Conseil, t. 5, n°. 2837, p. 340.

— Arrêté du Conseil général des Hospices, du 30 avril 1806, portant que les baux des maisons dépendantes de l'Administration ne pourront être adjugés définitivement sans l'approbation du Conseil, M. 1341, reg. des arrêtés du Conseil, t. 7, p. 3562, p. 287.

— ARRÊTÉ du Conseil général des Hospices, du 28 mai 1806, qui fixe le mode pour l'adjudication des baux à ferme ou à loyer des biens des Hospices. M. 1349, reg. des arrêtés du Conseil, t. 7, n°. 3662, p. 354.

— AVIS du Conseil d'État, du 24 janvier 1807, qui déclare non applicable aux baux des Hospices, la loi du 27 avril 1791, sur les baux faits par les corps, communautés, etc. M. 1469, *Bulletin des lois* 137, n°. 2218, p. 56, 4°. série.

— AVIS du Conseil d'État, du 25 juillet 1807, relatif aux baux passés devant les autorités administratives. M. 1513, imprimé et se trouve dans le c. 44, intit. *Baux*, n°. 181.

— DÉCRET impérial, du 12 août 1807, portant que les baux à ferme des Hospices seront adjugés aux enchères pardevant un notaire. M. 1501, *Bulletin des lois* 155, n°. 2655, p. 2, 4°. série.

— INSTRUCTION du Ministre de l'intérieur, du 11 septembre 1807, relative à la passation des baux pour les propriétés des Hospices. M. 1511, c. 44, intit. *Baux*, n°. 181.

— Arrêté du Conseil général des Hospices, du 3 février 1808, portant que l'annonce des adjudications des baux sera publiée dans les journaux. M. 1551, reg. des arrêtés du Conseil, t. 9, n°. 5925, p. 61.

— Décret impérial, du 26 avril 1808, portant que les baux stipulés payables en nature, seront évalués sur le taux commun des mercuriales des trois années qui ont précédé l'échéance. M. 1567, *Bulletin des lois* 190, n°. 3296, p. 286, 4°. série.

— Arrêté du Conseil général des Hospices, du 31 août 1808, qui fixe les frais à payer par les adjudicataires en sus du prix principal de leur adjudication. M. 1603, reg. des arrêtés du Conseil, t. 9, n°. 6694, p. 492.

— Arrêté du Conseil général des Hospices, du 11 janvier 1809, qui fixe les menus frais à payer pour l'adjudication des baux. M. 1623, reg. des arrêtés du Conseil, t. 10, n°. 7186, p. 27.

— Modèle du procès-verbal d'adjudication et cahier des charges sous lesquelles les maisons urbaines des Hospices sont données à bail. M. 2217.

— Modèle du procès-verbal d'adjudication et cahier des charges sous lesquelles les biens ruraux sont donnés à bail. M. 2225.

BEAUJON. — Arrêté du Conseil général des Hospices, du 16 ventôse an X (7 mars 1802), portant règlement particulier pour l'hôpital Beaujon. M. 537, se trouve dans le c. 8, intit. *Beaujon.*

— Arrêté du Conseil général des Hospices, du 22 avril 1807, qui réserve dix lits à Beaujon pour y recevoir les malades soumis au traite-tement des eaux minérales et artificielles. M. 1473, reg. des arrêtés du Conseil, t. 8, n°. 4912, p. 214.

— Arrêté du Conseil général des Hospices, du 26 mai 1813, portant que l'hôpital Beaujon sera desservi par des sœurs de Sainte-Marthe. * Reg. des arrêtés du Conseil, t. 14, n°. 13492, p. 513.

BICÊTRE. — Arrêté du Conseil d'État du Roi, du 27 juin 1789, portant que l'on ne pourra point établir de carrières près du puisard de Bicêtre. M. 9, imprimé et se trouve c. 12, intit. *Bicêtre.*

— Arrêté du Ministre de l'intérieur, du 18 vendémiaire an X (10 octobre 1801), sur la destination de l'hospice de Bicêtre. M. 322, imprimé et inséré fin du reg. 1er. des arrêtés du Conseil.

— Arrêté du Conseil général des Hospices, du

20 floréal an X (10 mai 1802), qui fixe le nombre des chefs d'emploi dans l'hospice de Bicêtre. M. 617, reg. des arrêtés du Conseil, t. 2, n°. 679, p. 173.

— Arrêté du Conseil général des Hospices, du 20 floréal an X (10 mai 1802), sur la rentrée des indigens de Bicêtre, sortis par congé. M. 619, reg. des arrêtés du Conseil, t. 2, n°. 688, p. 180.

— Arrêté du Conseil général des Hospices, du 30 fructidor an X (17 septembre 1802), qui établit à l'hospice de Bicêtre un inspecteur des travaux des indigens. M. 699, reg. des arrêtés du Conseil, t. 2, n°. 999, p. 467.

— Arrêté du Conseil général des Hospices, du 30 fructidor an X (17 septembre 1802), qui autorise l'établissement, à l'hospice de Bicêtre, d'une boutique pour y vendre du vin et de l'eau-de-vie. M. 705, reg. des arrêtés du Conseil, t. 2, n°. 1013, p. 477.

— Règlement du 30 fructidor an X (17 septembre 1802), sur l'hospice de Bicêtre. M. 707, reg. des arrêtés du Conseil, t. 2, n°. 1015, p. 478.

— Arrêté du préfet de la Seine, du 19 prairial an XI (8 juin 1803), relatif au puisard de l'hospice de Bicêtre. M. 815 ; imprimé et se trouve dans le c. 12, intit. *Bicêtre*, n°. 3420.

— ARRÊTÉ du Conseil général des Hospices, du
2 complémentaire an XI (19 septembre 1803),
portant que les indigens envoyés à Bicêtre par
la Police seront placés dans des quartiers sé-
parés. M. 859, reg. des arrêtés du Conseil,
t. 3, n°. 1707, p. 487.

— ARRÊTÉ du Conseil général des Hospices, du
22 frimaire an XII (14 décembre 1803), sur
le droit de nomination aux lits vacans dans cet
Hospice. M. 913, reg. des arrêtés du Conseil,
t. 4, u°. 1960, p. 131.

— ARRÊTÉ du Conseil général des Hospices, du
27 nivôse an XII (18 janvier 1804), qui fixe la
population de l'hospice de Bicêtre. M. 933,
reg. des arrêtés du Conseil, t. 4, n°. 2025,
p. 177.

— ARRÊTÉ du Conseil général des Hospices, du
27 germinal an XIII (17 avril 1805), qui autorise l'admission, à l'hospice de Bicêtre, des
indigens au-dessous de soixante-dix ans, pourvu
qu'ils aient des infirmités incurables. M. 1115,
reg. des arrêtés du Conseil, t. 5, n°. 2717,
p. 217.

— ARRÊTÉ du Conseil général des Hospices, du
16 prairial an XIII (5 juin 1805), énonçant les
infirmités qui peuvent remplacer l'âge de
soixante-dix ans pour être admis à Bicêtre.

6 *

M. 1145, reg. des arrêtés du Conseil, t. 3, n°. 2775, p. 283.

— Arrêté du Conseil général des Hospices, du 14 messidor an XIII (3 juillet 1805), portant que, lorsqu'il y aura une place vacante dans un des deux hospices de Bicêtre et de la Salpêtrière, il sera envoyé au nominateur une note indiquant les indigens incurables âgés de plus de soixante-dix ans, qui sont domiciliés dans leur quartier, ou qui résident à l'Hôtel-Dieu ou à l'hôpital Saint-Louis. M. 1151, reg. des arrêtés du Conseil, t. 5, n°. 2804, p. 311.

— Arrêté du Conseil général des Hospices, du 26 février 1806, portant règlement pour l'admission des fous à Bicêtre. M. 1327, reg. des arrêtés du Conseil, t. 7, n°. 3365, p. 132.

— Arrêté du Conseil général des Hospices, du 5 mars 1806, portant que les cancéreux pourront être admis à Bicêtre, d'après un certificat du Bureau central d'admission, et l'ordre de l'administrateur chargé des Hospices. M. 1329, reg. des arrêtés du Conseil, t. 7, n°. 3384, p. 151.

— Arrêté du Conseil général des Hospices, du 29 avril 1807, qui accorde la nourriture aux élèves de garde en médecine et en chirurgie de l'hospice de Bicêtre. M. 1475, reg. des arrêtés du Conseil, t. 8, n°. 4927, p. 221.

— ARRÈTÉ du Conseil général des Hospices, du 10 juin 1807, sur l'envoi à Bicêtre des hommes aliénés qui ont besoin dê'tre soumis au traitement. M. 1493, reg. des arrêtés du Conseil, t. 8, n°. 5109, p. 317.

— ARRÈTÉ du Conseil général des Hospices, du 16 juin 1813, qui améliore le régime des gâteux de l'hospice de Bicêtre. * Reg. des arrêtés du Conseil, t. 14, n°. 13582, p. 594.

— DÉCISION du Ministre de l'intérieur, du 23 novembre 1812, sur le service de Santé à l'hospice de Bicêtre. * C. 46, intit. *Service de Santé,* n°. 249.

— ARRÈTÉ du Conseil général des Hospices, du 8 décembre 1813, relatif aux travaux faits et à faire par économie dans l'hospice de Bicêtre. * Reg. des arrêtés du Conseil, t. 14, n°. 14404, p. 1168.

— ARRÈTÉ du Conseil général des Hospices, du 2 février 1814, relatif aux précautions à prendre pour l'introduction des étrangers dans l'hospice de Bicêtre. * Reg. des arrêtés du Conseil, t. 15, n°. 14626, p. 81.

BIENS. — LOI, du 23 messidor an II (11 juillet 1794), qui déclare nationaux les biens des Hospices et établissemens de Bienfaisance. M. 141, *Bulletin des lois* 20, n°. 93, 1re. série.

— Loi, du 9 fructidor an III (26 août 1795), qui surseoit à la vente des biens des Hospices et autres établissemens de Bienfaisance. M. 161, *Bulletin des lois* 174 , n°. 1053, 1ʳᵉ. série.

— Loi, du 28 germinal an IV (17 avril 1796), qui excepte provisoirement les biens des Hospices de la vente ordonnée pour les biens nationaux. M. 167, *Bulletin des lois* 41 , n°. 338, 2ᵉ. série.

— Loi, du 16 vendémiaire an V (7 octobre 1796), portant que les biens des Hospices qui sont vendus, seront remplacés en biens nationaux. M. 171, *Bulletin des lois* 81 , n°. 753 , 2ᵉ. série.

— Lettre du Ministre de l'intérieur , du 2 prairial an VIII (22 mai 1800), qui déclare les biens des Hospices insaisissables.* Collection des lettres et instructions émanées du Ministère, t. 3, p. 241.

— Arrêté des Consuls, du 15 brumaire an IX (6 octobre 1800), relatif au paiement des sommes dues aux Hospices Civils et au remplacement en capitaux de leurs biens aliénés. M. 227, *Bulletin des lois* 52, n°. 384, p. 91, 3ᵉ. série.

— Arrêté des Consuls, du 15 brumaire an IX (6 novembre 1800), qui affecte aux Hospices les biens usurpés. M. 227, *Bulletin des lois* 52 , n°. 384, p. 91, 3ᵉ. série.

— ARRÊTÉ des Consuls, du 7 germinal an IX (28 mai 1801), portant qu'il ne sera pas consenti de baux à longues années, sans un arrêté des Consuls. M. 245, *Bulletin des lois* 77, n°. 607, 3°. série, p. 8.

— ARRÊTÉ du Conseil général des Hospices, du 24 nivôse an X (14 janvier 1802), relatif aux contributions foncières à payer par les détenteurs de biens à titre d'emphytéose. M. 401, reg. des arrêtés du Conseil, t. 1, n°. 443, p. 374.

A cet arrêté du Conseil est jointe la délibération de la Commission des Hospices, du 24 germinal an VII, sur le même objet.

— ARRÊTÉ du Conseil général des Hospices, du 3 floréal an X (23 avril 1802), portant qu'il sera nommé un commis voyageur pour inspecter les biens ruraux des Hospices. M. 597, reg. des arrêtés du Conseil, t. 2, n°. 654, p. 148.

— ARRÊTÉ des Consuls, du 14 nivôse an XI (4 janvier 1802), portant qu'il sera dressé un état des biens nationaux cédés aux Hospices Civils, en remplacement de leurs biens aliénés. M. 739, *Bulletin des lois* 239, n°. 2230, p. 313, 3°. série.

— ARRÊTÉ du Conseil général des Hospices, du 16 germinal an XI (6 avril 1803), qui autorise l'inspecteur des biens ruraux à ordonner les réparations dans les fermes, pourvu qu'elles n'excèdent pas 100 francs. M. 789, reg. des. arrêtés du Conseil, t. 3, n°. 1383, p. 250.

— Arrêté des Consuls, du 23 floréal an XI (13 mai 1803), portant que les frais d'enregistrement et de timbre seront supportés par les acquéreurs des biens nationaux et non par la République. M. 807, *Bulletin des lois* 282, n°. 2778, p. 427, 3°. série.

— Arrêté des Consuls, du 7 thermidor an XI (26 juillet 1803), qui rend aux fabriques des églises leurs biens non aliénés. M. 837, *Bulletin des lois* 303, n°. 3036, p. 788, 3°. série.

— Arrêté du Gouvernement, du 28 ventôse an XII (19 mars 1804), qui accorde un délai pour la remise des états des biens nationaux attribués aux Hospices en remplacement de leurs biens aliénés. M. 963, *Bulletin des lois* 355, n°. 3683, p. 714, 3°. série.

— Lettre du Ministre de l'intérieur, du 27 prairial an XII (16 juin 1804), concernant les biens et rentes usurpés, dont la découverte a été faite par les Hospices. M. 1017, c. 39, intit. *Rentes dues aux Hospices*, n°. 395.

—Décret impérial, du 1er. complémentaire an XIII (18 septembre 1805), relatif aux biens accordés aux Hospices, en remplacement de leurs biens

aliénés. M. 1211, c. 39, intit. *Rentes dues
aux Hospices*, n°. 114.

— Arrêté du Conseil général des Hospices, du
13 frimaire an XIV (4 décembre 1805), qui
autorise les fermiers des biens des Hospices à
acquitter les contributions foncières de leurs
fermages. M. 1271, reg. des arrêtés du Conseil, t. 6, n°. 3116, p. 187.

— Arrêté du Conseil général des Hospices, du
28 mai 1806, relatif aux adjudications des
baux à ferme ou à loyer des biens des Hospices. M. 1349, reg. des arrêtés du Conseil,
t. 7, n°. 3662, p. 354.

— Avis du Conseil d'État, du 30 avril 1807, sur
plusieurs questions relatives aux biens et rentes
sur lesquels les Fabriques et les Hospices
peuvent respectivement prétendre des droits.
M. 1481, *Bulletin des lois* 148, n°. 2453,
p. 257, 4°. série.

— Décret impérial, du 12 juillet 1807, qui met
à la disposition des Bureaux de bienfaisance les
biens et revenus qui ont appartenu à ces établissemens. M. 1495, *Bulletin des lois* 153,
n°. 2599, p. 336, 4°. série.

— Loi, du 9 septembre 1807, qui maintient les
Hospices de Paris dans la jouissance des biens à
eux concédés, par le décret du 1er. complémen-

taire an XIII. M. 1509, *Bulletin des lois* 173, n°. 2924, p. 393, 4°. série.

— Lettre du Ministre de l'intérieur, du 11 septembre 1807, portant que les propriétés des pauvres et des Hospices doivent être affermées de la manière prescrite par les lois. M. 1511, c. 44, intit. *Baux*, n°. 181.

— Avis du Conseil d'État, du 22 novembre 1808, portant que les Hospices ne peuvent acquérir de biens-fonds, sans une autorisation spéciale. M. 1607, *Bulletin des lois* 221, n°. 4034, p. 297, 4°. série.

— Instruction du Ministre de l'intérieur, du 31 décembre 1809, sur l'exploitation et la régie des biens des pauvres et des Hospices. M. 1727, c. 42, intit. *Administration des biens*, n°. 195 et imprimée.

— Avis du Conseil d'État, du 11 janvier 1811, relatif à des difficultés élevées entre la régie des domaines et les acquéreurs des biens usurpés. M. 1901, *Bulletin des lois* 345, n°. 6465, p. 52, 4°. série.

— Modèle du procès-verbal d'adjudication et cahier des charges sous lesquelles les biens ruraux sont donnés à bail. M. 2225.

BILLETS D'ORDRE. — Arrêté du Conseil gé-

néral des Hospices, du 6 nivôse an XIV
(27 décembre 1805), qui adopte un modèle
de billets d'ordre, récépissés et factures.
M. 1285, reg. des arrêtés du Conseil, t. 6,
nº. 3158, p. 216.

BILLETS GRATUITS DE SPECTACLE. —
Avis du Conseil d'État, du 29 thermidor
an XIII (17 août 1805), sur les billets gratuits
d'entrées aux spectacles. M 1199, c. 34, intit.
Préfet de la Seine, nº. 9.

BLANCHIMENT DES TOILES. — Arrêté du
Conseil général des Hospices, du 10 juillet
1811 , portant que le blanchiment des toiles de
la filature fera partie des frais de fabrication.
M. 1957, reg. des arrêtés du Conseil, t. 12,
nº. 10819, p. 530.

BLANCHISSAGE DU LINGE. — Arrêté du
Conseil général des Hospices, du 21 mai 1806,
qui fixe le prix à payer par les établissemens
dont le linge est blanchi par d'autres qui ont
des buanderies. M. 1347, reg. des arrêtés du
Conseil, t. 7, nº. 3642, p. 544.

— Arrêté du Conseil général des Hospices, du
19 octobre 1814, portant qu'il sera fourni un
cautionnement par les personnes chargées de
blanchir le linge des Hôpitaux et Hospices.

7 *

* Reg. des arrêtés du Conseil, t. 2, n°. 15835, p. 717.

BOIS. — Loi du 29 septembre 1791 , indiquant les bois soumis au régime forestier. M. 75, Recueil des lois , t. 4 , p. 90.

— Loi, du 9 floréal an XI (29 avril 1803) , sur le régime forestier. M. 795 , *Bulletin des lois* 276 , n°. 2753 , p. 260, 3e. série.

BOIS A BRULER. — Lettre du préfet de la Seine , du 15 septembre 1812 , sur les époques convenables pour l'adjudication du bois nécessaire au service des Hôpitaux et Hospices. * C. 58 , n°. 188 , intit. *Bois et Charbon.*

— Arrêté du Conseil général des Hospices , du 16 décembre 1812 , portant que chaque année il sera distribué du bois aux surveillans , sous-surveillans , etc. , etc. des Hospices. * Reg. des arrêtés du Conseil , t. 12 , n°. 12791 , p. 965.

BOISSONS. — Avis du Conseil d'État , du 4 fructidor an XIII (22 août 1805) , portant que les Hospices qui exploitent leurs vignes ne peuvent prétendre à d'autres exemptions du droit sur les vins, que celles accordées aux particuliers. M. 1201 , c. 34, intit. *Préfet de la Seine,* n°. 9.

— Décret impérial, du 13 fructidor an XIII (31 août 1805), relatif aux droits à payer par les établissemens de charité qui brassent la bière nécessaire à leur consommation. M. 1203, *Bulletin des lois* 56, n°. 936, 4°. série, p. 559.

BOITES FUMIGATOIRES. — Arrêté du Conseil général des Hospices, du 7 octobre 1807, qui ordonne le dépôt de boîtes fumigatoires dans divers établissemens hospitaliers. M. 1517, reg. des arrêtés du Conseil, t. 8, n°. 5511, p. 525.

— Arrêté du Conseil général des Hospices, du 18 novembre 1807, portant qu'il sera mis une boîte fumigatoire dans chacun des établissemens hospitaliers. M. 1535, reg. des arrêtés du Conseil, t. 8, n°. 5637, p. 598.

BORDEREAUX DE CAISSE. — Arrêté du préfet de la Seine, du 31 décembre 1810, relatif aux bordereaux de caisse. M. 1837, c. 29, intit. *Service général* ou *Comptabilité*, n°. 91.

BORNAGES. — Arrêté du Conseil général des Hospices, du 7 janvier 1807, qui autorise le membre de la Commission chargé des domaines, à faire faire les bornages des terres limitrophes de celles des Hospices. M. 1437, reg. des arrêtés du Conseil, t. 8, n°. 4486, p. 17.

BOUCHERIE DE BEAUVAIS. — Arrêté du Gouvernement, du 25 floréal an XII (15 mai 1804), relatif aux aliénataires des étaux de la boucherie de Beauvais. M. 1001, c. 45, intit. *Bâtimens et Terrains*, n°. 386.

BOULANGERIE GÉNÉRALE. — Lettre du Ministre de l'intérieur, du 5 février 1809, par laquelle Son Excellence manifeste l'intention de faire fournir le pain aux Bureaux de bienfaisance par la Boulangerie générale. M. 1627, c 55, intit. *Farines*, n°. 35.

BRASSERIES. — Décret impérial, du 13 fructidor an XIII (31 août 1805), relatif aux brasseries et à la consommation du vin dans les Hospices. M. 1203, *Bulletin des lois* 56, n°. 936, 4°. série, p. 559.

BUDJET. — Arrêté du Ministre de l'intérieur du 20 vendémiaire an XIV (12 octobre 1805), portant que chaque année le budjet général des recettes et dépenses de l'Administration sera arrêté. M. 1228, c. 31, intit. *Règlemens généraux*, n°. 11.

— Décret impérial, du 12 août 1806, qui fixe l'époque à laquelle les budjets des communes qui ont plus de 20,000 fr. de revenus, doivent être remis. M 1421, *Bulletin des lois* 114, n°. 1856, p. 454, 4°. série.

— Arrêté du Ministre de l'intérieur, du 18 mai 1811, qui fixe le budjet général des recettes et dépenses de l'Administration pour l'année 1811. M. 1927, c. 29, intit. *Service général* ou *Comptabilité*, n°. 96.

— Sous-Réparation entre les différentes parties du service, des sommes allouées par le précédent budjet. M. 2185, et se trouve comme dessus dans le c. 29.

BULLE POUR LES ENFANS-TROUVÉS. — Modèle des bulles dont il est question dans le Code spécial de la Maternité pour les enfans abandonnés envoyés en nourrice. M. 2181, c. 11, intit. *Maternité*.

BUREAU CENTRAL D'ADMISSION. — Arrêté du Conseil général des Hospices, du 13 frimaire an X (4 décembre 1801), qui établit un Bureau central pour la réception des malades dans les Hospices. M. 383, imprimé et inséré fin du reg 1er. des arrêtés du Conseil.

— Arrêté du Conseil général des Hospices, du 24 pluviôse an X (13 février 1802), sur la mise en activité du Bureau central d'admission. M 461, t. 2, n°. 495, p. 23.

— Arrêté du Conseil général des Hospices, du 8 ventôse an X (27 février 1802), portant que le Bureau central d'admission sera mis en activité au plus tard le 1ᵉʳ. germinal an X. M. 535, reg. des arrêtés du Conseil, t. 2, nº. 517, p. 38.

— Arrêté du Conseil général des Hospices, du 24 ventôse an X (15 mars 1802), sur la délivrance des bandages par le Bureau central d'admission. M. 545, reg. des arrêtés du Conseil, t. 2, nº. 547, p. 60.

— Arrêté du Conseil général des Hospices, du 3 floréal an X (23 avril 1802), portant que les folles seront reçues à la Salpêtrière sur un certificat du Bureau central d'admission. M. 601, reg. des arrêtés du Conseil, t. 2, nº. 644, p. 142.

— Arrêté du Ministre de l'intérieur, du 28 fructidor an X (15 septembre 1802), qui charge les membres de ce Bureau d'examiner tous les fous et folles qui à l'avenir seront envoyés à Charenton par ordre de la police ou par ordre de l'Administration. M. 693, c. 47, intit. *Fous et insensés*, nº. 2575.

— Arrêté du Conseil général des Hospices, du 6 nivôse an XIV (27 décembre 1805), qui fixe le modèle des registres à tenir au Bureau central d'admission. M. 1293, reg. des arrêtés du Conseil, t. 6, nº. 3172, p. 224.

— Arrêté du Conseil général des Hospices, du 26 février 1806, portant règlement sur l'envoi par le Bureau central des fous à Bicêtre, et des folles à la Salpêtrière. M. 1327, reg. des arrêtés du Conseil, t. 7, n°. 3365, p. 132.

— Arrêté du Conseil général des Hospices, du 31 décembre 1806, qui crée un traitement pour la teigne au Bureau central d'admission. M. 1433, reg. des arrêtés du Conseil, t. 7, n°. 4431, p. 927.

— Arrêté du Conseil général des Hospices, du 10 juin 1807, relatif à l'envoi des aliénés indigens à Bicêtre, par le Bureau central d'admission. M. 1493, reg. 8 des arrêtés du Conseil, n°. 5109, p. 317.

— Arrêté du Conseil, du 7 octobre 1807, qui établit une boîte fumigatoire au Bureau central d'admission. M. 1517, reg. des arrêtés du Conseil, t. 8, n°. 5511, p. 525.

— Arrêté du Conseil général des Hospices, du 19 avril 1809, portant que les essais sur le traitement de la teigne seront continués au Bureau central d'admission. M. 1657, reg. des arrêtés du Conseil, t. 10, n°. 7611, p. 322.

— Arrêté du Conseil général des Hospices, du 11 mars 1812, qui charge les membres du Bureau central d'admission de se réunir une fois par semaine pour prononcer sur les admissions des indigens dont les infirmités ne sont pas graves. M. 2031, reg. des arrêtés du Conseil, t. 13, n°. 11756, p. 236.

— ARRÊTÉ du Conseil général des Hospices, du 27 avril 1814, qui établit un traitement externe au Bureau central d'admission pour les individus attaqués de gale simple. * Reg. des arrêtés du Conseil, t. 15, n°. 14910, p. 251.

— DÉLIBÉRATION du Conseil, du 31 août 1814, qui charge les membres de la Commission de veiller à ce que chaque matin les membres du Bureau central reçoivent, avant neuf heures, l'état des lits vacans dans les Hospices. Reg. des arrêtés du Conseil, t. 15, p. 553.

BUREAU DE LA CAISSE GÉNÉRALE. — ORGANISATION de ce bureau et fixation de ses attributions. M. 1259, reg. des arrêtés du Conseil, t. 5, séance du 1er. complémentaire an XIII (17 septembre 1805) p. 415 et imprimée.

BUREAU DE LA COMPTABILITÉ. — ORGANISATION de ce bureau et fixation de ses attributions. M. 1256, reg. des arrêtés du Conseil, t. 5, Séance du 1er complémentaire an XIII (17 septembre 1805), n°. 2922, p. 415 et imprimée.

BUREAU DES HOPITAUX. — ORGANISATION du Bureau des Hôpitaux et des établissemens du service général, et fixation de ses attributions. M. 1250, reg. des arrêtés du Conseil,

t. 5, séance du 1ᵉʳ. complémentaire an XIII
(17 septembre 1805), n°. 2922, p. 415, et
imprimée.

BUREAU DES HOSPICES. — Organisation du
Bureau des Hospices et du Bureau du Placement des Enfans, et fixation de leurs attributions. M. 1247, reg. des arrêtés du Conseil,
séance du 1ᵉʳ. complémentaire an XIII (17 septembre 1805), t. 5, n°. 2922, p. 415, et
imprimée.

BUREAU DES NOURRICES. — Arrêté des
Consuls, du 29 germinal an IX (12 avril 1801),
qui met le Bureau des nourrices dans les attributions du Conseil. M. 247, imprimé.

— Arrêté du Conseil général des Hospices, du
24 nivôse an X (4 janvier 1802), relatif aux
Enfans ramenés de nourrice, et dont les pères
et mères sont inconnus ou refusent de les recevoir. M. 397, reg. des arrêtés du Conseil,
t. 1, n°. 457, p. 386.

— Arrêté du Conseil général des Hospices, du
24 ventôse an X (15 mars 1802), relatif à la
tenue des registres de comptabilité du Bureau
des nourrices. M. 547, reg. des arrêtés du
Conseil, t. 2, n° 546, p. 60.

— Arrêté du Conseil général des Hospices, du
2 ventôse an XII (22 février 1804), qui charge
le directeur du Bureau des nourrices de rece-

8 *

voir tous les fonds destinés au service de cet établissement. M. 953 , reg. des arrêtés du Conseil, t. 4, n°. 2074, p. 216.

— ARRÊTÉ du Conseil général des Hospices, du 14 germinal an XII (4 avril 1804), relatif aux Enfans ramenés de nourrice par défaut de paiement. M. 979, reg. des arrêtés du Conseil, t. 4, n°. 2139, p. 275.

— ARRÊTÉ du Conseil général des Hospices, du 26 floréal an XII (16 mai 1804), portant règlement intérieur du Bureau des nourrices. M. 1003, reg. des arrêtés du Conseil, t. 4, n°. 2249, p. 350.

— ARRÊTÉ du Conseil général des Hospices, du 24 fructidor an XIII (11 septembre 1805), qui fixe le traitement des trois commis préposés aux recouvremens des mois de nourrices. M. 1205, reg. des arrêtés du Conseil, t. 5, n°. 2894, p. 396.

— ARRÊTÉ du Conseil général des Hospices, du 1er. complémentaire an XIII (17 septembre 1805), portant que le directeur du Bureau des nourrices remettra chaque année son compte en recettes et dépenses à l'ordonnateur général. M. 1261, reg. des arrêtés du Conseil, t. 5, n° 2922, p. 415, imprimé.

— ARRÊTÉ du Conseil général des Hospices, du 8 brumaire an XIV (30 octobre 1805), qui autorise le receveur à payer les sommes allouées au Bureau des nourrices, sur mandats de l'ordonnateur. M. 1233 , reg. des arrêtés du Conseil, t. 6, n°. 2999, p. 71.

— Arrêté du Conseil général des Hospices , du 8 brumaire an XIV (30 octobre 1805), qui fixe le traitement du directeur du Bureau des nourrices. M. 1235, reg. des arrêtés du Conseil, t. 6, n°. 3005, p. 75.

— Décret impérial , du 30 juin 1806, relatif à l'administration du Bureau des nourrices. M. 1361 , *Bulletin des lois* 103, n°. 1734, p. 276, 4ᵉ. série.

— Arrêté du préfet de la Seine, du 27 juillet 1807, relatif aux recouvremens des sommes dues au Bureau des nourrices. M. 1497, c. 22, int. *Bureau des nourrices*, n°. 160.

— Arrêté du Conseil général des Hospices, du 1ᵉʳ. mars 1809, relatif aux registres tenus et à tenir par les meneurs du Bureau des nourrices. M. 1649, reg. des arrêtés du Conseil, t. 10, n°. 7391, p. 201.

— Arrêté du Conseil général des Hospices, du 13 juillet 1809, qui fixe la retenue à exercer sur le traitement des préposés aux recouvremens du Bureau des nourrices , pour leur donner droit à la pension de retraite. M. 1695,

reg. des arrêtés du Conseil, t. 10, n°. 8001, p. 537.

BUREAU DES POIDS PUBLICS. — Arrêté du Directoire exécutif, du 27 brumaire an VII (17 novembre 1798), qui affecte au service des Hospices les rétributions payées pour le pesage et le mesurage des marchandises dans le bureau des poids publics. M. 207, *Bulletin des lois* 240, n°. 2178, 2ᵉ. série.

BUREAU DES SECOURS A DOMICILE. — Organisation de ce Bureau et fixation de ses attributions. M. 1254, reg. des arrêtés du Conseil, t. 5, séance du 1ᵉʳ. complémentaire an XIII (17 septembre 1805), n°. 2922, p. 415, imprimée.

BUREAU DU CONTROLE. — Organisation de ce Bureau et fixation de ses attributions. M. 1258, reg. des arrêtés du Conseil, t. 5, séance du 1ᵉʳ. complémentaire an XIII (17 septembre 1805), n°. 2922, p. 415, imprimée.

BUREAU DU DOMAINE DES HOSPICES. — Organisation de ce Bureau et fixation de ses attributions. M. 1252, reg. des arrêtés du Conseil, t. 5, séance du 1ᵉʳ. complémentaire an XIII (17 septembre 1805), n°. 2922, p. 415, imprimée.

— Arrêté du Conseil général des Hospices, du

16 juillet 1806, qui charge le Bureau des
domaines des Hospices de l'examen de toutes
les pièces relatives à la propriété des rentes
dues par les Hospices civils de Paris. M. 1411,
reg. des arrêtés du Conseil, t. 7, n°. 3807,
p. 516.

BUREAU DU PLACEMENT DES ENFANS. —
ARRÊTÉ du Conseil général des Hospices, du
12 vendémiaire an XII (5 octobre 1803), qui
charge le Bureau du placement de la surveillance des enfans au-dessus de deux ans,
placés à la campagne. M. 879, reg. des arrêtés
du Conseil, t. 4, n°. 1778, p. 30.

— ARRÊTÉ du Conseil général des Hospices, du
24 février 1813, qui fixe les frais de voyage
à payer aux meneurs attachés au Bureau du
placement pour chaque enfant par eux placé. *
Reg. des arrêtés du Conseil, t. 4, n°. 13119,
p. 208.

BUREAUX CENTRAUX. — ARRÊTÉ du Directoire exécutif, du 23 brumaire an V (13 novembre 1796), qui, dans les communes où il y
a plusieurs administrations municipales, met
les Hospices sous la surveillance des Bureaux
centraux. M. 177, *Bulletin des lois* 90, n°. 857,
2°. série.

BUREAUX DE BIENFAISANCE. — Loi du 7 frimaire an V (27 octobre 1796), qui ordonne la

création des Bureaux de bienfaisance et fixe
leurs attributions. M. 179, *Bulletin des lois* 94,
n°. 890, 2°. série.

— Loi du 20 ventôse an V (10 mars 1797), qui
rend communes aux Bureaux de bienfaisance
les dispositions de la loi du 16 vendémiaire
an V, sur le remplacement des biens aliénés,
M. 183 , *Bulletin des lois* 113 , n°. 1078,
2°, série.

— Arrêté du Ministre de l'intérieur , du 8 prairial an IX (28 mai 1801), qui fixe le nombre
des membres des Bureaux de bienfaisance et
règle leur organisation. M. 267, imprimé.

— Arrêté des Consuls , du 9 fructidor an IX
(27 août 1801), qui déclare communes aux
bureaux de bienfaisance les dispositions de la
loi du 4 ventôse an IX , sur les rentes et
domaines usurpés. M. 291 , *Bulletin des lois*
98, n°. 824, p. 302, 3°. série.

— Arrêté du Ministre de l'intérieur, du 8 vendémiaire an X (30 septembre 1801), qui fixe
à quarante-huit le nombre des Bureaux de
bienfaisance. M. 311 , imprimé et inséré fin du
registre 1er. des arrêtés du Conseil.

— Arrêté du Ministre de l'intérieur du 8 vendémiaire an X (30 septembre 1801), portant
que les membres des Bureaux de bienfaisance
sont nommés par le président né du Conseil,

et leur nomination confirmée par le Ministre de l'intérieur. M. 312, imprimé et inséré fin du registre 1er. des arrêtés du Conseil.

— Règlement du 4 ventôse an X (23 février 1802), sur la fourniture des médicamens aux Bureaux de bienfaisance par la pharmacie centrale. M. 510, imprimé, et se trouve c. 46, int. *Service de santé.*

— Arrêté du Conseil général des Hospices, du 30 messidor an X (19 juillet 1802), qui oblige les Bureaux de bienfaisance à prendre les drogues dont ils ont besoin à la Pharmacie centrale des Hôpitaux. M. 669, reg. des arrêtés du Conseil, t. 2, n°. 871, p. 331.

— Arrêté du Conseil général des Hospices, du 4 thermidor an X (23 juillet 1802), qui suspend pour seize Bureaux l'exécution de l'arrêté du 30 messidor dernier ; ces Bureaux n'ayant point encore de pharmacie pour la préparation des médicamens. M. 671, reg. des arrêtés du Conseil, t. 2, n°. 885, p. 341.

— Arrêté du Conseil général des Hospices, du 23 vendémiaire an XI (15 octobre 1802), qui répartit entre les Bureaux de bienfaisance les places qui deviennent vacantes dans l'établissement passage Saint-Paul. M. 717, reg. des arrêtés du Conseil, t. 3, n°. 1054, p. 25.

— Arrêté du Conseil général des Hospices, du

2 germinal an XI (23 mars 1803), qui fixe le mode pour la reddition des comptes des Bureaux de bienfaisance. M. 781 , reg. des arrêtés du Conseil, t. 3 , n°. 1352 , p. 222.

— ARRÊTÉ du Gouvernement, du 16 fructidor an XI (3 septembre 1803), portant que les Bureaux de bienfaisance jouiront des droits de présentation à des lits dans les Hospices, précédemment exercés par les paroisses. M. 852, *Bulletin des lois* 311 , n°. 3141 , p. 916 , 3°. série.

— ARRÊTÉ du Conseil général des Hospices, du 29 frimaire an XII (21 décembre 1803), qui règle le droit des Bureaux de bienfaisance pour la nomination aux lits appartenant aux paroisses à l'hospice des Incurables. M. 917 , reg. des arrêtés du Conseil, t. 4 , n°. 1965 , p. 136.

— ARRÊTÉ du Conseil général des Hospices, du 1er. ventôse an XIII (20 février 1805), relatif aux inventaires du mobilier des Bureaux de bienfaisance. M. 1087 , reg. des arrêtés du Conseil , t. 5 , n°. 2657 , p. 161.

— ARRÊTÉ du Conseil général des Hospices , du 8 brumaire an XIV (30 octobre 1805), portant que les Bureaux de bienfaisance ne seront astreints à remettre leurs comptes qu'à la fin de l'année. M. 1233 , reg. des arrêtés du Conseil , t. 6 , n°. 2999 , p. 71.

— Arrêté du Conseil général des Hospices, du 8 brumaire an XIV (30 octobre 1805), qui autorise le receveur à payer les sommes allouées aux Bureaux de bienfaisance, sur mandats de l'ordonnateur. M. 1233, reg. des arrêtés du Conseil, t, 6, n°. 2999, p. 71.

— Arrêté du Conseil général des Hospices, du 11 juin 1806, portant que les Bureaux de bienfaisance ne pourront faire aucune dépense en bâtiment, excédente 300 francs, sans une autorisation du Conseil. M. 1353, reg. des arrêtés du Conseil, t. 7, n°. 3710, p. 390.

— Arrêté du Conseil général des Hospices, du 29 octobre 1806, portant règlement pour la tenue des registres et les paiemens à faire par les Bureaux de bienfaisance. M. 1427, reg. des arrêtés du Conseil, t. 7, n°. 4121, p. 740.

— Décret impérial, du 12 juillet 1807, qui met dans les attributions des Bureaux de bienfaisance la direction des caisses de secours de charité et d'épargnes précédemment établies en faveur des indigens. M. 1495, *Bulletin des lois* 153, n°. 2599, p. 336, 4°. série.

— Arrêté du Conseil général des Hospices, du 20 janvier 1808, portant que les membres des Bureaux de bienfaisance ne pourront être fournisseurs des objets à distribuer aux indi-

9 *

gens. M. 1549, reg. des arrêtés du Conseil, t. 9, n°. 5910, p. 46.

— LETTRE du Ministre de l'intérieur, du 5 février 1809, par laquelle Son Excellence manifeste l'intention de faire fournir le pain aux indigens par la boulangerie générale. M. 1627, c. 55, intit. *Farines*, n°. 35.

— ARRÊTÉ du Ministre de l'intérieur, du 4 juillet 1809, qui charge l'approvisionnement de la réserve de fournir la farine nécessaire pour la fabrication du pain des indigens. M. 1689, c. 48, intit. *Agence des secours*, n°. 135.

— ARRÊTÉ du Conseil général des Hospices, du 4 décembre 1811, relatif aux élèves en médecine et en chirurgie des Bureaux de bienfaisance et des dispensaires. M. 1989, reg. des arrêtés du Conseil, t. 12, n°. 11315, p. 904.

— DÉCRET IMPÉRIAL, du 14 juillet 1812, qui renvoie au Conseil d'État à prononcer sur les plaintes et dénonciations dirigées contre les administrateurs d'un des Bureaux de bienfaisance de Paris. * *Bulletin des lois* 441, n°. 8128, p. 28, 4°. série.

— ARRÊTÉ du Ministre de l'intérieur, du 31 octobre 1812, sur la fourniture des farines destinées à la fabrication du pain des indigens. M. 2065, c. 48, intit. *Agence des secours*, n°. 227.

— Arrêté du Ministre de l'intérieur, du 12 août 1813, qui réduit à douze le nombre des Bureaux de bienfaisance et en fixe l'organisation. * Imprimé, et se trouve c. 48, intit. *Agence des secours.*

— Arrêté du Ministre de l'intérieur, du 28 octobre 1813, relatif à l'organisation des Bureaux de bienfaisance. * Imprimé, et se trouve c. 48, intit. *Agence des secours.*

— Arrêté du Conseil, du 19 octobre 1814, qui adopte provisoirement le règlement proposé par les directeurs de l'approvisionnement de la réserve pour la fourniture des farines nécessaires aux indigens. Reg. des arrêtés du Conseil, t. 15, n°. 15867, p. 732.

BUREAUX DE CHARITÉ. — Loi, du 19 août 1792, portant que les biens des Bureaux de charité et autres établissemens de secours seront régis et administrés par les officiers municipaux des communes dans l'étendue desquelles les biens sont situés. M. 89, Recueil des lois, t. 6, p. 94.

BUREAUX DE L'ADMINISTRATION DES HOSPICES. — Arrêté du Conseil général des Hospices, du 16 fructidor an IX (3 septembre 1801), sur l'organisation des Bureaux de l'Administration. M. 293, imprimé, et se trouve fin du reg. 1er. des arrêtés du Conseil.

— INSTRUCTION du Conseil général des Hospices, du 6 brumaire an X (28 octobre 1801), sur l'ordre du travail des bureaux de l'Administration. M. 561, imprimée et insérée fin du reg. 1er. des arrêtés du Conseil.

— ARRÊTÉ du Ministre de l'intérieur, du 6 fructidor an XI (24 août 1803), portant nouvelle organisation des bureaux de l'Administration. M. 845, imprimé et inséré aux reg. des arrêtés du Conseil, t. 3, p. 449.

— ARRÊTÉ du Conseil général des Hospices, du 2 complémentaire an XI (19 septembre 1803), sur l'ordre et la police des bureaux de l'Administration des Hospices. M. 863, reg. des arrêtés du Conseil, t. 3, n°. 1717, p. 496.

— ARRÊTÉ du Conseil général des Hospices, du 20 février 1811, portant règlement pour les heures d'entrée et de sortie des employés des bureaux de l'Administration des Hospices. M. 1911, registre des arrêtés du Conseil, t. 12, n°. 10291, p. 133.

BUVETTES. — ARRÊTÉ du Conseil général des Hospices, du 9 floréal an X (29 avril 1802), qui supprime dans tous les Hospices les buvettes et cabarets. M. 607, reg. des arrêtés du Conseil, t. 2, n°. 660, p. 153.

C.

CABARETS. — Arrêté du Conseil général des Hospices, du 9 floréal an X (29 avril 1802), qui supprime dans les Hôpitaux et Hospices, les buvettes et cabarets. M. 607, reg. des arrêtés du Conseil, t. 2, n°. 660, p. 153.

CADASTRES. — Arrêté du Conseil général des Hospices, du 24 décembre 1811, portant que les frais de cadastre des propriétés rurales des Hospices seront acquittés directement par l'Administration. M. 2003, reg. des arrêtés du Conseil, t. 12, n°. 11405, p. 960.

CADAVRES. — Arrêté du Conseil général des Hospices, du 17 frimaire an XI (8 décembre 1812), portant que les cadavres nécessaires à l'École de Médecine seront fournis par la Salpêtrière. M. 731, reg. des arrêtés du Conseil, t. 3, n°. 1176, p. 92.

— Lettre du préfet de la Seine, du 7 décembre 1813, sur le partage entre l'Administration et la Faculté de Médecine, des cadavres des personnes décédées dans les Hospices. * C. 46, intit. *Service de santé*, n°. 266.

— Arrêté du préfet de police, du 25 septembre 1813, sur la délivrance, pour l'instruction, des cadavres des personnes décédées dans les Hospices. * C. 35, intit. *Préfet de police*, n°. 212.

CAHIERS DES CHARGES. — Modèle de cahiers des charges pour la fourniture des objets nécessaires à l'approvisionnement des Hospices, arrêtés par le Conseil en sa séance du 1er. complémentaire an XIII (18 septembre 1805), M. 1213, reg. des arrêtés du Conseil, t. 5, n°. 2922, p. 415.

— Lettre du préfet de la Seine, du 3 mai 1809, faisant envoi d'un modèle de cahier des charges pour l'adjudication des fournitures. M 1661, c. 31, intit. *Règlemens généraux*, n°. 82.

— Arrêté du Conseil général des Hospices, du 15 juin 1814, portant qu'à l'avenir on indiquera sur les cahiers des charges des fournitures les quantités présumées nécessaires aux besoins. * Reg. des arrêtés du Conseil, t. 15, mention, p. 345.

CAHIERS DE VISITE. — Règlement du 4 ventôse an 10 (23 février 1802), qui prescrit aux médecins de faire tenir pendant leurs visites des cahiers sur lesquels on doit inscrire les prescriptions ordonnées et le régime que doit tenir chaque malade. M. 482, imprimé, et se trouve c. 46, intit. *Service de santé*.

— Arrêté du Conseil général des Hospices, du 28 décembre 1814, portant qu'à l'avenir les traitemens des élèves en médecine et en chirurgie ne seront payés qu'autant qu'ils auront

justifié, par un certificat du médecin en chef,
qu'ils tiennent exactement les cahiers de visite
et font les observations prescrites par l'article 94 du règlement sur le service de santé
(ventôse an X). Reg. des arrêtés du Conseil,
t. 15, n°. 16258.

CAISSE. — Instruction du Conseil général des
Hospices, du 6 brumaire an X (28 octobre
1801), sur la tenue des registres à la caisse des
Hospices. M. 358, imprimée et insérée fin du
reg. 1er. des arrêtés du Conseil.

— Arrêté du préfet de la Seine, du 31 décembre
1810, qui règle le mode à suivre pour la tenue des registres dans le bureau du receveur
des Hospices. M. 1836, c. 29, intit. *Service général et Comptabilité,* n°. 91.

— Arrêté du préfet de la Seine, du 22 avril
1811, qui nomme un des auditeurs attachés à
la préfecture pour surveiller la tenue des registres dans les bureaux de la caisse des Hospices. M. 1921, c. 29, intit. *Service général et
Comptabilité,* n°. 91.

CAISSE MUNICIPALE. — Arrêté du préfet de
la Seine, du 22 novembre 1811, qui ordonne
le versement dans la caisse municipale des
fonds provenant de la vente des maisons. M.
1985, c. 43, intit. *Ventes et aliénations des
biens,* n°. 13.

CAISSE NATIONALE DE PRÉVOYANCE. — Loi, du 19 mars 1792, portant qu'il sera établi une caisse nationale de prévoyance pour parvenir à l'extinction de la mendicité. M. 93, Recueil de lois, t. 6, p. 466.

CAISSE. — Arrêté du préfet de la Seine, du 1ᵉʳ. juillet 1811, qui ordonne la vérification des caisses placées sous sa surveillance. M. 1953, c. 29, intit. *Service général et Comptabilité*, n°. 155.

CAISSES D'ÉPARGNES. — Décret impérial, du 12 juillet 1807, qui met sous la direction des Bureaux de bienfaisance les caisses de secours, de charité et d'épargnes, à la charge par lesdits bureaux de se conformer au but institutif de chaque établissement. M. 1495, *Bulletin des lois* 153, n°. 2599, p. 336, 4ᵉ. série.

CAISSIER. — Arrêté du Ministre de l'intérieur, du 27 nivôse an IX (17 janvier 1801), qui établit, pour le service des Hospices, un caissier général qui est nommé par le Ministre de l'intérieur, et qui est assujetti aux règlemens relatifs aux comptables des deniers publics. M. 232, imprimé.

CANCÉREUX. — Arrêté du Conseil général des Hospices, du 5 mars 1806, portant que les cancéreux pourront être admis dans les Hospices de Bicêtre et de la Salpêtrière. M. 1329, reg. des arrêtés du Conseil, t. 7, n°. 3384, p. 151.

CANDIDATS. — ARRÊTÉ du Ministre de l'intérieur, du 27 nivôse an IX (17 janvier 1801), qui fixe le nombre des candidats à présenter au Ministre de l'intérieur pour remplir une place vacante dans le sein du Conseil. M. 231 , imprimé.

— DÉCRET IMPÉRIAL , du 7 germinal an XIII (28 mars 1805), portant qu'il sera présenté cinq candidats pour chaque place vacante dans le sein des administrations charitables. M. 1109, c. 31 , intit. *Règlemens généraux*, n°. 214.

— LETTRE du préfet de la Seine , du 8 mars 1808, sur les présentations de candidats pour les places vacantes dans le Conseil général des Hospices. M. 1553, c. 66, intit. *Nomination aux places*, n°. 45.

— ARRÊTÉ du Ministre de l'intérieur, du 21 avril 1810, formant supplément à celui sur le service de santé, et indiquant la manière dont doivent être formées les listes de candidats pour les places de médecins et chirurgiens vacantes dans les Hôpitaux et Hospices. M. 1763, c. 46, intit. *Service de santé*, n°. 137.

— LETTRE du préfet de la Seine , du 11 octobre

10 *

1810, faisant suite à l'arrêté précédent, portant que l'âge de trente ans est exigible pour les chirurgiens adjoints, comme pour les chirurgiens ordinaires. M. 1795, c. 46, intit. *Service de santé*, n°. 208.

CAPITAUX. — ARRÊTÉ du Directoire exécutif, du 3 vendémiaire an VII (24 septembre 1798), concernant l'emploi en prêts à intérêts des capitaux provenant de remboursemens de rentes faits aux Hospices civils. M. 195, *Bulletin des lois* 229, n°. 2044, 2e. série.

— ARRÊTÉ du Conseil général des Hospices, du 5 février 1806, sur les intérêts des capitaux versés par les indigens de l'hospice des Ménages dans la caisse des Hospices. M. 1313, reg. des arrêtés du Conseil, t. 7, n°. 3304, p. 91.

— AVIS du Conseil d'État, du 22 novembre 1808, portant qu'il n'est pas besoin d'autorisation spéciale pour le placement en rente sur l'État des capitaux appartenant aux Hospices, mais que pour le placement en biens-fonds, cette formalité est de rigueur. M. 1607, *Bulletin des lois* 221, n°. 4034, p. 297, 4e. série.

— DÉCRET IMPÉRIAL, du 16 juillet 1810, qui règle l'emploi des capitaux provenant des remboursemens faits aux Hospices. M. 1783, *Bulletin des lois* 302, n°. 5733, p. 39, 4e. série.

CARRIERES. — Arrêté du Conseil d'État du Roi, du 27 juin 1789, portant que l'on ne pourra point établir de carrières près du puisard de Bicêtre. M. 9, c. 12, intit. *Bicêtre*, et imprimé.

CARTES DE SURETÉ. — Loi, du 19 pluviôse an III (7 février 1795), sur le renouvellement des cartes de sûreté. M. 345, imprimé, et se trouve à la suite du règlement du 18 vendémiaire an **X**, relatif aux admissions dans les Hospices.

CAUTIONNEMENT. — Arrêté du Ministre de l'intérieur, du 27 nivôse an IX (17 janvier 1801), qui fixe le cautionnement à fournir par le receveur. Imprimé, m. 232.

— Arrêté du Gouvernement, du 16 germinal an XII (6 avril 1804), qui oblige les receveurs des Hospices et établissemens de charité à fournir un cautionnement. M. 981, *Bulletin des lois* 359, n°. 3760, p. 39, 3ᵉ. série.

— Arrêté du préfet de la Seine, du 1ᵉʳ. prairial an XII (21 mai 1804), qui fixe à 60,000 francs le cautionnement de receveur des Hospices. M. 1007, c. 34, intit. *Préfet de la Seine*, n°. 356.

— Loi, du 25 nivôse an XIII (15 janvier 1805), relative au remboursement des cautionnemens fournis par les agens de change, avoués, etc.

M. 1065, *Bulletin des lois* 27, n°. 468, p. 206, 4°. série.

— Loi, du 6 ventôse an XIII (25 février 1805), qui applique aux comptables publics les dispositions de la loi du 25 nivôse dernier. M. 1089, *Bulletin des lois* 35, n°. 580, p. 353, 4°. série.

— ARRÊTÉ du Conseil général des Hospices, du 22 décembre 1813, qui oblige les préposés à la perception des droits d'abri dans les halles et marchés, à fournir un cautionnement.*Reg. des arrêtés du Conseil, t. 14, n°. 14452, p. 1201.

CERTIFICATS. — ARRÊTÉ du Conseil général des Hospices, du 11 mars 1812, sur les certificats à délivrer par le Bureau central d'admission. M. 2031, reg. des arrêtés du Conseil, t. 13, n°. 11756, p. 236.

CHANDELLES. — ARRÊTÉ du Conseil général des Hospices, du 16 décembre 1812, portant que chaque année il sera distribué dans les Hospices de la chandelle aux surveillans et sous-surveillans des deux sexes.*Reg. des arrêtés du Conseil, t. 13, n°. 12791, p. 965.

CHAPELAINS. — ARRÊTÉ du Gouvernement, du 11 fructidor an XI (29 août 1803), relatif au traitement des vicaires et chapelains, ainsi que des aumôniers attachés aux Hospices. M. 849, *Bulletin des lois* 310, n°. 3131, p. 909, 3°. série.

CHARBON. — Lettre du préfet de la Seine, du 29 mars 1813, sur le mesurage du charbon nécessaire au service des Hôpitaux et Hospices. * C. 58, intit. *Bois et Charbon*, n°. 48.

CHARENTON (maison de). — Arrêté du Conseil général des Hospices, du 3 floréal an X (23 avril 1802), relatif aux fous et folles à traiter à Charenton, à la charge des Hospices. M. 601, reg. des arrêtés du Conseil, t. 2, n°. 644, p. 142.

— Arrêté du Ministre de l'intérieur, du 23 thermidor an X (11 août 1802), portant que les fous et folles traités à Charenton seront renvoyés dans les Hospices, après trois mois de traitement. M. 687, c. 47, intit. *Fous et insensés*, n°. 823.

— Arrêté du Ministre de l'intérieur, du 28 fructidor an X (15 septembre 1802), portant que la dépense des insensés, envoyés à Charenton par ordre du préfet de police ou de l'Administration des Hospices, sera supportée par la caisse de ladite Administration des Hospices. M. 693, c. 47, intit. *Fous et insensés*, n°. 2575.

— Lettre du Ministre de l'intérieur, du 8 février 1806, qui fixe à six mois le séjour des fous traités à Charenton à la charge de l'Administration des Hospices. M. 1315, c. 47, intit. *Fous et insensés*, n°. 21.

— Arrêté du Conseil général des Hospices, du
19 février 1806, relatif aux fous envoyés à
Charenton par l'Administration des Hospices.
M. 1323, reg. des arrêtés du Conseil, t. 7,
n°. 3343, p. 119.

— Arrêté du Conseil général des Hospices, du
20 avril 1808, relatif aux insensés des deux
sexes traités à Charenton. M. 1565, reg. des
arrêtés du Conseil, t. 9, n°. 6226, p. 232.

CHARITÉ (hôpital de la). — Arrêté du Conseil
général des Hospices, du 5 pluviôse an XIII
(29 janvier 1805), qui consacre une des salles
de l'hôpital de la Charité à la réception des malades de la maison civile de Sa Majesté. M. 1069,
reg. des arrêtés du Conseil, t. 5, n°. 2607, p. 113.

— Arrêté du Conseil général des Hospices, du
10 pluviôse an XIII (30 janvier 1803), qui fixe
à 2 francs 25 centimes, le prix de la journée à
payer pour les malades de la maison civile de
l'Empereur, traités à l'hôpital de la Charité.
M. 1075, reg. des arrêtés du Conseil, t. 5,
n°. 2623, p. 121.

— Arrêté du Conseil général des Hospices, du
22 ventôse an XIII (13 mars 1805), portant que
le montant des journées payées pour les malades de la maison de l'Empereur, traités à l'hôpital de la Charité, sera employé au service de

cet établissement. M. 1101, reg. des arrêtés du Conseil, t. 5, n°. 2677, p 178.

— Arrêté du Conseil général des Hospices, du 1er. mai 1811, portant que les dames de l'Hôtel-Dieu seront appelées à la Charité pour y faire le service des malades. M. 1923, reg. des arrêtés du Conseil, t. 12, n°. 10544, p 330.

— Arrêté du Conseil général des Hospices, du 21 octobre 1812, qui ordonne que les cours d'anatomie et d'opérations seront faits à l'avenir gratuitement à l'hôpital de la Charité. M. 2063, reg. des arrêtés du Conseil, t. 13, n°. 12559, p. 798.

— Arrêté du Conseil général des Hospices, du 7 juillet 1813, qui nomme à l'hôpital de la Charité un inspecteur du service de santé. * Reg. des arrêtés du Conseil, t. 14, n°. 13688, p. 664.

— Arrêté du Conseil général des Hospices, du 21 juillet 1813, qui accorde un traitement aux novices de l'hôpital de la Charité. * Reg. des arrêtés du Conseil, t. 14, n°. 13732, p. 701.

CHASSE (droits de). — Arrêté du Conseil général des Hospices, du 8 février 1809, qui fixe à 50 kilogrammes de blé par 50 hectares de terre, le fermage annuel des droits de chasse sur les terres appartenantes aux Hos-

pices. M. 1639, reg. des arrêtés du Conseil ;
t. 10, n°. 7319, p. 159.

CHEFS D'EMPLOIS A BICÊTRE. — Arrêté du
Conseil général des Hospices, du 20 floréal
an X (10 mai 1802), qui en fixe le nombre.
M. 617, reg. des arrêtés du Conseil, t. 2,
n°. 679, p. 173.

CHIRURGIENS. — Arrêté du Ministre de l'intérieur, du 18 floréal an IX (28 mai 1801),
qui attache des chirurgiens aux Bureaux de
bienfaisance pour le service des pauvres malades. M. 273, imprimé.

— Règlement du 4 ventôse an X (23 février 1802),
fixant le nombre des chirurgiens en chef et ordinaires dans les Hospices et le mode de leur
nomination. M. 472, imprimé et se trouve c. 46,
int. *Service de santé.*

— Arrêté du Conseil général des Hospices, du
18 germinal an X (8 avril 1802), qui fixe le
traitement des chirurgiens des Hôpitaux et
Hospices. M. 587, reg. des arrêtés du Conseil,
t. 2, n°. 624, p. 116.

— Arrêté du Conseil général des Hospices, du
4 complémentaire an XI (21 septembre 1803),
portant que les chirurgiens en chef des Hôpitaux et Hospices sont autorisés à acheter les
sondes élastiques dont leurs malades auront
besoin. M. 872, reg. des arrêtés du Conseil,
t. 3, n°. 1722, p. 499.

— ARRÊTÉ du Ministre de l'intérieur, du 21 avril 1810, portant règlement supplémentaire pour le service de santé. M. 1763, c. 46, int. *Service de santé*, n°. 137.

— DÉCRET IMPÉRIAL, du 18 mars 1813, portant que les dispositions du décret du 7 février 1809, relatif aux pensions de retraite à accorder aux employés ne seront point appliquées aux médecins et chirurgiens. * *Bulletin des lois* 488, n°. 9039, p. 488, 4. série.

— ARRÊTÉ du Ministre de l'intérieur, du 28 octobre 1813, portant qu'il y aura auprès de chaque Bureau de bienfaisance des chirurgiens. *Imprimé et se trouve c. 48, int. *Agence des secours*.

CHIRURGIENS-ADJOINTS. — LETTRE du préfet de la Seine, du 11 octobre 1810, portant que les candidats pour les places de chirurgiens-adjoints seront âgés au moins de trente ans. M. 1795, c. 46, int. *Service de santé*, n. 208.

CHIRURGIENS EN CHEF DES HOPITAUX.

— ARRÊTÉ du Conseil général des Hospices, du 13 juillet 1814, qui charge les médecins ou chirurgiens en chef des Hôpitaux d'assister à la réception des médicamens livrés dans les maisons auxquelles ils sont attachés. Reg. des arrêtés du Conseil, t. 15, n°. 15294, p. 430.

11 *

CLINIQUES. — Arrêté du Ministre de l'intérieur, du 13 germinal an X (3 avril 1802),
sur l'organisation des salles cliniques : ce même
arrêté fixe le prix de journée à payer par
l'Administration des Hospices pour le traitement des malades dans les salles de cliniques.
M. 573, c. 46, int. *Service de santé.*

— Arrêté du Conseil général des Hospices, du
30 messidor an X (19 juillet 1802), qui fixe
à 1 franc 25 centimes le prix de la journée
des malades reçus dans les salles de cliniques
de l'École de médecine. M. 667, reg. des
arrêtés du Conseil, t. 2, n°. 869, p. 330.

— Arrêté du Conseil général des Hospices, du
12 vendémiaire an XII (5 octobre 1803), qui
charge les membres de la deuxième Division
d'arrêter les dépenses relatives aux cliniques.
M. 881, reg. des arrêtés du Conseil, t. 4,
n°. 1774, p. 28.

— Arrêté du Conseil général des Hospices, du
13 thermidor an XII (1er. août 1804), portant que sur les sommes allouées pour les cliniques, on prélevera d'abord la dépense de la
clinique de l'École de médecine, et que le
surplus sera employé pour la clinique de la
Charité. M. 1037, reg. des arrêtés du Conseil,
t. 4, n°. 2377, p. 436.

— Arrêté du Ministre de l'intérieur, du 15 pluviôse an XIII (4 février 1805), sur l'établissement de la clinique de l'hôpital de la Charité. M. 1077, c. 4, int. *Charité*, n°. 89.

— Arrêté du Conseil général des Hospices, du 27 août 1806, qui charge l'ordonnateur d'acquitter le prix des journées de malades traités à la clinique interne de la Charité. M. 1425, reg. des arrêtés du Conseil, t. 7, n°. 3917, p. 603.

COCHIN (hôpital.) — Règlement particulier de l'hôpital Cochin, adopté par le Conseil en sa séance du 9 floréal an X (29 avril 1802). M. 609, reg. des arrêtés du Conseil, t. 2, n°. 661, p. 153.

— Arrêté du Conseil général des Hospices, du 23 juillet 1806, qui désigne l'hôpital Cochin pour y recevoir les grands malades de la Maison d'Accouchement et les mères nourrices qui ne peuvent être traitées à domicile. M. 1413, reg. des arrêtés du Conseil, t. 7, n°. 3817, p. 524.

COMITÉ CENTRAL DE LA VACCINE. — Arrêté du Conseil général des Hospices, du 24 messidor an XI (13 juillet 1803), qui met une maison sise rue du Battoir, à la disposition du Comité central de la Vaccine. M. 833,

reg. des arrêtés du Conseil, t. 3, n°. 1572, p. 379.

— ARRÊTÉ du Conseil général des Hospices, du 25 floréal an XIII (15 mai 1805), qui fixe le prix du loyer de la maison occupée par le Comité central de la Vaccine. M. 1143, reg. des arrêtés du Conseil, t. 5, n°. 2745, p. 257.

COMITÉ DE SECOURS PUPLICS. — Loi du 7 fructidor an II (24 août 1794), qui attribue à un Comité de seize membres, pris dans le sein de la Convention nationale, la surveillance des Hôpitaux, secours, etc. M. 155. *Bulletin des lois* 46, n°. 243, 1ʳᵉ. série.

COMITÉS CENTRAUX DE BIENFAISANCE. — ARRÊTÉ des Consuls, du 29 germinal an IX (12 avril 1801), qui établit des Comités centraux de bienfaisance, sous la présidence du maire. M. 247, imprimé.

— ARRÊTÉ du Ministre de l'intérieur, du 18 floréal an IX (28 mai 1801), relatif à l'organisation des Comités centraux de bienfaisance. M. 268, imprimé.

— ARRÊTÉ du Ministre de l'intérieur, du 8 vendémiaire an X (30 septembre 1801), qui fixe le nombre des Comités centraux de bienfaisance et qui en donne la présidence au maire de l'arrondissement. M. 311, imprimé et inséré fin du reg. 1ᵉʳ. des arrêtés du Conseil.

— Arrêté du Conseil général des Hospices, du 29 frimaire an XII (21 décembre 1803), qui accorde aux Comités centraux de bienfaisance les droits de nomination à des lits fondés aux Incurables, dont la jouissance étoit réservée aux paroisses. M. 917, reg. des arrêtés du Conseil, t. 4, n°. 1965, p. 136.

COMITÉS DE BIENFAISANCE. — Arrêté du Conseil général des Hospices, du 22 ventôse an XIII (13 mars 1805), portant que sur vingt-huit lits vacans dans les Hospices, douze seront à la nomination des Comités de bienfaisance. M. 1099, reg. des arrêtés du Conseil, t. 5, n°. 2672, p. 175.

COMMIS CONTROLEUR. — Arrêté du Conseil général des Hospices, du 16 novembre 1814, chargeant les commis contrôleurs qui rem-plissent les fonctions d'économes dans les Hôpi-taux, de signer conjointement avec l'agent de surveillance, les récépissés des fournitures. Reg. des arrêtés du Conseil, t. 15, n°. 1906.

COMMISSION ADMINISTRATIVE DES HOS-PICES. — Loi du 16 vendémiaire an V (7 oc-tobre 1796), qui établit une Commission pour l'administration des Hospices civils de Paris. M. 71, *Bulletin des lois* 81, n°. 753, 2 . série.

— Arrêté du Ministre de l'intérieur, du 27 ni-

vôse an IX (17 janvier 1801), portant que
la Commission administrative sera composée
de cinq membres et toujours nommée par le
Ministre de l'intérieur sur la présentation du
préfet. M. 252, imprimé.

— Arrêté du Ministre de l'intérieur, du 8 floréal
an IX (28 avril 1801), qui fixe les attributions
de la Commission. M. 253, imprimé.

— Arrêté du Ministre de l'intérieur, du 28 vendémiaire an X (20 octobre 1801), qui partage
entre les membres de la Commission les visites
des Hospices et le séjour au chef-lieu de l'Administration. M. 359, imprimé et inséré fin du
reg. 1ᵉʳ. des arrêtés du Conseil.

COMMISSION DES SECOURS PUBLICS. —
Loi du 12 germinal an II (1ᵉʳ. avril 1794),
qui, en supprimant les Ministères, crée une
Commission de secours publics. M. 139, Recueil de lois , t. 8; p. 440.

COMMISSION ET AGENCE. — Arrêté du
Conseil général des Hospices, du 22 ventôse
an XIII (13 mars 1805), portant que sur vingt-
huit lits vacans dans les Hospices, deux seront
à la nomination des membres de la Commission
et de l'Agence. M. 1099, reg. des arrêtés du
Conseil, t. 5, n°. 2672, p. 175.

COMMISSIONS ADMINISTRATIVES DES HOS-

PICES. — Loi, du 16 messidor an VII (3 août 1799), sur la nomination des Commissions administratives et la révocation des membres qui les composent. M. 211 , *Bulletin des lois* 293, n°. 3112, 2ᵉ. série.

— Lettre du Ministre de l'intérieur, de prairial an VIII, portant que les membres des Commissions administratives ne doivent pas être renouvelés, mais qu'ils peuvent être révoqués par le Gouvernement. * Collection des lettres et instructions émanées du Ministère, t. 3, p. 249.

— Loi du 15 pluviôse an XIII (4 février 1805), qui met sous la tutelle des Commissions administratives les enfans admis dans les Hospices. M. 1079, *Bulletin des lois* 31, n°. 526, p. 269, 4ᵉ. série.

COMMISSIONS EXÉCUTIVES. — Loi du 19 thermidor an II (6 août 1794), portant qu'à l'entrée de chacun des bureaux des Commissions exécutives, il sera affiché un tableau indiquant le travail dont on s'occupe et le nom du chef. M. 153, *Bulletin des lois* 34, n°. 191, 1ʳᵉ. serie.

COMMIS-VOYAGEUR. — Arrêté du Conseil général des Hospices, du 3 floréal an X (23 avril 1802), portant qu'il sera nommé un commis-voyageur pour inspecter les biens ruraux des

Hospices. M. 597, reg. des arrêtés du Conseil,
t. 2, n°. 654, p. 148.

— Arrêté du Conseil général des Hospices, du
16 germinal an XI (6 avril 1803), qui autorise
le commis-voyageur à ordonner les réparations
aux biens ruraux au-dessous de 100 francs.
M. 789, reg. des arrêtés du Conseil, t. 3,
n°. 1383, p. 250.

COMPTABILITÉ. — Instructions du Conseil
général des Hospices, en date du 6 brumaire
an X (28 octobre 1801), sur les fondemens
de la comptabilité, la tenue des livres, etc.
M. 365, imprimées et insérées fin du reg. 1er.
des arrêtés du Conseil.

— Instructions du Conseil général des Hospices,
du 6 brumaire an X (28 octobre 1801), sur le
mode de comptabilité à observer dans les Hospices. M. 370, imprimées et insérées fin du
reg. 1er. des arrêtés du Conseil.

— Lettre du Ministre de l'intérieur, du 18 ventôse an XI (9 mars 1803), qui prescrit la tenue
d'une comptabilité séparée pour les recettes et
dépenses des Enfans-Trouvés. M. 775, c. 14,
intit. *Maternité*, n°. 3101.

— Décret impérial, du 24 fructidor an XIII
(11 septembre 1805), qui règle le mode de
comptabilité à suivre pour le commencement

de l'an XIV et l'année 1806. M. 1209, *Bulletin des lois* 56, n°. 942, 4°. série, p. 566.

— Arrêté du Ministre de l'intérieur, du 20 vendémiaire an XIV (12 octobre 1805), qui règle le mode à suivre pour la comptabilité des Hospices. M. 1227, c. 31, intit. *Règlemens généraux*, n°. 11.

— Règlement sur les attributions du Bureau de comptabilité adopté par le Conseil à sa séance du 15 brumaire an XIV (6 novembre 1805). M. 1256, reg. des arrêtés du Conseil, t. 6, n°. 3026, p. 133.

— Arrêté du préfet de la Seine, du 31 décembre 1810, qui règle le mode à suivre pour la tenue des registres de la Comptabilité général des Hospices civils de Paris. M. 1833, c. 29, intit. *Service général et Comptabilité*.

— Arrêté du préfet de la Seine, du 22 avril 1811, qui nomme un des auditeurs attachés à la Préfecture pour surveiller la tenue des registres de la Comptabilité des Hospices. M. 1921, c. 29, intit. *Service général et Comptabilité*, n°. 91.

COMPTABLES. — Loi du 6 ventose an XIII (25 février 1805), qui applique aux comptables publics les dispositions de la loi du 25 nivôse précédent sur les cautionnemens. M 1089, *Bulletin des lois* 35, n°. 580, 4°. série.

— Avis du Conseil d'État, du 29 octobre 1811, qui rend exécutoires les arrêtés pris par les Préfets en ce qui regarde les débets des comptables. M. 1977, *Bulletin des lois* 429, n°. 7899, p. 283, 4°. série.

COMPTES. — Arrêté du Ministre de l'intérieur, du 8 floréal an IX (28 avril 1801), portant que la Commission doit chaque année présenter son compte de gestion. M. 256, imprimé.

— Instructions du Conseil général des Hospices, du 6 brumaire an X (28 octobre 1801), sur les comptes à rendre chaque année tant par la Commission que par le caissier. M. 372, imprimées et insérées fin du reg. 1er. des arrêtés du Conseil.

— Arrêté du Conseil général des Hospices, du 13 messidor an X (2 juillet 1802), qui enjoint aux agens de surveillance de rendre compte à la fin de chaque mois, à la Commission, de l'exécution des règlemens et de l'exactitude que chacun des employés aura apportés dans le service qui lui est confié. M. 655, reg. des arrêtés du Conseil, t. 2, n°. 836, p. 303.

— Arrêté du Conseil général des Hospices, du 2 germinal an XI (23 mars 1803), qui fixe le mode de reddition des comptes des bureaux de bienfaisance. M. 781, reg. des arrêtés du Conseil, t. 3, n°. 1352, p. 222.

— Arrêté du Conseil général des Hospices, du 24 pluviôse an XIII (13 février 1805), portant qu'au commencement de chacun des comptes généraux, on portera un chapitre de reprises de l'année précédente tant en recettes qu'en dépenses. M. 1083, reg. des arrêtés du Conseil, t. 5, n°. 2642, p. 142.

— Décret impérial, du 7 floréal an XIII (27 avril 1805), relatif aux comptes à rendre par les receveurs des établissemens de Charité. M. 1117, *Bulletin des lois* 43, n°. 700, p. 44, 4°. série.

— Arrêté du préfet de la Seine, du 31 mai 1806, relatif à la reddition des comptes des Hospices et établissemens de bienfaisance. M. 1351, c. 29, intit. *Service général et Comptabilité*, n°. 127.

— Circulaire du Ministre directeur de l'administration de la guerre, du 9 juin 1810, imposant aux administrations des Hospices civils, l'obligation d'envoyer dans les premiers jours de chaque mois, le compte courant des journées de militaires traités dans les Hospices civils. M. 1769, c. 32, intit. *Gouvernement et Ministres*, n°. 140.

— Arrêté du préfet de la Seine, du 31 décembre 1810, relatif à la reddition des comptes annuels en deniers, par l'ordonnateur et le receveur des Hospices. M. 1838, c. 29, intit. *Service général et Comptabilité*, n°. 91.

— Circulaire du Ministre directeur de l'administration de la guerre, du 14 mars 1812, qui fixe
à quarante jours le délai pour la remise des
comptes des journées de militaires traités dans
les Hôpitaux. M. 2033, c. 32, intit. *Gouvernement et Ministres*, n°. 71.

CONCERTS. — Décret impérial, du 25 prairial
an XIII (14 juin 1805), qui exempte du droit
des pauvres les concerts donnés au profit des
membres du Conservatoire décédés dans l'exercice de leurs fonctions. M. 1147, c. 59, intit.
Spectacles, n°. 213.

CONCESSIONS. — Décret impérial, du 23 prairial an XII (12 juin 1804), qui permet de faire
des concessions de terrain pour des sépultures
particulières, à la charge, par les familles, de
faire un don aux pauvres. M. 1015, *Bulletin
des lois* 5, n°. 25, p. 75, 4e. série.

CONCOURS. — Règlement du 4 ventôse an X
(23 février 1802), sur le mode des concours
pour les places d'élèves en médecine et en chirurgie vacantes dans les Hospices. M. 474,
imprimé et se trouve dans le c. 46, intit. *Service
de Santé.*

CONDAMNATIONS. — Avis du Conseil d'État,
du 29 octobre 1811, sur les attributions des
administrateurs dans le droit de prononcer des

contraintes. M. 1975, *Bulletin des lois* 429,
n°. 7899, p. 282, 4°. série.

CONDAMNATIONS ET CONTRAINTES. —
Avis du Conseil d'État, du 16 thermidor an XII
(4 août 1804), portant que les condamnations
et contraintes émanées de l'autorité administrative dans le cas et pour les matières de leur
compétence emportent hypothèques de la
même manière et aux mêmes conditions que
celles de l'autorité judiciaire. M. 1041, *Bulletin des lois* 429, n°. 7899, p. 282, 4°. série.

CONFISCATION ET AMENDES. — Arrêté
des Consuls, du 25 floréal an VIII (15 mai
1800), qui affecte au paiement de mois de
nourrice des enfans abandonnés, les portions
d'amendes et de confiscations attribuées aux
Hospices et Secours. M. 225, *Bulletin des lois*
25, n°. 172, 3°. série.

CONFLITS. — Avis du Conseil d'État, du 22 janvier 1813, portant que les conflits entre l'autorité administrative et l'autorité judiciaire doivent
être renvoyés à la Commission du contentieux
du Conseil d'État pour y être instruits conformément au règlement du 22 juillet 1806. * *Bulletin des lois* 473, n°. 8619, p. 130, 4°. série.

CONGÉS. — Arrêté du Conseil général des Hospices, du 20 floréal an X (10 mai 1802), portant règlement sur la rentrée des indigens sortis

par congé de Bicêtre et de la Salpêtrière.
M. 619, reg. des arrêtés du Conseil, t. 2,
n°. 688, p. 180.

— Arrêté du préfet de police, du 30 juin 1810,
qui défend aux indigens des Hospices de Bicêtre
et de la Salpêtrière, qui seront en congé, de
mendier dans les rues. M. 1779, c. 12, intit.
Bicêtre, et imprimé.

CONGRÉGATIONS HOSPITALIÈRES. — Loi
du 1ᵉʳ. mai 1793, qui suspend l'exécution de la
loi du 18 août 1792, en ce qui concerne la
vente des biens provenant des congrégations
vouées au service des pauvres et des Hospices.
M. 97, Recueil de lois, t. 7, p. 33.

— Décret impérial, du 18 février 1809, qui met
sous la protection de Madame Mère toutes les
Congrégations hospitalières de femmes qui se
vouent au service et aux soins des malades.
M. 1643, *Bulletin des lois* 225, n°. 4127,
p. 39, 4ᵉ. série.

CONGRÉGATIONS SÉCULIÈRES ET CON-
FRÉRIES. — Loi du 18 août 1792, qui supprime les Congrégations séculières et les Confréries, et qui ordonne la vente de leurs biens au
profit de l'État. M. 85, Recueil de lois, t. 6,
p. 71.

CONSCRITS. — Circulaire du Ministre directeur de l'administration de la guerre, du 26

février 1812, relative aux conscrits traités dans
les Hôpitaux civils. M. 2017, c. 32, int. *Gou-*
vernement et Ministres, n°. 71.

CONSEIL GÉNÉRAL DES HOSPICES. — Arrêté
des Consuls, du 27 nivôse an IX (17 janvier
1801), qui crée un Conseil général d'admission des Hospices civils de Paris, fixe le nombre
des membres qui doivent le composer, et règle
ses attributions. M. 231, imprimé.

— Arrêté du Ministre de l'intérieur, du 8 floréal
an IX (28 avril 1801), portant règlement sur
les séances du Conseil général des Hospices.
M. 249, imprimé.

— Arrêté du Ministre de l'intérieur, du 6 fructidor an XI (24 août 1803), qui fixe les attributions du Conseil général des Hospices. M. 845,
imprimé.

— Arrêté du Conseil général des Hospices, du
22 ventôse an XIII (13 mars 1805), portant
que sur vingt-huit lits vacans dans les Hospices,
quatre seront à la nomination des membres du
Conseil. M. 1099, reg. des arrêtés du Conseil,
t. 5, n°. 2672, p. 175.

— Lettre du préfet de la Seine, du 24 thermidor
an XIII (12 août 1805), relative au renouvellement des membres du Conseil des Hospices

13

de Paris. M. 1195, c. 31, int. *Règlemens généraux*, n°. 214.

— LETTRE du préfet de la Seine, du 8 mars 1808, annonçant que le Ministre de l'intérieur demandoit pour chaque présentation aux places vacantes dans le sein du Conseil cinq candidats. M. 1553, c. 46, int. *Nomination à des places*, n°. 45.

CONSEIL D'ÉTAT. — Avis du Conseil d'État, du 22 janvier 1813, qui charge la Commission du contentieux du Conseil d'État, de connoître des conflits qui surviennent entre l'autorité administrative et l'autorité judiciaire. * *Bulletin des lois* 473, n°. 8619, p. 130, 4°. série.

CONSERVATOIRE DE MUSIQUE. — DÉCRET IMPÉRIAL, du 25 prairial an XIII (14 juin 1805), sur le droit à percevoir au profit des pauvres, sur les pièces données en faveur des familles des membres du Conservatoire de musique, décédés dans l'exercice de leurs fonctions. M. 1147, c. 59, int. *Spectacles*, n°. 213.

CONSTRUCTIONS. — ARRÊTÉ du Conseil général des Hospices, du 5 vendémiaire an XII (28 septembre 1803), relatif aux constructions et réparations. M. 875, reg. des arrêtés du Conseil, t. 4, n°. 1738, p. 3.

— ARRÊTÉ du Conseil général des Hospices, du

14 germinal an XII (4 avril 1804), relatif aux constructions, réparations des bâtimens. M. 973, reg. des arrêtés du Conseil, t. 4, n°. 2137, p. 271.

— Arrêté du Ministre de l'intérieur, du 9 germinal an XIII (30 mars 1803), relatif aux constructions, reconstructions et réparations à faire dans les bâtimens des Hospices. M. 1111, c. 45, int. *Bâtimens et terrains*, n°. 126.

— Décret impérial du 10 brumaire an XIV (1er. novembre 1805), relatif aux constructions à faire dans les Hospices et Établissemens de charité. M. 1237, *Bulletin des lois* 63, n°. 1101, p. 104, 4e. série.

A la suite du Décret impérial est jointe une circulaire du Ministre de l'intérieur sur le même objet. M. 1240, imprimée, et se trouve c. 45, int. *Bâtimens et terrains*.

— Arrêté du Conseil général des Hospices, du 12 février 1806, qui charge les architectes de faire les devis descriptifs et estimatifs pour les réparations et constructions à faire dans les Hôpitaux et Hospices. M. 1317, reg. des arrêtés du Conseil, t. 7, n°. 3325, p. 100.

CONTESTATIONS. — Arrêté des Consuls, du 19 thermidor an IX (7 août 1801), qui déclare les préfets compétens pour juger les

13 *

contestations qui surviennent entre les particuliers et les agens du Gouvernement, pour
raison de fourniture. M. 289, *Bulletin des
lois* 93, n°. 783, p. 239, 3°. série.

— Arrêté du Conseil général des Hospices, du
13 thermidor an XII (1ᵉʳ. août 1804), portant
qu'une Commission spéciale du Conseil se fera
rendre compte deux fois par mois de toutes
les contestations qui se formeront, et de celles
qui se suivent au nom de l'Administration près
les cours et les tribunaux. M. 1034, reg. des
arrêtés du Conseil, t. 4, n°. 2379, p. 438.

CONTRAINTES. — Avis du Conseil d'État, du
29 octobre 1811, sur la validité des contraintes
décernées par les administrations. M. 1975,
Bulletin des lois 429, n°. 7899, p. 283, 4ᵉ série.

CONTRIBUTIONS. — Arrêté du Conseil général des Hospices, du 3 octobre 1810, qui
fixe le mode à suivre pour le paiement des contributions dues par l'Administration. M. 1793,
reg. des arrêtés du Conseil, t. 11, n°. 9831,
p. 745.

CONTRIBUTIONS DIRECTES. — Loi du 6
vendémiaire an VIII (28 septembre 1799),
qui ordonne un prélèvement sur les contributions directes pour le service des Hospices et
Enfans de la Patrie. M. 217, *Bulletin des
lois* 314, n°. 3313, 2ᵉ. série.

CONTRIBUTIONS FONCIÈRES. — Arrêté du Conseil général des Hospices, du 24 nivôse an X (14 juillet 1802), relatif aux contributions foncières à payer par les détenteurs de biens à titre emphytéotique, ou par bail à vie, ou par bail simple à charge de constructions. M. 401, reg. des arrêtés du Conseil, t. 1, n°. 443, p. 374.

Dans l'arrêté du Conseil sus-énoncé, est jointe la délibération de la Commission des Hospices, du 24 germinal an VII, sur le même objet.

— Arrêté du Conseil général des Hospices, du 13 frimaire an XIV (4 décembre 1805), qui autorise les fermiers des biens des Hospices à acquitter les contributions foncières de leurs fermages. M. 1271, reg. des arrêtés du Conseil, t. 6, n°. 3116, p. 187.

CONTROLEUR. — Arrêté du Ministre de l'intérieur, du 8 floréal an IX (28 avril 1801), qui établit un contrôleur près la caisse des Hospices. M. 255, imprimé.

— Arrêté du Ministre de l'intérieur, du 15 vendémiaire an X (7 septembre 1801), qui fixe son traitement et celui de son adjoint. M. 315, imprimé et inséré fin du reg. 1er. des arrêtés du Conseil.

— Décret impérial, du 7 floréal an XIII (27

avril 1805), qui fixe les attributions du contrôleur des recettes et dépenses. M. 1129, *Bulletin
des lois* 43 , n°. 700, p. 44, 4°. série. Les instructions du Ministre sont jointes au Décret.

— LETTRE du Ministre de l'intérieur, du 15 frimaire an XIV (6 décembre 1805), qui fixe
les attributions du contrôleur des Hospices.
M. 1275, c. 33 , int. *Ministre de l'intérieur*,
n°. 46.

— LETTRE du Ministre de l'intérieur, du 11 mars
1807 , sur les attributions du contrôleur.
M. 1471, c. 29, int. *Service général et comptabilité*, n°. 44.

CONVALESCENS. — RÈGLEMENT du 4 ventôse
an X (23 février 1802), portant que les convalescens ne pourront rester dans les salles de
malades. M. 485, imprimé, et se trouve c. 46,
int. *Service de santé*.

— RÈGLEMENT du 4 ventôse an X (23 février
1802), qui ne permet aux convalescens de
sortir des hôpitaux que pendant les trois derniers jours de leur séjour dans la maison. M. 493,
imprimé, et se trouve c. 46, int. *Service de santé*.

CORPORATIONS SUPPRIMÉES. — ARRÊTÉ du
Gouvernement, du 16 fructidor an XI (3 septembre 1803), portant que les lits qui appar-
tenoient à des corps supprimés, resteront à

la disposition du Gouvernement. M. 852, *Bul-letin des lois* 311, n°. 3141, p. 916, 3ᵉ. série.

CORRESPONDANCE. — Arrêté du Ministre de l'intérieur, du 8 prairial an X (28 mai 1802), portant que le tableau de la correspondance de l'Administration des Hospices sera adressé chaque jour au préfet de la Seine par le secrétaire général. M. 622, c. 31, int. *Règlemens généraux*, et inséré aux registres des arrêtés du Conseil, t. 2, p. 222.

— Arrêté du Conseil général des Hospices, du 11 prairial an X (31 mai 1802), qui charge le secrétaire général de l'Administration de remettre chaque jour au vice-président le tableau de la correspondance. M. 629, reg. des arrêtés du Conseil, t. 2, n°. 741, p. 222.

— Arrêté du Conseil général des Hospices, du 22 prairial an X (11 juin 1802), qui charge les membres de la Commission et de l'Agence de présenter à chaque séance la note de leur correspondance depuis le Conseil précédent. M. 635, reg. des arrêtés du Conseil, t. 2, n°. 766, p. 242.

COURS D'ACCOUCHEMENT. — Arrêté du Conseil général des Hospices, du 11 thermidor an X (30 juillet 1802), qui tolère l'entrée des élèves sages-femmes de l'École de Médecine dans la Maison d'Accouchement; pour y suivre les cours des professeurs. M. 679, reg. des arrêtés du Conseil, t. 2, n°. 900, p. 350.

— ARRÊTÉ du Conseil général des Hospices, du 24 vendémiaire an XIV (16 octobre 1805), qui fixe aux 1er. janvier et 1er. juillet de chaque année les cours d'accouchement de l'Hospice de la Maternité. M. 1231, t. 6 des registres des arrêtés du Conseil, n°. 2974, p. 51.

COURS D'ANATOMIE ET D'OPÉRATIONS.—

RÈGLEMENT du 4 ventôse an X (23 février 1802), sur les moyens d'instruction dans les Hôpitaux et Hospices. M. 488, imprimé, et se trouve dans le c. 46, int. *Service de santé.*

— ARRÊTÉ du Conseil général des Hospices, du 21 octobre 1812, qui ordonne que les cours d'anatomie et d'opérations seront faits à l'avenir gratuitement à l'hôpital de la Charité. M. 2065, reg. des arrêtés du Conseil, t. 13, n°. 12559, p. 798.

CRÉANCES. — Loi du 29 pluviôse an V (17

février 1797), relative aux créances et dettes des Hospices civils de Paris. M. 183, *Bulletin des lois* 107, n°. 1014, t. 3, 2°. série.

— ARRÊTÉ des Consuls, du 15 brumaire an IX (6 novembre 1800), relatif au paiement des sommes dues aux Hospices civils et au rem-

placement en capitaux de leurs biens aliénés.
M. 227, *Bulletin des lois* 52, n°. 384, p. 91,
3°. série, t. 2.

— Arrêté des Consuls , du 14 fructidor an X
(1ᵉʳ. septembre 1802), portant que tous les
remboursemens des créances et rentes appartenant aux Hospices et aux pauvres, qui auront été faits dans les caisses nationales, antérieurement au 9 fructidor an III , sont
déclarés valables. M. 689 , *Bulletin des lois*
212, n°. 1956, p. 673, 3°. série.

CRÉANCIERS. — Loi du 1ᵉʳ. germinal an III
(21 mars 1795), qui ordonne le remboursement des sommes dues aux créanciers des
Hôpitaux. M. 159 ; *Bulletin des lois* 132 ; n°.
715, 1ʳᵉ. série.

— Instruction du Conseil général des Hospices,
du 6 brumaire an X (28 octobre 1801), sur la
marche à tenir par les créanciers qui se pré-
sentent à l'Administration pour recevoir. M.
369 , imprimée et insérée fin du reg. 1ᵉʳ. des
arrêtés du Conseil.

CULTE CATHOLIQUE. — Arrêté du Conseil
général des Hospices, du 15 prairial an X (4 juin
1802), qui rétablit le culte catholique dans
les Hospices. M. 631 , reg. des arrêtés du Conseil, t. 2, N°. 749, p. 231,

14

— Arrêté du Conseil général des Hospices, du 9 messidor an X (28 juin 1802), qui désigne les églises des Hospices qui doivent être érigées en oratoire et celles qui doivent rester pour le service intérieur des Maisons. M. 647, reg. des arrêtés du Conseil, t. 2, n°. 817, p. 283.

— État approuvé par le Gouvernement, le 5 brumaire an XI (27 octobre 1802), des églises des Hospices qui doivent être rendues au culte catholique. M. 725, c. 36, int. *Culte*, n°. 2666.

— Arrêté du Conseil général des Hospices, du 4 ventôse an XI (23 février 1803), relatif aux fournitures nécessaires à la célébration du culte divin dans les églises des Hospices. M. 757, reg. des arrêtés du Conseil, t. 3, n°, 1315, p. 192.

— Arrêté du Gouvernement, du 11 fructidor an XI (29 août 1803), relatif au traitement des Ministres du culte dans les Établissemens d'humanité. M. 849, *Bulletin des lois* 310, n°. 3131, p. 909, 3°. série.

— Instruction du Ministre de l'intérieur, du 27 fructidor an XI (14 septembre 1803), sur le traitement des aumôniers dans les Hôpitaux et Hospices, et le casuel provenant de l'exercice du culte. * Collection des lettres et instruction du Ministre, t. 4, p. 623.

— Arrêté du Conseil général des Hospices, du 13 novembre 1811, qui fixe le nombre et le traitement des aumôniers dans les Hôpitaux et Hospices. M. 1979, reg. des arrêtés du Conseil, t. 12, n°. 11236, p. 832.

— Décret impérial, du 22 décembre 1812, portant qu'il ne pourra être ouvert aucune chapelle domestique ni oratoire, sans une autorisation spéciale. * *Bulletin des lois* 456, n°. 8401, p. 236, 4°. série.

CURÉS. — Arrêté du Ministre de l'intérieur, du 12 août 1813, qui nomme les Curés de Paris membres nés des Bureaux de bienfaisance de leur arrondissement. * Imprimé, et se trouve c. 48, intit. *Agence des Secours.*

D.

DAMES DE CHARITÉ. — Arrêté du Ministre de l'intérieur, du 12 août 1813, portant qu'il sera attaché à chacun des Bureaux de bienfaisance des Dames de charité. * Imprimé, et se trouve c. 48, intit. *Agence des Secours.*

DAMES HOSPITALIERES. — Décret impérial, du 18 février 1809, relatif aux Dames hospitalières qui se consacrent aux soins des malades et des infirmes. M. 1645, *Bulletin des lois* 225, n°. 4127, p. 59, 4°. série.

DÉBETS DES COMPTABLES. — Avis du Conseil d'État, du 29 octobre 1811, qui rend exécutoires les arrêtés pris par les Préfets, en ce qui regarde les débets des comptables. M. 1977, *Bulletin des lois* 429, n°. 7899, p. 283, 4°. série.

DÉBITEUR. — Instruction du Conseil général des Hospices, du 6 brumaire an X (28 octobre 1801), sur la marche à tenir par le débiteur qui se présente à l'Administration pour payer. M. 568, imprimée et insérée fin du reg. 1°. des arrêtés du Conseil.

DÉBITEURS. — Arrêté du Ministre de l'intérieur, du 15 vendémiaire an X (7 octobre 1801), qui charge le receveur et le rend responsable des poursuites à exercer contre les débiteurs des Hospices. M. 316, imprimé et inséré fin du reg. des arrêtés du Conseil.

DÉCÉDÉS DANS LES HOPITAUX. — Circulaire du Ministre de l'intérieur, du 31 octobre 1808, sur les actes de décès des personnes mortes dans les Hôpitaux. * Lettres et circulaires du Ministère de l'intérieur, t. 8, p. 371.

DÉCÉDÉS DANS LES HOSPICES. — Arrêté du Conseil général des Hospices, du 8 mars 1809, portant que l'état des décédés dans les Hôpitaux et Hospices sera régulièrement en-

voyé au Préfet de police. M. 1651 , reg. des arrêtés du Conseil, t. 10 , n°. 7404, p. 208.

— Avis du Conseil d'État, du 14 octobre 1809,
qui déclare appartenir aux Hospices les effets
des décédés dans ces établissemens. M. 1715,
Bulletin des lois 248, n°. 4778, p. 199, 4°. série.

DÉCÈS. — Règlement, du 4 ventôse an X (23 février 1802), portant que l'heure du décès des
malades sera portée sur les cahiers de visites
tenus sous les ordres des médecins. M. 486, imprimé et dans le c. 46, intit. *Service de santé.*

— Arrêté du Conseil général des Hospices, du
29 avril 1807, ordonnant que dans tous les Hospices il sera tenu un registre pour y inscrire
toutes les personnes décédées. M. 1477, reg.
des arrêtés du Conseil, t. 8, n°. 4939, p. 225.

DÉFENSEURS DE LA PATRIE. — Arrêté des
Consuls, du 4 messidor an X (23 juin 1802),
portant qu'il sera consacré dans les Hospices
destinés à la vieillesse 200 places pour les pères
et mères des défenseurs de la Patrie. M. 643,
Bulletin des lois 198, t. 6, n°. 1764, p. 425,
3 . série.

— Arrêté du Conseil général des Hospices, du
30 fructidor an X (17 septembre 1802), qui
fixe le nombre des places à réserver dans chacun des Hospices pour les pères et mères des

DE

défenseurs de la Patrie. M. 701, reg. des arrêtés du Conseil, t. 2, n°. 1003, p. 469.

— Arrêté du Conseil général des Hospices, du
11 pluviôse an XII (1 '. février 1804), qui fixe
le nombre de lits à donner dans les hospices de
Bicêtre et de la Salpêtrière aux parens des défenseurs de la Patrie. M. 939, reg. des arrêtés
du Conseil, t. 4, n°. 2051, p. 193.

DÉGUSTATION DES ALIMENS. — Arrêté
du Conseil général des Hospices, du 27 nivôse
an XII (18 janvier 1804), portant que les
feuilles de dégustation des alimens transmises
chaque jour au Préfet, seront signées par l'a-
gent de surveillance. M. 929, reg. des arrêtés
du Conseil, t. 4, n°. 2019, p. 174.

DÉLIBÉRATIONS DU CONSEIL. — Arrêté du
Ministre de l'intérieur, du 8 floréal an IX
(28 avril 1801), sur l'ordre à suivre pour la
transcription des délibérations du Conseil.
M. 251, imprimé.

— Lettre du Ministre de l'intérieur au préfet
de la Seine, en date du 28 germinal an XII
(18 avril 1804), observant que toutes les délibérations du Conseil, qui doivent être soumises
aux autorités supérieures, doivent être signées
par le président ou par le vice-président du
Conseil. M. 989, c. 66, intit. *Nomination à
des places*, n°. 316.

— Lettre du préfet de la Seine, du 6 décembre 1806, demandant que les pièces soient jointes à l'appui des délibérations du Conseil. M. 1431, c. 34, intit. *Préfet de la Seine*, n°. 283.

DEMANDES EN ADMISSION. — Arrêté du Conseil général des Hospices, du 27 nivôse an XII (18 janvier 1804), portant que les demandes en admission dans les Hospices seront envoyées à la 1re division. M. 931, reg. des arrêtés du Conseil, t. 4, n°. 2020, p. 174.

DÉMOLITIONS. — Arrêté du Conseil général des Hospices, du 14 germinal an XII (4 avril 1804), relatif aux démolitions. M. 973, reg. des arrêtés du Conseil, t. 4, n°. 2137, p. 271.

— Lettre du préfet de la Seine, du 20 messidor an XIII (9 juillet 1805), relative à l'emploi des fonds provenant des démolitions. M. 1153, c. 45, intit. *Bâtimens et Terrains*, n°. 185.

DÉNOMBREMENT DES INDIGENS. — Arrêté du Conseil général des Hospices, du 23 mai 1810, qui charge les membres de la 4e. division de faire travailler au dénombrement en feuilles mobiles des indigens de Paris. Reg. des arrêtés du Conseil, t. 11, n°. 9357, p. 393.

DÉPENSES. — Loi du 11 frimaire an VII (1er. décembre 1798), relative aux dépenses des Hospices et Secours. M. 209, *Bulletin des lois* 247, n°. 2220, t. 7, 2°. série.

— Arrêté du Ministre de l'intérieur, du 8 floréal an IX (28 avril 1801), qui charge le Conseil de régler chaque année le montant de chaque nature de dépense. M. 254, imprimé.

— Décret impérial, du 7 floréal an XIII (27 avril 1805), relatif aux comptes en dépenses à rendre par les receveurs des établissemens de charité. M. 1117, *Bulletin des lois* 43, n°. 700, p. 44, 4°. série. Sur le manuscrit les instructions du Ministre sont jointes au décret.

— Arrêté du Conseil général des Hospices, du 2 septembre 1812, qui charge une Commission du Conseil d'examiner toutes les propositions de dépenses relatives à des travaux, à l'achat du mobilier, objets de coucher et habillement pour le service des Hôpitaux et Hospices. M. 2059, reg. des arrêtés du Conseil, t. 13, n°. 12437, p. 690.

DÉPENSES AUTORISÉES. — Arrêté du Conseil général des Hospices, du 22 juin 1808, qui établit à la comptabilité un registre pour porter les dépenses autorisées par le Conseil. M. 1587, reg. des arrêtés du Conseil, t. 9, n°. 6464, p. 370.

DÉPENSES DES ENFANS ABANDONNÉS. — Arrêté du Gouvernement, du 25 vendémiaire

an X (17 octobre 1801.), portant que les dépenses des Enfans abandonnés seront payées sur
mandats des Préfets. M. 357, *Bulletin des
lois* 116, n°. 925, p. 146, 3°. série.

DÉPENSES GÉNÉRALES. — Arrêté du Conseil général des Hospices, du 22 brumaire
an XIV (13 novembre 1805), qui charge la
5°. division de la surveillance des dépenses générales. M. 1263, reg. des arrêtés du Conseil,
t. 6, n°. 3046, p. 144.

DÉTENTEURS DE BIENS.—Arrêté du Conseil
général des Hospices, du 24 nivôse an X (14
janvier 1802), relatif à la retenue à faire de la
contribution foncière par les détenteurs de biens
à titre emphytéotique, ou par bail à vie, ou par
bail simple à charge de contributions. M. 401,
reg. des arrêtés du Conseil, t. 1er., n°. 443,
p. 374.

DÉTENUS.— Décret impérial du 8 janvier 1810,
concernant les préposés responsables de l'évasion des détenus dans les Hôpitaux. M. 1735,
Bulletin des lois 259, n°. 5121, p. 1, 4e. série.

DETTE DES HOSPICES. — Circulaire du Ministre de l'intérieur, du 5 vendémiaire an VII
(27 septembre 1798), sur la dette des Hospices. * Lettres et instructions du ministère,
t. 1er., p. 186.

DETTE PUBLIQUE NON VIAGÈRE. — Loi du 24 août 1793, concernant la formation d'un grand livre. M. 125, Collection des lois, t. 7, p. 305.

DETTES DE MOIS DE NOURRICE. — Loi du 25 août 1792, portant que la contrainte par corps ne pourra être exercée pour paiement des mois de nourrice. M. 91, Collection des lois, t. 6, p. 110.

DEVIS. — ARRÊTÉ du Conseil général des Hospices, du 12 février 1806, qui charge les architectes de faire les devis descriptifs et estimatifs pour les constructions et réparations à faire dans les Hôpitaux et Hospices. M. 1317, reg. des arrêtés du Conseil, t. 7, n°. 3325, p. 100.

DIRECTEUR DU BUREAU DES NOURRICES. — DÉCRET IMPÉRIAL, du 30 juin 1806, qui fixe le mode de la nomination du directeur du Bureau des nourrices, et qui lui donne voix consultative dans les séances du Conseil général des Hospices. M. 1361, *Bulletin des lois* 103, n°. 1734, p. 276, 4°. série.

DISPENSAIRES. — ARRÊTÉ du Conseil général des Hospices, du 4 décembre 1811, relatif aux élèves en médecine et en chirurgie des Bureaux de bienfaisance et des dispensaires. M. 1989, reg. des arrêtés du Conseil, t. 12, n°. 11315, p. 904.

DISTRIBUTION DE FONDS. — Arrêté du Ministre de l'intérieur, du 8 prairial an X (28 mai 1802), relatif aux états de distribution de fonds à dresser chaque mois pour les dépenses des Hospices, etc. M. 623, c. 31, int. *Règlemens généraux*, et inséré aux registres des arrêtés du Conseil, t. 2, p. 222.

DIVERTISSEMENS PUBLICS. — Décision du Ministre de l'intérieur, du 9 mai 1809, relative aux droits à percevoir au profit des pauvres, sur les lieux de divertissemens publics. M. 1669, c. 59, int. *Spectacles*, n°. 103.

DOMAINES. — Loi du 10 juillet 1791, sur l'aliénation des domaines nationaux. M. 61, Recueil de lois, t. 3, p. 377.

— Loi du 4 ventôse an IX (23 février 1801), qui affecte aux besoins des Hospices les domaines nationaux usurpés par les particuliers. M. 241, *Bulletin des lois* 73, n°. 550, 3°. série, p. 377.

— Motifs de cette loi. M. 243.

— Arrêté des Consuls, du 7 messidor an IX (26 juin 1801), relatif aux domaines nationaux affectés aux Hospices. M. 278, *Bulletin des lois* 86, n°. 712, p. 135, 3e. série.

— Instruction du Ministre sur ledit arrêté des Consuls. M. 282.

— Arrêté des Consuls, du 7 fructidor an IX

(27 août 1801), qui rend communes aux Bureaux de bienfaisance les dispositions de la loi du 4 ventôse an IX. M. 291, *Bulletin des lois* 98, n°. 824, p. 302, 3e. série.

— INSTRUCTION du Conseil général des Hospices, du 6 brumaire an X (28 octobre 1801), sur les attributions du Bureau des domaines des Hospices. M. 373, imprimée et insérée fin du reg. 1er. des arrêtés du Conseil.

— RÈGLEMENT sur les attributions du Bureau des domaines des Hospices, approuvé par le Conseil en sa séance du 15 brumaire an XIV (6 novembre 1805). M. 1252, reg. des arrêtés du Conseil, t. 6, n°. 3026, p. 133.

— AVIS du Conseil d'État, du 30 avril 1807, sur les droits des Hospices et des Fabriques relativement aux domaines usurpés. M. 1481, *Bulletin des lois* 148, n°. 2453, p. 257, 4e. série.

— ARRÈTÉ du Ministre de l'intérieur, du 27 juillet 1814, qui réunit le Bureau du domaine à celui du secrétariat, et qui, en nommant le secrétaire général adjoint membre de la Commission administrative, le charge de la division des domaines.

Une disposition de cet arrêté porte : que la place de secrétaire général devenant vacante, il n'y

sera point pourvu. * C. 66, int. *Nomination à des places*, n°. 115.

DONATIONS.—Loi, du 13 floréal an XI (3 mai 1803), portant que les donations et legs n'auront d'effet qu'autant qu'ils seront autorisés par le Gouvernement. M. 801 , *Bulletin des lois* 279, n°. 2767, p. 297, 3ᵉ série.

— ARRÊTÉ du Gouvernement, du 15 brumaire an XII (7 septembre 1803), relatif aux donations en faveur des Hospices. M. 903, *Bulletin des lois* 327, n°. 3359, p. 153, 3ᵉ série.

— ARRÊTÉ des Consuls, du 4 pluviôse an XII (25 janvier 1804), relatif à l'acceptation des donations faites en faveur des Hospices. M. 935, *Bulletin des lois* 338, n°. 3540, p. 297, 3ᵉ série.

DONS. — ORDONNANCE du Roi, du 10 juin 1814, concernant les autorisations nécessaires pour l'acceptation des fonds, dons et legs faits aux églises, Hospices, etc. *Bulletin des lois* 20, n°. 158, p. 243, 5ᵉ série.

— Loi, du 7 pluviôse an XII (28 janvier 1804), qui réduit les droits d'enregistrement et autres pour les donations faites aux Hospices. M. 937, *Bulletin des lois* 338, n°. 3547, p. 300, 3ᵉ série.

— INSTRUCTIONS du Ministre de l'intérieur, du 30

germinal an XII (20 avril 1804), relatives aux
legs et donations faits en faveur des Hospices
et établissemens de charité. * Lettres et instructions du Ministre, t. 5, p. 145.

— Arrêté du Conseil général des Hospices, du
3 floréal an X (23 avril 1802), portant que
les dons faits par des particuliers, seront employés suivant leurs intentions. M. 599, reg. des
arrêtés du Conseil, t. 2, n°. 648, p. 144.

DOTATION NOUVELLE DES HOSPICES. —
Loi du 4 ventôse an IX (23 février 1801),
qui affecte à la nouvelle dotation des Hospices,
les rentes et domaines appartenant à la République, qui ont été usurpés par des particuliers. M. 241, *Bulletin des lois* 73, n°. 550,
p. 377, 3e. série.

— Motifs de cette loi. M. 243.

— Règlement ministériel relatif à l'exécution de
la loi du 4 ventôse an IX, sur les rentes et
domaines usurpés. * Collection des lettres et
instructions du Ministre, t. 3, p. 531.

— Arrêté des Consuls, du 7 messidor an IX
(26 juin 1801), relatif aux rentes et domaines
nationaux affectés aux Hospices. M. 278, *Bulletin des lois* 86, n°. 712, p. 155, 3e. série.

— Instructions du Ministre sur ledit arrêté des
Consuls, du 7 messidor an IX. M. 282.

— Circulaire du Ministre de l'intérieur, de vendémiaire an X (1801), sur l'affectation aux besoins des Hospices et Établissemens de bienfaisance, des revenus des hospitalières et filles de charité. * Lettre et instruction du Ministre t. 4, p. 12.

— Arrêté des Consuls, du 27 frimaire an XI (18 décembre 1802), désignant les rentes provenant de l'ancien domaine national et des corporations supprimées, qui doivent appartenir aux Hospices. M. 735 , *Bulletin des lois* 258 , n⁰. 2217 , p. 291 , 5ᵉ. série.

— Arrêté des Consuls, du 14 nivôse an XI (4 juillet 1803), qui ordonne la confection d'un état des biens nationaux donnés aux Hospices civils en remplacement de leurs biens aliénés. M. 739, *Bulletin des lois* 239, n⁰. 2230, p. 313.

— Arrêté du Gouvernement, du 28 ventôse an XII (19 mars 1804), qui accorde un délai pour la remise des états des biens attribués aux Hospices , en remplacement de leurs biens aliénés. M. 963, *Bulletin des lois* 355, n⁰. 3683, p. 714, 5ᵉ. série.

— Lettre du Ministre de l'intérieur, du 27 prairial an XII (16 juin 1804), concernant les biens et rentes dont la découverte a été faite par les Hospices. M. 1017, c. 39, int. *Créances et rentes dues aux Hospices*, n⁰. 395.

— Décret impérial, du 1er. complémentaire
an XIII (18 septembre 1805), relatif aux
biens accordés aux Hospices, en remplacement
de leurs biens aliénés. M. 1211, c. 39, int.
Créances et rentes dues aux Hospices, n°. 114.

— Avis du Conseil d'État, du 30 avril 1807, sur
plusieurs questions relatives aux droits des
Hospices et des fabriques dans des rentes et
biens usurpés. M. 1481, *Bulletin des lois* 148,
n°. 2453, p. 257, 4e. série.

— Loi, du 9 septembre 1807, qui maintient les
Hospices de Paris dans la jouissance des biens
à eux concédés par décret du 1er. complémentaire an XIII. M. 1509, *Bulletin des lois* 173,
n°. 2924, p. 393, 4e. série.

— Décret impérial, du 22 mars 1813, qui accorde à l'administration des Hospices un revenu annuel de 325,000 francs, hypothéqué
sur la Halle aux vins : ce revenu en remplacement des maisons vendues. * C. 43, int. *Ventes
et aliénations des biens,* n°. 88.

— Arrêté du préfet de la Seine, du 10 mai 1813,
qui met l'Administration des Hospices en possession de divers halles et marchés à elle
concédés en remplacement de ses maisons
vendues. * C. 43, int. *Ventes et aliénations
des biens,* n°. 88.

DROGUES. — Règlement du 4 ventôse an X (23 février 1802), qui désigne les drogues que doit avoir la Pharmacie centrale. M. 500, imprimé, et se trouve dans le carton 46, intit. *Service de santé.*

— Arrêté du Conseil général des Hospices, du 30 germinal an XI (20 avril 1803), qui charge la Pharmacie centrale des Hôpitaux de fournir les drogues à l'usage des prisons. M. 793, reg. des arrêtés du Conseil, t. 3, n°. 1414, p. 266.

— Arrêté du Ministre de l'intérieur, du 4 complémentaire an XI (21 septembre 1803), qui charge la Pharmacie centrale de fournir les drogues nécessaires aux Hôpitaux et Hospices. M. 865, c. 43, int. *Ministre de l'intérieur.*

DROIT DE RECHERCHE. — Arrêté du Conseil général des Hospices, du 10 vendémiaire an XIV (2 octobre 1805), qui autorise l'agent de surveillance de la Maternité à recevoir le droit de recherche des enfans et le prix de la pension. M. 1221, reg. des arrêtés du Conseil, t. 6, n°. 2936, p. 8.

DROIT DES PAUVRES SUR LES CONCERTS. — Décret impérial, du 25 prairial an XIII (14 juin 1805), qui exempte du droit des pauvres les concerts donnés au profit des

16

membres du Conservatoire de musique, décédés dans l'exercice de leurs fonctions. M. 1147,
c. 59, int. *Spectacles*, n°. 215.

DROIT DES PAUVRES SUR LES LIEUX DE
DIVERTISSEMENS PUBLICS. — Décision
du Ministre de l'intérieur, du 9 mai 1809, qui
autorise à consentir des abonnemens avec les
entrepreneurs de concerts, bals, etc., pour
tenir lieu du droit des pauvres sur les spectacles. M. 1669, c. 59, intit. *Spectacles*, n°. 103.

— Lettre du préfet de la Seine, du 20 juin
1809, qui fixe l'époque à laquelle la décision
du Ministre de l'intérieur, du 9 mai 1809, doit
avoir son exécution. M. 1679, c. 59, intit.
Spectacles, n°. 112.

DROIT DES PAUVRES SUR LES SPEC-
TACLES. — Loi du 7 frimaire an V (29 septembre 1796), qui établit en sus de chaque
billet d'entrée dans tous les spectacles, un droit
de 1 décime par franc pour les indigéns. M. 179,
Bulletin des lois 94, n°. 890, 2°. série.

— Arrêté du Conseil général des Hospices, du
26 fructidor an IX (13 septembre 1801), qui
charge le receveur de percevoir le droit des
pauvres sur les spectacles. M. 305, reg. des
arrêtés du Conseil, t. 1er. n°. 256, p. 230.

— Arrêté du Conseil général des Hospices, du

28 juin 1809, qui fixe les bases d'après lesquelles les spectacles passibles du droit des
pauvres doivent être contrôlés. M. 1683, reg.
des arrêtés du Conseil, t. 10, n. 7935, p 500.

— DÉCRET IMPÉRIAL, du 9 décembre 1809, qui
proroge indéfiniment le droit des pauvres sur
les spectacles, bals, etc. M. 1719, c. 59, intit.
Spectacles, n°. 25.

— INSTRUCTIONS du Ministre de l'intérieur, du
19 décembre 1809, relatives à la prorogation
indéfinie du droit des pauvres sur les spectacles,
bals, etc. M. 1721, c. 59, intit. *Spectacles*,
n°. 26.

— LETTRE du préfet de la Seine, du 21 janvier
1810, relative à la composition de la commission chargée de la surveillance du droit des
pauvres sur les spectacles, bals, etc. M. 1739,
c. 59, intit. *Spectacles*, n°. 23.

— ARRÊTÉ du Conseil général des Hospices, du
16 août 1810, qui met la surveillance du droit
des pauvres sur les spectacles, bals, etc., dans
les attributions de l'agence des secours à domicile. M. 1787, reg. des arrêtés du Conseil,
t. 11, n°. 9654, p. 595.

— ARRÊTÉ du Conseil général des Hospices, du
5 décembre 1810, qui charge les contrôleurs
du droit des pauvres sur les spectacles de faire

16 *

le relevé sur les registres des divers spectacles, des sommes précomptées aux auteurs, pour valeur de billets d'entrées, et de percevoir le droit proportionnel à ces sommes. M. 1821, reg. des arrêtés du Conseil, t. 11, n°. 10052, p. 916.

— Arrêté du Conseil général des Hospices, du 15 avril 1812, relatif aux dépenses à faire pour la contre-vérification de la recette du droit des pauvres sur les spectacles. M. 2039, reg. des arrêtés du Conseil, t. 13, n°. 11906, p. 524.

— Cahier des charges pour la mise en régie intéressée du droit des pauvres sur les spectacles, tel qu'il a été suivi pour 1811 et 1812. M. 2205, c. 59, intit. *Spectacles.*

— Modèle du procès-verbal d'adjudication pour la régie intéressée du droit des pauvres sur les spectacles, tel qu'il a été suivi pour 1811 et 1812. M. 2213, c. 39, intit. *Spectacles.*

— Décision du Ministre de l'intérieur, du 8 avril 1813, portant cahier des charges et adjudication pour cinq ans à un directeur, à commencer du 1er. janvier 1813, de la perception du droit des pauvres sur les spectacles. * C. 59, intit. *Spectacles,* n°. 89.

DROITS DE CHASSE. — Arrêté du Conseil général des Hospices, du 8 février 1809, qui

fixe à 5o kilogrammes de blé par 5o hectares de
terre, le fermage annuel des droits de chasse
sur les terres appartenant aux Hospices.
M. 1639, reg. des arrêtés du Conseil, t. 10,
n.°. 7319, p. 159.

DROITS D'ENREGISTREMENT. — Loi, du
7 pluviôse an XII (28 janvier 1804), sur la mo-
dération des droits d'enregistrement et d'hypothèques pour les donations en faveur des
Hospices. M. 937, *Bulletin des lois* 338,
n°. 3547, p. 300, 3°. série.

DROITS D'OCTROI. — Loi, du 19 frimaire
an VIII (10 décembre 1799); portant extension et augmentation des droits d'octroi établis
pour l'entretien des Hospices. M. 219, *Bulletin
des lois* 334, n°. 3454, 2°. série.

E.

EAUX MINÉRALES FACTICES. — Arrêté du
Ministre de l'intérieur, du 23 floréal an IX
(13 mai 1801), portant qu'il pourra être admi-
nistré des bains gratuits aux indigens par l'établissement des eaux minérales. M. 261, c. 46,
intit. *Service de Santé*.

EAUX MINÉRALES ET ARTIFICIELLES. —
Arrêté du Conseil général des Hospices, du
22 avril 1807, qui réserve dix lits à Beaujon pour

y recevoir les malades soumis au traitement des eaux minérales et artificielles, M. 3147, reg. des arrêtés du Conseil, t. 8, n°. 4912, p. 214.

ÉCHANTILLONS DE PAIN ET DE VIN. — Arrêté du Conseil général des Hospices, du 18 février 1807, portant qu'à chaque séance du Conseil il sera déposé sur le bureau un échantillon de pain et un échantillon de vin. M. 1463, reg. des arrêtés du Conseil, t. 8, n°. 4651, p. 99.

ÉCLAIRAGE. — Modèle de traité pour l'éclairage des Hôpitaux et Hospices, tel qu'il a été passé en 1811. M. 2197, imprimé; un exemplaire est déposé dans le c. 29, intit, *Service général.*

ÉCOLE D'ACCOUCHEMENT. — Arrêté du Ministre de l'intérieur, du 11 messidor an X (30 juin 1802), qui établit à la Maternité une École d'Accouchement. M. 649, imprimé; un exemplaire est déposé dans le c. 11, intit. *Maternité.*

— Arrêté du Conseil général des Hospices, du 11 thermidor an X (30 juillet 1802), qui fixe le jour de l'ouverture de l'École d'Accouchement à la Maternité. M. 679, reg. des arrêtés du Conseil, t. 2, n°. 90, p. 350.

— Arrêté du Ministre de l'intérieur, du 17 janvier 1807, portant règlement pour l'École d'Accouchement établie à l'hospice de la Maternité à Paris. M. 1447, c. 11, intit. *Maternité*, n°. 77.

— Arrêté du Ministre de l'intérieur, du 8 novembre 1810, portant règlement général pour l'École d'Accouchement établie à Paris à l'hospice de la Maternité. M. 1801, c. 11, intit. *Maternité*, n°. 262.

— Arrêté du Conseil général des Hospices, du 26 juin 1811, portant règlement pour la police intérieure de l'École d'Accouchement établie à l'hospice de la Maternité. M. 1933, imprimé, et reg. des arrêtés du Conseil, t. 12, n°. 10747, p. 462.

— Arrêté du Conseil général des Hospices, du 21 juillet 1813, qui établit une sous-surveillante pour l'École d'Accouchement de la Maternité. * Reg. des arrêtés du Conseil, t. 14, n°. 13750, p. 707.

ÉCOLE DE MÉDECINE. — Arrêté du Ministre de l'intérieur, du 13 germinal an X (3 avril 1802), qui charge le bureau de cette École de l'administration des cliniques. M. 573, c. 46, intit. *Service de santé*.

— Arrêté du Conseil général des Hospices, du 17 frimaire an XI (8 décembre 1802), qui autorise l'agent de surveillance de la Salpêtrière à fournir au directeur de l'École de Médecine les cadavres nécessaires pour les cours. M. 731, reg. des arrêtés du Conseil, t. 3, n°. 1176, p. 92.

ÉCONOMES. — ARRÊTÉ du Ministre de l'intérieur, du 6 fructidor an XI (24 août 1815), portant qu'il sera nommé aux places d'agens de surveillance et d'économes par le préfet de la Seine , sur la présentation du Conseil et la confirmation du Ministre. M. 847 , imprimé et inséré au reg. des arrêtés du Conseil, t. 3, p. 449.

— ARRÊTÉ du Conseil général des Hospices, du 20 fructidor an XI (7 septembre 1803), portant qu'à l'avenir il y aura dans chaque maison hospitalière un agent et un économe : ce même arrêté fixe les attributions des agens et économes. M. 855, reg. des arrêtés du Conseil, t. 3, n°. 1674, p. 461.

— ARRÊTÉ du Conseil général des Hospices , du 2 complémentaire an XI (19 septembre 1803), sur la nourriture des économes dans les Hospices. M. 861, reg. des arrêtés du Conseil, t. 3, n°. 1716, p. 495.

EFFETS DES DÉCÉDÉS DANS LES HOPITAUX. — ARRÊTÉ du Conseil général des Hospices , du 20 nivôse an XII (11 janvier 1804), portant qu'ils ne seront remis aux indi-

gens que sur l'ordre du membre du Conseil
surveillant l'établissement. M. 923, reg. des
arrêtés du Conseil, t. 4, n°. 2908, p. 162.

— Avis du Conseil d'État, du 14 octobre 1809,
sur les effets des décédés dans les Hospices.
M. 1715, *Bulletin des lois* 248, n°. 4778,
p. 199, 4ᵉ. série.

EFFETS DES MALADES REÇUS DANS LES
HOPITAUX. — Arrêté du Conseil général
des Hospices, du 13 frimaire an X (4 décembre
1801), sur la conservation des effets des malades reçus dans les Hôpitaux. M. 389, imprimé
et inséré fin du registre 1ᵉʳ. des arrêtés du Conseil.

ÉLÈVES EN MÉDECINE ET EN CHIRURGIE.
— Règlement du 4 ventôse an X (23 février
1802), portant que dans les Hôpitaux et Hos-
pices, il sera réparti des élèves en médecine et
en chirurgie suivant les besoins. M. 472.
Ce même règlement porte :
Que ces élèves seront nommés aux concours.
   M. 473;
Que les fonctions des élèves seront limitées, et
   leur durée déterminée. M. 477;
Qu'il pourra être pourvu provisoirement aux
   places vacantes. M. 478;
Que parmi les élèves attachés aux Hospices et

17

Hôpitaux , il en sera désigné pour être de garde
dans les salles. M. 484 ;

Que les élèves qui ne rempliront pas leurs devoirs
seront punis. M. 493;

Imprimé, et se trouve dans le c. 46, intit. *Service
de santé.*

— ARRÊTÉ du Conseil général des Hospices, du
18 germinal an X (8 avril 1802), qui fixe le
traitement des élèves des Hôpitaux et Hospices. M. 587 , reg. des arrêtés du Conseil,
t. 2 , n°. 624, p. 116.

— ARRÊTÉ du Conseil général des Hospices , du
19 prairial an XI (31 mai 1803), portant règlement sur les élèves externes en médecine et
en chirurgie des Hôpitaux. M. 813 , reg. des
arrêtés du Conseil , t 3 , n°. 1511; p. 334.

— ARRÊTÉ du Conseil général des Hospices , du
16 décembre 1807, portant que leur présence
à la visite des médecins et chirurgiens sera
constatée par leurs signatures sur un registre
ad hoc. M. 1541 , reg. des arrêtés du Conseil,
t. 8 , n°. 5765, p. 686.

— ARRÊTÉ du Conseil général des Hospices , du
16 décembre 1807 , qui fixe le temps d'exercice
des élèves internes dans les Hôpitaux et Hospices, à deux ans , sauf à les continuer durant
trois années si on est content de leur service.

M. 1541, reg. des arrêtés du Conseil, t. 8,
n⁰. 5765, p. 686.

— Arrêté du Conseil général des Hospices, du
24 janvier 1810, portant que la liste des élèves
en médecine et en chirurgie sera imprimée
tous les ans. M. 1751, reg. des arrêtés du Conseil, t. 11, n⁰. 8900, p. 58.

— Arrêté du Conseil général des Hospices, du
24 janvier 1810, relatif à leur placement et à
la durée de leur service dans les Hôpitaux et
Hospices. M. 1751, reg. des arrêtés du Conseil,
t. 11, n°, 8900, p. 58.

— Arrêté du Conseil général des Hospices, du
28 novembre 1810, portant qu'à l'avenir, lorsqu'il y aura une place d'interne vacante, elle
sera remplie provisoirement par un élève men-
tionné honorablement dans le rapport du Jury.
M. 1819, reg. des arrêtés du Conseil, t. 11,
n⁰. 10029, p. 902.

— Arrêté du Conseil général des Hospices, du
4 décembre 1811, relatif aux élèves des Bureaux de bienfaisance et des dispensaires.
M. 1989, reg. des arrêtés du Conseil, t. 12,
n⁰. 11315, p. 904.

— Arrêté du Conseil général des Hospices, du
27 janvier 1813, portant règlement sur les congés à accorder aux élèves internes des Hôpi-

17 *

taux.et Hospices, et à leur remplacement provisoire par des externes. * Reg. des arrêtés du Conseil, t. 14, n°. 12967, p. 74.

— ARRÊTÉ du Conseil général des Hospices, du 24 novembre 1813, portant qu'il ne sera admis dans les Hospices, pour s'exercer aux pansemens, aucun élève autres que les internes et externes, sans s'être fait inscrire au bureau de l'Administration chargé du Service de santé. * Reg. des arrêtés du Conseil, t. 14, n°. 14335, p. 1121.

ÉLÈVES EN PHARMACIE. — RÈGLEMENT du 4 ventôse an X (23 février 1802), portant qu'il n'y aura pour le service des pharmacies que des élèves internes. M. 497. Ce même règlement fixe la durée du séjour des élèves en pharmacie dans les Hôpitaux, et décide qu'il y aura toujours dans chaque pharmacie un élève de garde. M. 503, imprimé, et se trouve dans le c. 46, intit. *Service de santé.*

— ARRÊTÉ du Conseil, du 2 novembre 1814, portant qu'il sera fait chaque année, au mois de novembre, un concours public pour désigner les jeunes gens capables d'être élèves en pharmacie dans les Hôpitaux et Hospices. Reg. des arrêtés du Conseil, t. 15, n°. 15942, p. 774.

ÉLÈVES SAGES-FEMMES. — ARRÊTÉ du Mi-

nistre de l'intérieur, du 11 messidor an X
(30 juin 1802), relatif à l'admission des élèves
sages-femmes à l'hospice de la Maternité et au
degré d'instruction qu'elles doivent y recevoir.
M. 649, imprimé ; un exemplaire est déposé
dans le c. 11, intit. *Maternité.*

— ARRÊTÉ du Conseil général des Hospices, du
4 thermidor an X (23 juillet 1802), qui fixe la
pension des élèves sages-femmes qui seront lo-
gées, nourries, etc., dans la maison. M. 673,
reg. des arrêtés du Conseil, t. 2, n°. 884,
p. 340.

— ARRÊTÉ du Conseil général des Hospices, du
1er. nivôse an XI (22 décembre 1802), qui
exige que les élèves sages-femmes, en entrant à
l'hospice de la Maternité, justifient de leur nomination et payent un à-compte sur leur pension. M. 737, reg. des arrêtés du Conseil, t. 3,
n°. 1205, p. 111.

— ARRÊTÉ du Conseil général des Hospices, du
24 messidor an XI (13 juillet 1803), portant
que les élèves sages-femmes recevront des le-
çons sur l'inoculation de la vaccine. M. 835,
reg. des arrêtés du Conseil, t. 3, n°. 1575,
p. 380.

— ARRÊTÉ du Conseil général des Hospices, du
2 ventôse an XII (22 février 1804), relatif au
paiement de la pension des élèves sages-femmes

reçues à la Maternité. M. 951, reg. des arrêtés du Conseil, t. 4, n°. 2069, p. 213.

— Arrêté du Conseil général des Hospices, du 29 messidor an XII (18 juillet 1804), portant que les pensions des élèves sages-femmes de la Maternité seront exclusivement employées aux dépenses de nourriture, chauffage, etc. de ces mêmes élèves. M. 1025, reg. des arrêtés du Conseil, t. 4, n°. 2347, p. 415.

— Arrêté du Conseil général des Hospices, du 10 vendémiaire an XIV (2 octobre 1805), sur les sommes à payer par les élèves sages-femmes de la Maternité. M. 1223, reg. des arrêtés du Conseil, t. 6, n°. 2939, p. 10.

— Circulaire adressée par le Ministre de l'intérieur, aux Préfets, en date du 18 vendémiaire an XIV (10 octobre 1805), pour les inviter à envoyer à l'École d'Accouchement de Paris des élèves sages-femmes. M. 1225, imprimé, et se trouve c. 14, intit. *Maternité*, n°. 34.

— Arrêté du Ministre de l'intérieur, du 17 janvier 1807, portant règlement sur l'École d'Accouchement établie à la Maternité à Paris. M. 1447, c. 11, intit. *Maternité*, n°. 77.

— Arrêté du Conseil général des Hospices, du 13 juillet 1808, qui fixe la rétribution à payer par chaque élève sage-femme de la Maternité à la sage-femme en chef. M. 1591, reg. des arrêtés du Conseil, t. 9, n°. 6559, p. 407.

— ARRÊTÉ du Ministre de l'intérieur, du 8 novembre 1810, portant règlement général sur l'École d'Accouchement établie à l'hospice de la Maternité à Paris. M. 1801, c. 11, intit. *Maternité*, n°. 262.

— ARRÊTÉ du Conseil général des Hospices, du 26 juin 1811, portant règlement pour la police intérieure de l'École d'Accouchement établie à l'hospice de la Maternité. M. 1933, imprimé, et reg. des arrêtés du Conseil, t. 12, n°. 10747, p. 462.

— ARRÊTÉ du Conseil général des Hospices, du 16 décembre 1812, portant qu'il ne sera fait aux élèves sages-femmes aucun retranchement sur le pain. * Reg. des arrêtés du Conseil, t. 13, mention p. 989.

EMPLOYÉS. — ARRÊTÉ du Conseil général des Hospices, du 16 fructidor an IX (3 septembre 1801), qui défend aux employés et serviteurs à gages, dans l'Administration des Hospices, de se livrer habituellement à d'autres occupations qu'à celles des maisons ou bureaux auxquels ils sont attachés. M. 293, imprimé, et se trouve fin du reg 1er. des arrêtés du Conseil.

— INSTRUCTIONS du Conseil général des Hospices, du 6 brumaire an X (28 octobre 1801), sur

le mode du travail des employés dans les bureaux de l'Administration et dans les bureaux
des Hospices et Hôpitaux. M. 361, imprimées
et insérées fin du reg. 1er. des arrêtés du Conseil.

— Arrêté du Conseil général des Hospices, du
2 complémentaire an XI (19 septembre 1803),
qui fixe l'heure de l'ouverture des bureaux de
l'Administration. M. 863, reg. des arrêtés du
Conseil, t. 3, n°. 1717, p. 496.

— Arrêté du Conseil général des Hospices, du
6 thermidor an XII (25 juillet 1804), qui enjoint à toutes les personnes employées dans
l'Administration de remettre au secrétariat leurs
noms et demeures, et de prévenir lorsqu'ils
changent de domicile. M. 1029, reg. des arrêtés du Conseil, t. 4, n°. 2355, p. 420.

— Arrêté du Conseil général des Hospices, du
28 janvier 1807, portant règlement pour la nomination aux places vacantes dans l'Administration. M. 1459, reg. des arrêtés du Conseil,
t. 8, n°. 4579, p. 68.

— Arrêté du Conseil général des Hospices, du
25 janvier 1809, portant fixation du montant
des gratifications à accorder aux employés de
l'Administration. M. 1625, reg. des arrêtés du
Conseil, t. 10, n°. 7242, p. 53.

— Décret impérial, du 7 février 1809, relatif
aux pensions de retraite à accorder aux em-

ployés de l'Administration, à leurs veuves et à leurs enfans. M. 1629, c. 57, intit. *Pensions,* n°. 51.

— ARRÊTÉ du Conseil général des Hospices, du 29 mars 1809, portant qu'il peut être accordé des gratifications annuelles aux employés non nourris dans les Hôpitaux et Hospices. M. 1653, reg. des arrêtés du Conseil, t. 10, n°. 7520, p. 268.

— ARRÊTÉ du Conseil général des Hospices, du 19 avril 1809, pris en exécution du décret impérial du 7 février 1809, relatif aux pensions de retraite à accorder aux employés de l'Administration des Hospices. M. 1655, reg. des arrêtés du Conseil, t. 10, n°. 7586, p. 312.

— LETTRE du Ministre de l'intérieur, du 30 octobre 1809, qui fixe à partir de quel âge un employé qui demande sa retraite doit faire remonter ses années de service. M. 1711, c. 57, intit. *Pensions,* n°. 181.

— ARRÊTÉ du Conseil général des Hospices, du 21 mars 1810, qui fixe la somme à accorder, à titre de gratification, aux employés nourris dans les Hospices. M. 1759, reg. des arrêtés du Conseil, t. 11, n°. 9116, p. 219.

— ARRÊTÉ du Conseil général des Hospices, du 20 février 1811, qui fixe les heures d'entrées et de sorties des employés des bureaux de

18

l'Administration des Hospices. M. 1911, reg.
des arrêtés du Conseil , t. 12, n°. 10291, p. 132.

ENFANS. — Arrêté du Conseil d'État du Roi,
du 10 janvier 1779, qui ordonne le placement
des Enfans-Trouvés dans l'hôpital le plus voisin
du lieu où ils ont été délaissés. M. 5, imprimé,
et se trouve c. 11, intit. *Maternité*.

— Loi du 10 décembre 1790, qui décharge les
seigneurs de l'obligation de nourrir les enfans
abandonnés et qui pourvoit à leur subsistance.
M. 29, imprimé, et se trouve dans un recueil
in-4°. déposé sur le bureau du Conseil, p. 147.

— Loi du 11 septembre 1791, qui charge le
trésor national d'acquitter d'avance et par trimestre (pour 1791 seulement), les dépenses
des Enfans-Trouvés. M. 73, imprimé, et se
trouve p. 215 du Recueil ci-dessus.

— Loi du 15 août 1792, qui ordonne le paiement des dépenses faites pour le service des
Enfans abandonnés , pour les années 1791 et
1792. M. 83, Recueil de lois , t. 6, p. 46.

— Loi du 28 juin 1793, portant que les Enfans
abandonnés n'auront à l'avenir d'autres noms
que celui d'Orphelins. M. 105, Recueil de lois,
t. 7, p. 165.

— Décret de la Convention nationale, du 4 juillet
1793, portant que les Enfans-Trouvés porte-

ront à l'avenir le nom d'Enfans naturels de la Patrie. M. 117, imprimé, et se trouve dans un recueil in-4°. déposé sur le bureau du Conseil, p. 360.

— Décret de la Convention nationale, du 19 août 1793, qui fixe l'indemnité à accorder aux individus chargés d'enfans abandonnés. M. 121.

— Arrêté du Directoire exécutif, du 5 messidor an IV (23 juin 1796), qui adopte provisoirement un mode pour le salaire des nourrices chargées d'enfans abandonnés. M. 169, *Bulletin des lois* 54, n°. 484, 2°. série.

Loi du 27 frimaire an V (7 novembre 1796), relative aux enfans abandonnés. * *Bulletin des lois* 97, n°. 914, 2°. série.

— Arrêté du Directoire exécutif, du 30 ventôse an V (20 mars 1797), relatif à la manière d'élever et d'instruire les enfans abandonnés. M. 348, *Bulletin des lois* 114, n°. 1097, 2°. série.

— Loi du 6 vendémiaire an VIII (28 septembre 1799), qui ordonne un prélèvement sur les contributions directes pour le service des Hospices et Enfans de la Patrie. M. 217, *Bulletin des lois* 314, n°. 3313, 2°. série.

— Arrêté des Consuls, du 25 floréal an VIII (15 mai 1800), qui affecte au paiement des mois de nourrice des enfans abandonnés, les

portions d'amendes et de confiscations attribuées aux Hospices et secours. M. 225, *Bulletin des lois* 25, n°. 172, 3°. série.

— LETTRE du Ministre de l'intérieur, du 15 messidor an VIII (4 juillet 1800), portant que
le produit des amendes sera exclusivement
employé à acquitter les mois de nourrice des
enfans abandonnés. * Collection des lettres et
instructions du ministère, t. 3, p. 271.

— ARRÊTÉ du Ministre de l'intérieur, du 3 pluviôse an IX (23 janvier 1801), qui autorise
les préfets des départemens à mettre en apprentissage les enfans abandonnés qui auront l'âge
et les forces nécessaires. M. 235, c. 25, int.
Placement des Enfans.

— ARRÊTÉ du Conseil général des Hospices, du
4 prairial an IX (24 mai 1801), qui défend
de mener aux spectacles les enfans des Hospices. M. 265, reg. des arrêtés du Conseil, t. 1er.,
n°. 89, p. 99.

— ARRÊTÉ du Ministre de l'intérieur, du 18 vendémiaire an X (10 octobre 1801), sur l'admission des enfans - trouvés à l'Hospice de
l'Allaitement. M. 332, imprimé et inséré fin
du reg. 1er. des arrêtés du Conseil.

— ARRÊTÉ du Gouvernement, du 25 vendémiaire
an X (17 octobre 1801), portant que les dépenses des enfans abandonnés seront payées

sur mandats des préfets. **M.** 357 , *Bulletin
des lois* 116 , n°. 925 , p. 146 , 3ᵉ. série.

— ARRÊTÉ du Conseil général des Hospices , du
24 nivôse an X (14 janvier 1802) , sur les recherches des pères et mères qui , ayant placés
des enfans par le bureau des nourrices , ont
un domicile inconnu ou refusent de reprendre
leurs enfans. **M.** 397 , reg. des arrêtés du
Conseil , t. 1ᵉʳ. , n°. 457 , p. 386.

— CODE spécial de la Maternité ; arrêté par le
Conseil en sa séance des 14 et 16 pluviôse an **X**
(3 et 5 février 1802) , et traitant de la réception
des enfans à l'Hospice , **M.** 426. — Des enfans
placés à la Crèche. **M.** 427. — Du placement
des enfans chez des nourrices de la campagne.
M. 432. — De la layette à donner aux enfans
placés à la campagne , etc. **M.** 441 , imprimé.

— ARRÊTÉ du Conseil général des Hospices , du
4 ventôse an X (23 février 1802) , portant
qu'il ne sera plus payé de pension pour les
enfans de douze ans et au - dessus. **M.** 495 ,
reg. des arrêtés du Conseil , t. 2 , n°. 508 , p. 33.

— ARRÊTÉ du Conseil général des Hospices , du
2 germinal an X (23 mars 1802) , qui désigne
les enfans qui doivent recevoir du pain de
l'Hospice lors de leur départ en nourrice.
M. 565 , reg. des arrêtés du Conseil , t. 2 ,
n°. 577 , p. 83.

— ARRÊTÉ du Conseil général des Hospices , du 2 germinal an X (23 mars 1802) , portant que les registres tenus pour la réception des enfans abandonnés à l'Hospice de la Maternité , seront cotés et paraphés par un des membres de la Commission. M. 567, reg. des arrêtés du Conseil , t. 2 , n°. 579 , p. 84.

— ARRÊTÉ du Conseil général des Hospices , du 9 floréal an X (29 avril 1802) , qui défend de faire venir à Paris les enfans placés à la campagne. M. 605 , reg. des arrêtés du Conseil , t. 2 , n°. 658 , p. 152.

— ARRÊTÉ du Ministre de l'intérieur , du 11 messidor an X (30 juin 1802) , relatif au régime des enfans reçus à la Maternité. M. 653 , imprimé. Un exemplaire est déposé dans le c. 11 , int. *Maternité.*

— ARRÊTÉ du Conseil général des Hospices , du 16 thermidor an X (4 août 1802) , qui fixe le régime des enfans de la Maternité. M. 681, reg. des arrêtés du Conseil , t. 2 , n°. 913 , p. 362.

— CIRCULAIRE du Ministre de l'intérieur , du 20 brumaire an XI (11 novembre 1802) , sur la comptabilité des Enfans-Trouvés. * Lettres et instructions du Ministre , t. 4 , p. 352.

— ARRÊTÉ du Conseil général des Hospices , du 1er. frimaire an XI (22 novembre 1802) , qui adopte un modèle de voiture pour la conduite des enfans en nourrice. M. 727, reg. des arrêtés du Conseil, t. 3, n°. 1146, p. 73.

— ARRÊTÉ du Conseil général des Hospices, du 27 pluviôse an XI (16 février 1803), sur les enfans placés en apprentissage et les fonctions de l'inspecteur chargé de les surveiller. M. 751, reg. des arrêtés du Conseil, t. 3, n°. 1301, p. 183.

— LETTRE du Ministre de l'intérieur, du 18 ventôse an XI (9 mars 1803), qui prescrit de faire tenir une comptabilité séparée pour les recettes et dépenses des Enfans-Trouvés. M. 775, c. 14, int. *Maternité*, n°. 3101.

— ARRÊTÉ du Conseil général des Hospices, du 21 floréal an XI (11 mai 1803), relatif à la réception des enfans abandonnés à la Maternité. M. 803, reg. des arrêtés du Conseil, t. 3, n°. 1464, p. 293.

— ARRÊTÉ du Conseil général des Hospices, du 24 messidor an XI (13 juillet 1803), qui ordonne que tous les enfans apportés à la Maternité seront vaccinés. M. 835, reg. des arrêtés du Conseil, t. 3, n°. 1575, p. 380.

— ARRÊTÉ du Conseil général des Hospices, du 4 complémentaire an XI (21 septembre 1803), qui charge le membre du Conseil, surveillant l'Hospice de la Maternité, de faire aux parens des enfans réclamés toutes les remises qu'il jugera convenables. M. 869, reg. des arrêtés du Conseil, t. 3, n°. 1725, p. 501.

— Arrêté du Conseil général des Hospices, du 12 vendémiaire an XII (5 octobre 1803), qui charge le Bureau du placement de la surveillance des enfans au-dessus de deux ans, placés à la campagne. M. 875, reg. des arrêtés du Conseil, t. 4, n°. 1778, p. 30.

— Arrêté du Conseil général des Hospices, du 12 vendémiaire an XII (5 octobre 1803), qui établit un inspecteur pour surveiller les enfans placés à la campagne : ce même arrêté fixe les devoirs de l'inspecteur. M. 883, reg. des arrêtés du Conseil, t. 4, n°. 1769, p. 25.

— Arrêté du Conseil général des Hospices, du 10 brumaire an XII (2 novembre 1803), qui fixe les trousseaux à fournir aux enfans placés en apprentissage. M. 899, reg. des arrêtés du Conseil, t. 4, n°. 1860, p. 74.

— Arrêté du Conseil général des Hospices, du 24 brumaire an XII (16 novembre 1803), qui fixe la pension accordée pour les enfans au-dessous de douze ans, et le trousseau à fournir aux enfans placés à la campagne, qui ont atteint leur douzième année. M. 909, reg. des arrêtés du Conseil, t. 4, n°. 1897, p. 95.

— ARRÈTÉ du Conseil général des Hospices, du 16 ventôse an XII (7 mars 1804), portant que les enfans de la Maternité ramenés à Paris pour cause de maladies et non susceptibles d'être renvoyés à la campagne, seront reçus aux Orphelins et Orphelines. M. 959, reg. des arrêtés du Conseil, t. 4, n°. 2094, p. 228.

— ARRÈTÉ du Conseil général des Hospices, du 14 germinal an XII (4 avril 1804), portant que les enfans du Bureau des Nourrices ramenés de nourrice par défaut de paiement, seront envoyés, après quelques précautions préalables, à la Maternité. M. 979, reg. des arrêtés du Conseil, t. 4, n°. 2139, p. 275.

— ARRÈTÉ du Conseil général des Hospices, du 10 prairial an XII (30 mai 1804), qui ordonne le remboursement des frais occasionnés par les maladies des enfans placés à la campagne. M. 1013, reg. des arrêtés du Conseil, t. 4, n°. 2274, p. 370.

— ARRÈTÉ du Conseil général des Hospices, du 19 nivôse an XIII (9 janvier 1805), qui nomme un second inspecteur pour surveiller les enfans placés à la campagne. M. 1061, reg. des arrêtés du Conseil, t. 5, n°. 2593, p. 99.

— Loi du 15 pluviôse an XIII (4 février 1805), relative à la tutelle des enfans admis dans les Hospices. M. 1079, *Bulletin des lois* 31, n°. 526, p. 269, 4e. série.

— Arrèté du Conseil général des Hospices, du 22 janvier 1806, qui charge le Bureau du placement de la surveillance des enfans de la Maternité, qui, envoyés à la campagne, ont atteint leur douzième année. M. 1309, reg. des arrêtés du Conseil, t. 7, n°. 3252, p. 58.

— Arrèté du Conseil général des Hospices, du 21 septembre 1808, qui accorde à chaque enfant qui aura atteint sa douzième année, 50 francs, pour vètement. M. 1605, reg. des arrêtés du Conseil, t. 9, n°. 6755, p. 552.

— Arrèté du Conseil général des Hospices, du 28 juin 1809, portant que les enfans galeux de la Maison d'Allaitement seront transférés à Saint-Louis. M. 1681, reg. des arrêtés du Conseil, t. 10, n°. 7928, p. 493.

— Arrèté du Conseil général des Hospices, du 12 septembre 1810, qui charge l'agent de surveillance de la Maternité de faire connoître au Conseil, au commencement de chaque année, le nombre d'enfans légitimes reçus l'année précédente à l'allaitement. M. 1791, reg. des arrêtés du Conseil, t. 11, mention p. 666.

— Décret impérial, du 19 janvier 1811, sur les enfans trouvés reçus dans les Hospices civils. M. 1903, *Bulletin des lois* 346, n°. 6478, p. 82, 4°. série.

— Instructions du Ministre de l'intérieur, du 15 juillet 1811, sur les moyens de pourvoir à la dépense des enfans trouvés et abandonnés, et sur les soins à en prendre. * Lettres et circulaires du Ministre de l'intérieur, t. 11, p. 169.

— Arrêté du Conseil général des Hospices, du 29 janvier 1812, portant que les habillemens dits de *première communion*, continueront à être délivrés en argent aux enfans de la Maternité qui ont atteint l'âge de douze ans. M. 2009, reg. des arrêtés du Conseil, t. 13, n°. 11555, p. 96.

— Lettre du préfet de la Seine, du 27 février 1812, relative à la surveillance à exercer sur les enfans, et à la responsabilité de l'Administration qui doit rendre compte au Gouvernement de ce que les enfans des Hospices deviennent. M. 2019, c. 34, int. *Préfet de la Seine*, n°. 40.

— Arrêté du préfet de la Seine, du 20 avril 1812, qui fixe le trousseau à fournir par le Bureau du placement aux enfans placés en apprentissage. M. 2041, c. 18, int. *Orphelins*, n°. 93.

— Arrêté du Conseil général des Hospices, du 21 juillet 1813, relatif à la vaccination des

19 *

enfans envoyés en nourrice. * Reg. des arrêtés du Conseil, t. 14, n°. 13751, p. 708.

ENFANS MALADES. — Arrêté du Conseil général des Hospices, du 9 floréal an X (29 avril 1802), qui consacre exclusivement l'Hospice des Orphelines, rue de Sèvres, à la réception des enfans malades. M. 603, reg. des arrêtés du Conseil, t. 2, n°. 656, p. 150.

— Arrêté du Conseil général des Hospices, du 20 floréal an X (10 mai 1802), qui organise le service de santé à l'Hôpital des Enfans. M. 615, reg. des arrêtés du Conseil, t. 2, n°. 685, p. 175.

— Arrêté du Conseil général des Hospices, du 4 brumaire an XIII (26 octobre 1804), qui accorde à cet Hôpital deux élèves de plus, un interne en chirurgie et un externe en médecine. M. 1055, reg. des arrêtés du Conseil, t. 5, n°. 2505, p. 33.

— Arrêté du Conseil général des Hospices, du 19 avril 1809, portant qu'il y aura à l'Hôpital des Enfans un traitement externe pour les teigneux. M. 1657, reg. des arrêtés du Conseil, t. 10, n°. 7611, p. 322.

— Arrêté du Conseil général des Hospices, du 6 juin 1810, portant qu'il ne sera plus reçu de teigneux à l'hôpital des Enfans, à moins

qu'ils n'aient une autre maladie. M. 1767, reg.
des arrêtés du Conseil, t. 11, n°. 9401, p. 417.

— Arrêté du Conseil général des Hospices, du
27 avril 1814, qui établit un traitement externe
à l'hôpital des Enfans pour les individus attaqués de gale simple. * Reg. des arrêtés du
Conseil, t. 15, n°. 14910, p. 251.

— Arrêté du Conseil général des Hospices, du
8 juin 1814, qui supprime la place d'économe
de cet Hôpital. * Reg. des arrêtés du Conseil,
t. 15, n°. 15093, p. 339.

— Arrêté du Conseil général des Hospices, du
22 juin 1814, portant que l'Hôpital des Enfans
sera desservi par des sœurs de l'ordre de Saint-
Thomas de Villeneuve. * Reg. des arrêtés du
Conseil, t. 15, n°. 15177, p. 376.

EÑREGISTREMENT. — Arrêté du Gouvernement, du 15 brumaire an XII (7 novembre
1803), relatif au droit d'enregistrement et à
l'acceptation des donations en faveur des Hospices et des pauvres. M. 903, *Bulletin des
lois* 327, n°. 3359, p. 153, 3ᵉ. série.

— Décret impérial, du 4 messidor an XIII (23
juin 1805), qui oblige les dépositaires des registres des établissemens publics à communi-
quer aux préposés de l'enregistrement leurs
minutes d'actes et leurs registres toutes les fois

qu'ils en seront requis. M. 1149, *Bulletin des lois* 49, n°. 826, 4°. série, p. 236.

ENREGISTREMENT ET TIMBRE. — Arrêté des Consuls, du 23 floréal an XI (13 mai 1803), qui charge les acquéreurs des biens nationaux de payer les frais de timbre et d'enregistrement. M. 807, *Bulletin des lois* 282, n°. 2778, p. 427, 3°. série.

— Décret impérial, du 17 juillet 1808, concernant les droits de timbre et d'enregistrement à la charge des communes et établissemens publics. M. 1593, *Bulletin des lois* 198, n°. 3582, p. 17, 4°. série.

ENTREPRENEURS. — Arrêté du Conseil général des Hospices, du 28 messidor an XIII (17 juillet 1805), relatif à la remise des mémoires des entrepreneurs des Hospices aux vérificateurs. M. 1151, reg. des arrêtés du Conseil, t. 5, n°. 2825, p. 332.

ENTREPRENEURS ET FOURNISSEURS. — Arrêté du Conseil général des Hospices, du 12 vendémiaire an XII (5 octobre 1803), qui oblige les entrepreneurs et fournisseurs à remettre leurs mémoires au commencement de chaque mois pour le mois précédent. M. 877, reg. des arrêtés du Conseil, t. 4, n°. 1779, p. 30.

ENTREPRISES. — Arrêté du Directoire exécutif, du 19 frimaire an VII (9 décembre
1798), portant que le service des Hôpitaux
et Hospices sera divisé en cinq entreprises.
M. 2083 , imprimé.

— Arrêté du Conseil général des Hospices, qui
met le service des Hôpitaux et Hospices en
entreprises générales pour dix - huit mois , à
partir du 1er. germinal an X jusqu'au 1er. vendémiaire an XII. M. 2137 , imprimé.

ÉPILEPTIQUES. — Arrêté du Conseil général
des Hospices, du 13 thermidor an XII (1er. août
1804), portant qu'il ne sera point accordé de
congé ni de billets de sortie aux épileptiques
placés dans les Hospices. M. 1039, reg. des
arrêtés du Conseil , t. 4, n°. 2370, p. 432.

ÉPILEPTIQUES ET FOUS. — Arrêté du Conseil
général des Hospices, du 3 prairial an XII (23
mai 1804), portant qu'il sera fourni chaque
semaine au Bureau central d'admission, l'état
des fous et épileptiques reçus d'urgence dans
les Hôpitaux. M. 1011, reg. des arrêtés du
Conseil , t. 4, n°. 2269, p. 366.

ÉTABLISSEMENS DE CHARITÉ. — Décret
impérial, du 7 floréal an XIII (27 avril 1805),
relatif aux comptes à rendre par les receveurs
des établissemens de charité. M. 1117, Bulletin
des lois 43, n°. 700, p. 44, 4e. série.

Sur le manuscrit les instructions du Ministre sont jointes au décret.

— Avis du Conseil d'État, du 3 nivôse an XIV (24 décembre 1805), portant que les établissemens de charité dirigés par des sociétés libres, ne doivent plus être tolérés sans être régularisés et surveillés. * Lettres et instructions du Ministre, t. 6, p. 405.

ÉTABLISSEMENS DU SERVICE GÉNÉRAL.

— Règlement du Conseil général des Hospices, adopté en sa séance du 15 brumaire an XIV (6 novembre 1805), sur les attributions du Bureau chargé de la surveillance des établissemens du service général. M. 1250, reg. des arrêtés du Conseil, t. 6, n°. 3026, p. 133.

ÉTABLISSEMENS HOSPITALIERS. — Arrêté

du Conseil général des Hospices, du 16 ventôse an XII (7 mars 1804), sur les dépenses faites ou à faire dans leur logement par les employés des établissemens hospitaliers. M. 955, reg. des arrêtés du Conseil, t. 4, n°. 2093, p. 227.

— Arrêté du Conseil général des Hospices, du 25 mai 1808, relatif au mode à suivre pour l'inventaire des objets qui composent le mobilier des établissemens hospitaliers. M. 1583, reg. des arrêtés du Conseil, t. 9, n°. 6567, p. 323.

ÉTABLISSEMENS PUBLICS. — Décret impérial, du 17 juillet 1808 , concernant les droits
de timbre et d'enregistrement à la charge des
communes et des établissemens publics. M. 1593;
Bulletin des lois 198, n°. 3582, p. 17, 4°. série.

ÉTABLISSEMENT DE CHARITÉ (Passage
Saint-Paul). — Arrêté du Ministre de l'intérieur, du 28 fructidor an X (15 septembre
1802), sur la destination de cet établissement,
et des conditions exigées pour y être admis.
M. 579, c. 24 , int. *Etablissemens de charité,*
et inséré aux registres des arrêtés du Conseil ,
t. 3 , p. 10.

A la suite de l'arrêté du Ministre de l'intérieur
sont les articles conservés de l'arrêté du Conseil,
du 18 germinal an X (18 avril 1802) , sur le
même objet.

— Arrêté du Conseil général des Hospices , du
23 vendémiaire an XI (15 octobre 1802), relatif à la distribution entre les Bureaux de bienfaisance, des places vacantes dans l'établissement
de charité , passage Saint-Paul , et le prix de
pension à payer pour les élèves qui ne sont pas
admis gratuitement. M. 717 , reg. des arrêtés
du Conseil , t. 3 , n°. 1054, p. 25.

— Arrêté du Conseil général des Hospices , du
4 ventôse an XI (23 février 1803), portant
règlement intérieur de l'établissement de cha-

rité, passage Saint-Paul. M. 763, reg. des arrêtés
du Conseil, t. 3, n°. 1318, p. 195.

— Arrêté du Conseil général des Hospices, du
23 germinal an XI (13 avril 1803), relatif aux
places gratuites à donner dans ledit établissement. M. 791, reg. des arrêtés du Conseil,
t. 3, n°. 1390, p. 255.

— Arrêté du Conseil général des Hospices, du
6 frimaire an XIV (27 novembre 1805), qui
fixe le fonds d'avance à compter à la direction
de l'établissement de charité, passage Saint-Paul.
M. 1265, reg. des arrêtés du Conseil, t. 6,
n°. 3092, p. 170.

ÉTAT CIVIL DANS LES HOSPICES. — Arrêté
du Ministre de l'intérieur, du 18 vendémiaire
an X (10 octobre 1801), sur les règles à suivre
pour l'état civil dans les Hospices. M. 337, imprimé, et inséré fin du reg. 1ᵉʳ. des arrêtés du
Conseil.

ÉTAT DE DISTRIBUTION DE FONDS. —
— Arrêté du Conseil général des Hospices,
du 19 prairial an XI (31 mai 1803), relatif
aux personnes portées sur l'état de distribution de fonds dressé chaque mois pour acquitter les dépenses des Hospices et secours.
M. 811, Reg. des arrêtés du Conseil, t. 3,
n°. 1510, p. 334.

ÉTATS DE LIEUX. — Arrêté du Conseil général

des Hospices, du 16 fructidor an IX (3 septembre 1801), qui charge les architectes de
dresser l'état des lieux toutes les fois qu'un
locataire entre en jouissance d'une maison des
Hospices. M. 5o1, imprimé, et fin du reg. 1ᵉʳ
des arrêtés du Conseil.

— Arrêté du Conseil général des Hospices, du
3 janvier 1806, qui charge les inspecteurs des
bâtimens de dresser les états de lieux des maisons
données à bail. M. 1305, reg. des arrêtés du
Conseil, t. 7, n°. 3194, p. 12.

— Arrêté du préfet de la Seine, du 15 janvier 1806,
sur l'indemnité à accorder aux inspecteurs des
bâtimens chargés de dresser les états des lieux.
M. 1307, reg. des arrêtés du Conseil, c. 45,
int. *Bâtimens et Terrains*, n°. 5.

— Arrêté du Conseil général des Hospices, du
31 août 1808, qui fixe la manière d'acquitter
les frais occasionnés par les états de lieux.
M. 1604, reg. des arrêtés du Conseil, t. 9,
n°. 6694, p. 492.

ÉTATS DE SITUATION DE CAISSE. — Arrêté
du préfet de la Seine, du 31 décembre 1810,
relatif aux états de situation de caisse des Hospices. M. 1828, c. 29, int. *Service général
et Comptabilité*, n°. 91.

ÉTAUX. — Arrêté du Gouvernement, du 25
floréal an XII (15 mai 1804), concernant

20 *

les étaux de la boucherie de Beauvais. M. 1001,
c. 45, intit. *Bâtimens et Terrains*, n°. 386.

ÉVASION DES MILITAIRES. — Décret impérial, du 8 janvier 1810, qui établit des préposés responsables de l'évasion des militaires
détenus dans les Hôpitaux civils et militaires.
M. 1735, *Bulletin des lois* 259, n°. 5121,
p. 1ʳ, 4ᵉ. série.

— Lettre du Ministre directeur de l'administration de la guerre, du 16 mars 1810, sur l'évasion des militaires traités dans les Hôpitaux.
M. 1755, c. 2, intit. *Saint-Louis*, n°. 174.

EXEMPTION. — Avis du Conseil d'État, du
4 fructidor an XIII (22 août 1805), portant que
les Hôpitaux qui exploitent leurs vignes ne
peuvent prétendre à d'autres exemptions sur
les boissons que celles accordées aux particuliers. M. 1201, c. 34, intit. *Préfet de la
Seine*, n°. 9.

EXPÉDITIONS. — Arrêté du Conseil général
des Hospices, du 7 germinal an XII (28 mars
1804), qui autorise les agens de surveillance
à signer les extraits des registres déposés dans
leurs maisons, sauf à faire viser ces extraits
par le secrétaire général. M. 971, reg. des
arrêtés du Conseil, t. 4, n°. 2133, p. 256.

EXPÉDITIONS DES ACTES. — Circulaire du

Ministre de l'intérieur ; du 4 mai 1808, portant
que le montant des droits payés par les particuliers pour expédition des actes de l'autorité
publique, doit être perçu au profit des administrations, et non des individus qui y sont
attachés. * Lettres et circulaires du ministre
de l'intérieur, t. 8, p. 66.

— CIRCULAIRE du Ministre de l'intérieur, du
26 mai 1808, qui enjoint aux préfets de faire
figurer sur les budjets les droits perçus pour
expéditions des actes de l'autorité administrative. * Lettres et circulaires du Ministre, t. 8,
p. 154.

— CIRCULAIRE du Ministre de l'intérieur, du 6
août 1808, pour faire figurer dans les comptes
le montant des sommes perçues pour expéditions d'actes de l'autorité administrative. *
Lettres et circulaires du Ministre, t. 8, p. 309.

F.

FABRIQUES. — LOI, du 19 août 1792, relative
à la vente des immeubles réels affectés aux
Fabriques. M. 89, collection des lois, t. 6,
p. 94.

— LOI, du 13 brumaire an II (3 novembre 1793),
qui déclare propriété nationale tout l'actif
affecté aux Fabriques et à l'acquit des fondations. M. 131, collection des lois, t. 8, p. 38.

— Arrêté des Consuls, du 7 thermidor an XI (26 juillet 1803), qui rend aux Fabriques des églises les biens non aliénés. M. 837, *Bulletin des lois* 303, n°. 3036, p. 788, 3°. série.

— Avis du Conseil d'État, du 20 avril 1807, sur leur renvoi en possession de différentes rentes et de différens domaines non aliénés. M. 1481, *Bulletin des lois* 148, n°. 2453, p. 257, 4°. série.

FACTURES. — Arrêté du Conseil général des Hospices, du 5 nivôse an XIV (27 décembre 1805), qui adopte un modèle de billets d'ordre, récépissés et factures. M. 1285, reg. des arrêtés du Conseil, t. 6, n°. 3158, p. 216.

FARINES. — Arrêté du Ministre de l'intérieur, du 9 février 1809, qui charge le conservateur de l'approvisionnement de la réserve de la fourniture des farines nécessaires aux Hôpitaux et Hospices. M. 1641, c. 55, intit. *Farines*, n°. 35.

— Arrêté du Ministre de l'intérieur, du 31 octobre 1812, sur la fourniture des farines nécessaires à la fabrication du pain des indigens. M. 2065, c. 48, intit. *Agence des secours*, n°. 227.

— Lettre du préfet de la Seine, du 6 juillet 1813, sur la réception des farines fournies par la réserve pour le service des Hôpitaux et Hospices. * C. 55, intit. *Farines*, n°. 144.

—Décision du Ministre de l'intérieur, du 15 juillet 1813, sur les bases d'après lesquelles doit être faite la liquidation des farines fournies aux Hospices par la réserve. * C. 55, intit. *Farines*, n°. 162.

— Lettre du Ministre de l'intérieur, du 21 décembre 1813, interprétative de son arrêté du 15 juillet 1813, relativement à la liquidation des farines. * C. 55, intit. *Farines*, n°. 51.

— Arrêté du Conseil, du 19 octobre 1814, qui adopte provisoirement le règlement proposé par les directeurs de l'approvisionnement de la réserve pour la fourniture des farines nécessaires aux indigens. Reg. des arrêtés du Conseil, t. 15, n°. 15867, p. 732.

FEMMES ACCOUCHÉES. — Arrêté du Conseil général des Hospices, du 16 décembre 1812, portant qu'il ne sera fait aux femmes accouchées aucun retranchement sur le pain. * Reg. des arrêtés du Conseil, t. 13, mention p. 989.

FEMMES ENCEINTES. — Arrêté du Ministre de l'intérieur, du 18 vendémiaire an X (10 octobre 1801), sur l'admission des femmes enceintes à la Maison d'Accouchement. M. 333, imprimé, et inséré fin du reg. 1er. des arrêtés du Conseil.

— Arrêté du Conseil général des Hospices, du 24 pluviôse an X (3 février 1802), qui établit des travaux à la Maternité pour occuper les femmes enceintes. M. 463, reg. des arrêtés du Conseil, t. 2, n°. 492, p. 22.

— ARRÊTÉ du Conseil général des Hospices, du 24 pluviôse an X (13 février 1802), qui règle le prix à payer aux femmes enceintes de la Maternité qui travaillent à l'ouvroir. M. 465, reg. des arrêtés du Conseil, t. 2, n°. 491, p. 21.

— ARRÊTÉ du Conseil général des Hospices, du 23 juillet 1806, qui désigne les Hôpitaux dans lesquels les femmes enceintes doivent être reçues en cas de maladies. M. 1413, reg. des arrêtés du Conseil, t. 7, n°. 3817, p. 524.

— ARRÊTÉ du Conseil général des Hospices, du 16 décembre 1812, portant qu'il ne sera fait aucun retranchement de pain aux femmes enceintes. * Reg. des arrêtés du Conseil, t. 13, mention p. 989.

FEMMES EN COUCHE. — ARRÊTÉ du Conseil général des Hospices, du 21 floréal an XI (13 mai 1803), portant que les femmes en couche, qui seront reçues à la Maison de Santé, déposeront en entrant, en sus de la pension, 12 francs. M. 805, Reg. des arrêtés du Conseil, t. 3, n° 1458, p. 291.

FERMAGES. — ARRÊTÉ du Conseil général des Hospices, du 29 nivôse an XI (19 janvier 1803), relatif au paiement des fermages, soit en nature, soit en argent. M. 741, reg. des arrêtés du Conseil, t. 3, n°. 1245, p. 141.

— ARRÊTÉ du Conseil général des Hospices, du 4 ventôse an XI (23 février 1803), interprétatif de celui du 29 nivôse an XI, concernant le paiement des fermages. M. 761, reg. des arrêtés du Conseil, t. 3, n°. 1313, p. 190.

FERMIERS. — ARRÊTÉ du Conseil général des Hospices, du 16 germinal an XI (6 avril 1803), qui charge les fermiers de payer, à valoir sur leurs loyers, les réparations faites à leurs fermes par ordre de l'Administration. M. 689, reg. des arrêtés du Conseil, t. 3, n°. 1383, p. 250.

— ARRÊTÉ du Conseil général des Hospices, du 13 frimaire an XIV (14 décembre 1805), qui autorise les fermiers des biens ruraux des Hospices à acquitter les contributions foncières de leurs fermes. M. 1271, reg. des arrêtés du Conseil, t. 6, n°. 3116, p. 187.

FEUILLES D'ENTRÉES ET DE SORTIES DES EMPLOYÉS. — ARRÊTÉ du Conseil général des Hospices, du 20 février 1811, établissant des feuilles d'entrées et de sorties pour les employés de l'Administration. M. 1911, reg. des arrêtés du Conseil, t. 12, n°. 10291, p. 133.

FEUILLES D'ENVOI DE PIÈCES DANS LES DIVISIONS. — ARRÊTÉ du Conseil général des

Hospices, du 2 complémentaire an XI (19 septembre 1803), portant qu'il sera dressé pour chaque envoi de pièces dans les divisions, une double feuille contenant l'état par N°. des pièces transmises. M. 864, reg. des arrêtés du Conseil, t. 3, n°. 1717, p. 496.

FILASSE. — Arrêté du Conseil général des Hospices, du 26 avril 1809, qui autorise le directeur de la filature à acheter de la filasse pour le service de cet établissement. M. 1659, reg. des arrêtés du Conseil, t. 10, n°. 7651, p. 341.

— Arrêté du Conseil général des Hospices, du 24 mai 1809, qui fixe le mode pour l'approvisionnement de la filature des indigens. M. 1675, reg. des arrêtés du Conseil, t. 10, n°. 7782, p. 407.

FILATURE (établissement de la). — Arrêté du Conseil général des Hospices, du 6 nivôse an XIV (27 décembre 1805), portant règlement pour la Maison de la Filature établie en faveur des indigens. M. 1289, reg. des arrêtés du Conseil, t. 6, n°. 3163, p. 218.

— Lettre du Ministre de l'intérieur, du 18 février 1806, sur le règlement proposé pour l'établissement de la Filature. M. 1319, c. 27, intit. *Filature*, n°s. 28 et 31.

— Arrêté du Conseil général des Hospices, du 27 août 1810, portant que les toiles nécessaires

aux Hôpitaux et Hospices seront prises, autant
que possible, à la Filature. M. 1967, reg. des
arrêtés du Conseil, t. 11, n°. 9696, p. 618.

— Arrêté du Conseil général des Hospices, du
10 juillet 1811, qui déclare que les frais du
blanchiment des toiles de la filature feront
partie des frais de fabrication. M. 1957, reg.
des arrêtés du Conseil, t. 12, n°. 10819, p. 530.

— Arrêté du Conseil général des Hospices, du
13 mai 1812, qui ordonne que les enfans des
ouvriers de la filature seront envoyés à l'école
aux frais de l'Administration. M. 2045, reg.
des arrêtés du Conseil, t. 13, n°. 12018, p. 396.

— Arrêté du Conseil général des Hospices, du
10 novembre 1813, relatif aux toiles fabriquées à la filature pour le service des Hôpitaux
et Hospices. * Reg. des arrêtés du Conseil,
t. 14, n°. 14272, p. 1076.

FILLES DE CHARITÉ. — Arrêté des Consuls,
du 29 germinal an IX (12 avril 1801), qui
charge les filles de charité de seconder les
membres des Bureaux de bienfaisance. M. 218,
imprimé.

— Arrêté du Ministre de l'intérieur, du 18 floréal an IX (28 mai 1801), qui met sous la responsabilité des filles de charité les médicamens
fournis aux Bureaux de bienfaisance par la
Pharmacie centrale. M. 272, imprimé.

21 *

— Arrêté du Ministre de l'intérieur , du 8 prairial an IX (28 mai 1801), portant que les filles de charité seconderont les membres des Bureaux de bienfaisance. M. 267, imprimé.

— Arrêté des Consuls, du 27 prairial an IX (16 juin 1801), portant que les biens affectés à l'entretien, nourriture, etc., des filles de charité, seront administrés par l'Administration des Hospices. M. 275, *Bulletin des lois* 107, n°. 871, p. 9, 5°. série.

— Circulaire du Ministre de l'intérieur, de vendémiaire an X (1801), sur l'affectation aux besoins des établissemens de bienfaisance des revenus des hospitalières et filles de charité. * Lettres et instructions du Ministère, t. 4, p. 12.

— Arrêté du Ministre de l'intérieur, du 8 vendémiaire an X (30 septembre 1801), portant que les filles de charité seconderont les membres des Bureaux de bienfaisance. M. 312, imprimé, et inséré fin du reg. 1er. des arrêtés du Conseil.

— Décret impérial, du 18 février 1809, relatif aux filles de charité qui se consacrent aux soins des malades et infirmes. M. 1645, *Bulletin des lois* 225, n°. 4127, p. 39, 4°. série.

FILLES PUBLIQUES. — Lettre du préfet de la Seine, du 27 juillet 1811, demandant que les filles publiques du département de Seine et Oise, attaquées de la maladie vénérienne, soient envoyées à Saint-Louis pour y être traitées. M. 1959, c. 3, intit. *Vénériens*, n°. 143.

— ARRÊTÉ du Conseil général des Hospices, du 14 août 1811, qui ordonne que les filles publiques du département de Seine et Oise, attaquées de la maladie vénérienne, seront envoyées à Saint-Louis pour y être traitées. M. 1965, reg. des arrêtés du Conseil, t. 12, n°. 10949, p. 614.

— ARRÊTÉ du Conseil général des Hospices, du 1er. juillet 1812, portant qu'il sera établi à Saint-Louis un traitement particulier pour les filles publiques attaquées de la maladie vénérienne. M. 2049, reg. des arrêtés du Conseil, t. 13, n°. 12189, p. 513.

FOLLES. — ARRÊTÉ du Conseil général des Hospices, du 3 floréal an X (23 avril 1802), sur la réception des folles à la Salpêtrière pour y être traitées. M. 601, reg. des arrêtés du Conseil, t. 2, n°. 644, p. 142.

— ARRÊTÉ du Conseil général des Hospices, du 24 fructidor an X (11 septembre 1802), qui charge les officiers de santé de la Salpêtrière de prononcer sur l'admission des folles qui se présenteront à cet Hospice pour y être traitées. M. 691, reg. des arrêtés du Conseil, t. 2, n°. 985, p. 455.

FONDATEURS. — ARRÊTÉ du Conseil général
des Hospices, du 20 messidor an X (9 juillet
1802), qui rétablit le droit des fondateurs de
lits dans les Hospices. M. 661 , reg. des arrêtés
du Conseil, t. 2 , n°. 855 , p. 318.

— ARRÊTÉ des Consuls , du 28 fructidor an X
(15 septembre 1802), concernant les fondateurs de lits dans les Hospices. M. 697 , *Bulletin
des lois* 215 , n°. 1978 , p. 709 , 3°. série.

— ARRÊTÉ du Gouvernement, du 16 fructidor
an XI (3 septembre 1803), qui règle le droit
des fondateurs de lits dans les Hospices. M. 851 ,
Bulletin des lois 311 , n°. 3141 , p. 916 ,
3°. série.

— ARRÊTÉ du Conseil général des Hospices , du
24 brumaire an XII (16 novembre 1803), relatif à la vérification des droits des fondateurs
de lits dans les Hospices. M. 905 , reg. des
arrêtés du Conseil , t. 4 ; n°. 1886 , p. 87.

— ARRÊTÉ du Conseil général des Hospices , du
18 pluviôse an XII (8 février 1804) , qui règle
le droit des fondateurs de lits dans les Hospices.
M. 945, reg. des arrêtés du Conseil , t. 4 ,
n°. 2056, p. 199.

— ARRÊTÉ du Conseil général des Hospices, du
30 ventôse an XII (21 mars 1804) , qui fixe
les qualités exigées des personnes choisies par
les fondateurs pour occuper les lits dans les

Hospices d'Incurables. M. 967, reg. des arrêtés du Conseil, t. 4, n°. 2122, p. 246.

— DÉCRET IMPÉRIAL, du 31 juillet 1806, qui donne aux fondateurs, ou à leurs représentans qui s'en sont conservé le droit, la faculté de concourir à l'administration des établissemens par eux fondés. M. 1419, c. 49, intit. *Fondations et nominations*, n°. 207.

FONDATIONS. — Loi du 13 brumaire an II (3 novembre 1793), qui déclare nationaux tous les biens provenant des fondations et des fabriques. M. 131, Recueil de lois, t. 8, p. 38.

— ARRÊTÉ des Consuls, du 27 prairial an IX (16 juin 1801), portant que les biens affectés à l'acquit des fondations, seront administrés par l'Administration des Hospices. M. 275, *Bulletin des lois* 107, n°. 871, p. 9, 3°. série.

— CIRCULAIRE du Ministre de l'intérieur, de vendémiaire an X (1801), sur l'arrêté des Consuls du 27 prairial an IX (16 juin 1801), qui charge les commissions administratives des Hospices de régir les biens faisant partie des fondations affectées à des services de bienfaisance et de charité. * Lettres et instructions du Ministre, t. 4, p. 12.

— ARRÊTÉ du Conseil général des Hospices, du 20 messidor an X (9 juillet 1802), qui fixe la somme à fournir pour la fondation d'un lit

dans un hospice. M. 661, reg. des arrêtés
du Conseil, t. 2, n°. 855, p. 318.

— Arrêté du Gouvernement, du 16 fructidor
an XI (3 septembre 1803), qui règle le droit
des fondateurs de lits dans les Hospices. M. 831,
Bulletin des lois 311, n°. 3141, p. 916,
5°. série.

— Arrêté du Gouvernement, du 16 fructidor
an XI (3 septembre 1803); portant qu'il ne
pourra être fondé de lits dans les Hospices sans
l'autorisation du Gouvernement. M. 852, *Bulletin des lois* 311, n°. 3141, p. 916, 3°. série.

— Arrêté du Conseil général des Hospices, du
18 pluviôse an XII (8 février 1804), portant
qu'il ne pourra être accordé aux fondateurs
de lits dans les Hospices, la jouissance de plus
de cinq lits. M. 947, reg. des arrêtés du Conseil,
t. 4, n°. 2056, p. 199.

— Décret impérial, du 19 juin 1806, concernant l'acquit des services religieux dus par
les biens dont les Hospices et Bureaux de bienfaisance ont été envoyés en possession. M. 1355,
Bulletin des lois 101, n°. 1667, p. 241, 4°. série.

— Ordonnance du Roi, du 10 juin 1814 ;
concernant les autorisations nécessaires pour
l'acceptation des fondations, dons et legs faits
aux églises, Hospices, etc. *Bulletin des lois* 20,
n°. 158, p, 243, 5°. série.

FONDS. — Loi du 26 fructidor an VI (12 septembre 1798), qui affecte des fonds aux dépenses des Hospices et des Enfans de la Patrie. M. 193, *Bulletin des lois* 227 , n°. 2017, t. 6, 2ᵉ. série.

— Arrêté du Conseil général des Hospices, du 19 prairial an XI (8 juin 1803), relatif aux personnes portées sur les états de distribution de fonds. M. 811 , reg. des arrêtés du Conseil, t. 3 , n°. 1510, p. 334.

— Lettre du préfet de la Seine, du 20 messidor an XIII (9 juillet 1805), sur l'emploi des fonds provenant des démolitions. M. 1153 , c. 45 , intit. *Bâtimens et Terrains,* n°. 185.

— Décret impérial, du 23 juin 1806, qui autorise les administrations charitables à prendre des fonds aux indigens moyennant une redevance viagère. M. 1359, *Bulletin des lois* 102, n°. 1676, p. 261 , 4ᵉ. série.

FORÊTS. — Loi, du 9 floréal an XI (29 avril 1803), sur le régime forestier. M. 795, *Bulletin des lois* 276 , n°. 2753 , p. 260, 3ᵉ. série.

FOURNISSEURS. — Arrêté du Conseil général des Hospices, du 19 prairial an XI (8 juin 1803), relatif aux fournisseurs portés sur les états de distribution de fonds. M. 811 , reg. des arrêtés du Conseil, t. 3, n°. 1510, p. 334.

22

FOURNISSEURS ET ENTREPRENEURS. — ARRÊTÉ du Conseil général des Hospices, du 12 vendémiaire an XII (5 octobre 1803), qui oblige les entrepreneurs et fournisseurs à remettre leurs mémoires au commencement de chaque mois pour les fournitures du mois précédent. M. 877, reg. des arrêtés du Conseil, t. 4, n°. 1779, p. 30.

FOURNITURES. — Loi, du 16 messidor an VII (3 août 1799), qui ordonne que les fournitures nécessaires aux Hospices seront adjugées au rabais et en séance publique. M. 211, *Bulletin des lois* 293, n°. 3112, 2 . série.

— ARRÊTÉ des Consuls, du 19 thermidor an IX (7 août 1801), qui charge les Préfets de connoître des contestations survenues entre les particuliers et les agens du Gouvernement pour raison de fournitures. M. 289, *Bulletin des lois* 93, n°. 783, p. 239, 3°. série.

— ARRÊTÉ du Conseil général des Hospices, du 20 fructidor an XI (7 septembre 1803), relatif aux fournitures à faire pour le service des Hospices. M. 856, reg. des arrêtés du Conseil, t. 3, n°. 1674, p. 461.

— ARRÊTÉ du Conseil général des Hospices, du 1er. complémentaire an XIII (18 septembre 1805), qui règle le mode à suivre pour l'approvisionnement des Hospices. M. 1213, reg.

des arrêtés du Conseil, t. 5, n°. 2922 *bis*,
p. 415.

— Lettre du préfet de la Seine, du 23 septembre
1807, sur l'adjudication publique et au rabais
des fournitures à faire aux Hôpitaux et Hospices. M. 1513, c. 34, intit. *Préfet de la Seine*,
n°. 195.

— Arrêté du Conseil général des Hospices, du
28 octobre 1807, qui divise en trois classes les
fournitures nécessaires aux Hospices. M. 1521,
reg. des arrêtés du Conseil, t. 8, n°. 5601,
p. 569.

— Arrêté du Conseil général des Hospices, du
5 février 1808, qui autorise le secrétaire général à faire insérer dans les journaux l'annonce
des fournitures à faire aux Hôpitaux et Hospices. M. 1551, reg. des arrêtés du Conseil,
t. 9, n°. 5925, p. 61.

— Lettre du préfet de la Seine, du 3 mai 1809,
qui fixe le mode à donner aux cahiers des
charges et aux procès-verbaux d'adjudication
concernant les fournitures. M. 1661, c. 31,
intit. *Règlemens généraux*, n°. 82.

—- Arrêté du Conseil général des Hospices, du
2 août 1809, qui apporte quelques changemens
au classement des fournitures pour le service
des Hospices. M. 1701, reg. des arrêtés du
Conseil, t. 10, n°. 8111, p. 596.

22 *

— Arrêté du Conseil général des Hospices, du 20 décembre 1809, qui fixe les époques auxquelles doivent être adjugées les fournitures nécessaires aux Hospices. M. 1725, reg. des arrêtés du Conseil, t. 10, n°. 8741, p. 974.

— Arrêté du Conseil général des Hospices, du 2 septembre 1812, qui nomme une commission pour l'examen des dépenses relatives aux fournitures à faire aux établissemens hospitaliers. M. 2059, reg. des arrêtés du Conseil, t. 13, n°. 12437, p. 690.

— Arrêté du Conseil général des Hospices, du 2 juin 1813, qui fixe les époques pour les adjudications de diverses fournitures. * Reg. des arrêtés du Conseil, t. 14, mention p. 549.

— Arrêté du Conseil, du 26 octobre 1814, portant qu'à l'avenir nul ne sera admis à concourir aux adjudications des fournitures ; s'il ne produit un certificat de trois négocians ou marchands connus, domiciliés à Paris. Reg. des arrêtés du Conseil, t. 15, mention p. 744.

FOUS. — Arrêté du Conseil général des Hospices, du 10 juin 1807, sur l'envoi à Bicêtre des indigens aliénés qui ont besoin d'être soumis au traitement. M. 1493, reg. des arrêtés du Conseil, t. 8, n°. 5109, p. 317.

FOUS ET ÉPILEPTIQUES. — Arrêté du

Conseil général des Hospices, du 3 prairial an XII (23 mai 1804), portant qu'il sera fourni chaque semaine, au Bureau central d'Admission, l'état des fous et épileptiques reçus d'urgence dans les Hôpitaux. M. 1011, reg. des arrêtés du Conseil, t. 4, n°. 2269, p. 366.

FOUS ET FOLLES. — Arrêté du Conseil général des Hospices, du 6 germinal an X (27 mars 1802), portant qu'il ne sera plus reçu ni fous ni folles à l'Hôtel-Dieu. M. 571, reg. des arrêtés du Conseil, t. 2, n°. 590, p. 98.

— Arrêté du Conseil général des Hospices, du 3 floréal an X (23 avril 1802), relatif aux fous et folles à la charge des Hospices à envoyer à Charenton. M. 601, reg. des arrêtés du Conseil, t. 2, n°. 644, p. 142.

— Arrêté du Ministre de l'intérieur, du 23 thermidor an X (11 août 1802), qui ordonne que les fous et folles, reconnus incurables après trois mois de traitement, seront renvoyés des Hospices. M. 687, c. 47, intit. *Fous et Folles.*

— Arrêté du Ministre de l'intérieur, du 28 fructidor an X (15 septembre 1802), qui charge les Hospices de payer les journées des fous et folles traités à Charenton par ordre de l'Administration des Hospices ou par les ordres du préfet de police. M. 693, c. 47, intit. *Fous et Folles.*

— Arrêté du Ministre de l'intérieur, du 28 fructidor an X (15 septembre 1802), portant que les fous et folles traités à Charénton, à la charge des Hospices, seront transférés à Bicêtre ou à la Salpêtrière, si, après trois mois en traitemens, ils sont déclarés incurables. M. 695, c. 47, intit. *Fous et Folles.*

— Arrêté du Conseil général des Hospices, du 19 février 1806, relatif aux fous et folles envoyés par l'Administration à Charenton. M. 1323, arrêté du Conseil, t. 7, n°. 3343, p. 119.

— Arrêté du Conseil général des Hospices, du 26 février 1806, portant règlement pour l'admission des fous et folles à Bicêtre et à la Salpêtrière. M. 1327, reg. des arrêtés du Conseil, t. 7, n°. 3365, p. 132.

— Arrêté du Conseil général des Hospices, du 20 avril 1808, qui autorise à transférer dans les Hospices de Bicêtre et de la Salpêtrière, les fous et folles qui auront fait un séjour de plus de six mois à Charenton. M. 1565, reg. des arrêtés du Conseil, t. 9, n°. 6226, p. 232.

FOUS TRAITÉS A CHARENTON. — Arrêté du Conseil général des Hospices, du 12 vendémiaire an XII (5 octobre 1803), qui met dans les attributions de la deuxième division les dépenses relatives aux fous traités à Cha-

renton, les cliniques et la vaccine. M. 881,
reg. des arrêtés du Conseil, t. 4, n°. 1774,
p. 28.

— LETTRE du Ministre de l'intérieur, du 8 février
1806, qui fixe à six mois le séjour des fous
traités dans la maison de Charenton, à la
charge de l'Administration. M. 1315, c. 47,
intit. *Fous et Folles*, n°. 21.

FRAIS DE BUREAU DU CONSEIL. — ARRÊTÉ
du Conseil général des Hospices, du 22 ventôse an XIII (13 mars 1805), qui fixe les frais
de bureau du Conseil à 500 francs par an. *
Reg. des arrêtés du Conseil, t. 5, n°. 2673,
p. 176.

FRAIS D'ÉDUCATION DES ENFANS ABAN-
DONNÉS. — ARRÊTÉ du Conseil général des
Hospices, du 4 complémentaire an XI (21 septembre 1803), qui charge le membre du
Conseil, surveillant l'hospice de la Maternité,
de faire toutes les remises qu'il jugera convenables aux parens des enfans, pour raison de
la nourriture et de l'éducation desdits enfans.
M. 869, reg. des arrêtés du Conseil, t. 3,
n°. 1725, p. 501.

FRAIS DE VOITURE. — ARRÊTÉ du Ministre
de l'intérieur, du 28 vendémiaire an X (20 octobre 1801), portant que les frais de voiture,

occasionnés par l'inspection des Hospices dont
est chargée la Commission administrative, seront supportés par la caisse des Hospices. M. 359;
imprimé, et inséré fin du reg. 1ᵉʳ. des arrêtés du
Conseil.

— ARRÊTÉ du Ministre de l'intérieur, du 18 germinal an X (8 avril 1802), qui alloue des frais
de voiture aux membres de la Commission
administrative des Hospices. M. 585, c. 32,
intit. *Gouvernement et Ministres.*

FRAIS DE VOYAGE. — ARRÊTÉ du Conseil
général des Hospices, du 24 février 1813,
qui fixe les frais de voyage à payer aux meneurs attachés au Bureau du placement pour
chaque enfant par eux placé. * Reg. des arrêtés
du Conseil, t. 14, n°. 13119, p. 208.

FRAIS D'INSCRIPTION. — ARRÊTÉ du Conseil
général des Hospices, du 24 décembre 1811,
qui met 450 francs à la disposition du receveur,
pour avancés à faire des frais d'inscription.
M. 2001, reg. des arrêtés du Conseil, t. 12,
n°. 11410, p. 964.

FRAIS JUDICIAIRES. — — ARRÊTÉ du Conseil
général des Hospices, du 13 thermidor an XII
(1ᵉʳ. août 1804), qui règle la manière dont on
doit payer les frais judiciaires aux avoués de
l'Administration. M. 1033, reg. des arrêtés du
Conseil, t. 4, n°. 2379, p. 437.

FRÈRES DE LA CHARITÉ. — Loi du 1ᵉʳ. mai
1793, qui suspend l'exécution de la loi du
18 août 1792, en ce qui concerne la vente
des biens des congrégations vouées au service
des pauvres et des Hospices. M. 97, Recueil
de lois, t. 7, p. 33.

G.

GALEUX. — Arrêté du Conseil général des
Hospices, du 11 prairial an X (31 mai 1802),
portant que les orphelins attaqués de la gale
seront envoyés à Saint-Louis. M. 627, reg. des
arrêtés du Conseil, t. 2, n°. 735, p. 219.

— Arrêté du Conseil général des Hospices, du
6 nivôse an XIV (27 décembre 1805), qui
établit cent lits de plus à Saint-Louis pour y
recevoir des galeux. M. 1283, reg. des arrêtés
du Conseil, t. 6, n°. 3161, p. 217.

— Arrêté du Conseil général des Hospices, du
28 juin 1809, portant que les enfans galeux
de la Maison d'Allaitement seront transférés
à Saint-Louis. M. 1681, reg. des arrêtés du
Conseil, t. 10, n°. 7928, p. 493.

— Arrêté du Conseil général des Hospices, du
27 avril 1814, qui établit à l'hôpital Saint-Louis,
aux Enfans-Malades et au Bureau central d'admission, un traitement externe pour les indi-

23

vidus attaqués de gale simple. * Reg. des arrêtés
du Conseil, t. 15, n°. 14910.

GARÇONS DE BUREAU. — Arrêté du Conseil
général des Hospices, du 4 février 1807, qui
accorde annuellement 100 francs à chacun des
garçons de bureau pour leur habillement.
M. 1461, reg. des arrêtés du Conseil, t. 8,
n°. 4594, p. 78.

GARDES-BOIS. — Loi, du 9 floréal an XI
(29 avril 1803), relative au régime des bois
appartenant à des particuliers et à des établissemens publics, et à la nomination des gardes-
bois. M. 795, *Bulletin des lois* 276, n°. 2753,
p. 260, 3ᵉ. série.

— Arrêté du Conseil général des Hospices, du
12 floréal an XII (2 mai 1804), qui charge
le membre de la Commission ayant la surveillance des domaines, de nommer les gardes
des bois des Hospices, sauf l'approbation du
membre du Conseil chargé des biens ruraux.
M. 995, reg. des arrêtés du Conseil, t. 4,
n°. 2217, p. 323.

— Arrêté du Conseil général des Hospices, du
12 floréal an XII (2 mai 1804), qui autorise
le membre de la Commission chargé des domaines, à délivrer aux gardes-bois et gardes
champêtres des Hospices, toutes commissions

nécessaires pour exercer leur surveillance. M. 997, reg. des arrêtés du Conseil, t. 4; n°. 2212, p. 320.

GARDES CHAMPÊTRES. (*Voyez* l'article précédent, *Gardes-bois.*)

GARDE DE PARIS. — Lettre du préfet du département de la Seine, du 9 messidor an XI (28 juin 1803), relative à la réception des militaires de la garde de Paris à l'hôpital Beaujon. M. 831, ç. 8, intit. *Beaujon.*

— Arrêté du Conseil général des Hospices, du 12 août 1807, qui consacre à l'hôpital Saint-Louis un bâtiment pour y recevoir la garde de Paris, et qui règle les conditions pour l'admission desdits soldats. M. 1503, reg. des arrêtés du Conseil, t. 8, n°. 5325, p. 435.

GENDARMERIE DE PARIS. —Lettre du préfet de la Seine, du 4 octobre 1813, annonçant que les journées des soldats de la gendarmerie de Paris, traités dans les Hôpitaux civils, seront payées à raison de 1 franc. * C. 1er., intit. *Hôtel-Dieu,* n°. 213.

GOUVERNEMENT. — Arrêté du Conseil général des Hospices, du 22 ventôse an XIII (13 mars 1805), portant que, sur vingt-huit lits vacans dans les Hospices, quatre seront à la nomination du Gouvernement. M. 1099,

23 *

reg. des arrêtés du Conseil, t. 5, n°. 2672 ;
p. 175.

GOUVERNEUR DE PARIS. — Arrêté du
Conseil général des Hospices, du 3 pluviôse
an XIII (23 janvier 1805), qui lui donne le
droit de nomination à un lit dans les Hospices,
toutes les fois qu'il sera fait une répartition de
vingt-six places. M. 1071, reg. des arrêtés du
Conseil, t. 5, n°. 2617, p. 118.

— Arrêté du Conseil général des Hospices, du
22 ventôse an XIII (13 mars 1805), portant
que, sur vingt-huit lits vacans dans les Hospices, un sera à la nomination du Gouverneur de Paris. M. 1099, reg. des arrêtés du
Conseil, t. 5, n°. 2672, p. 175.

GRATIFICATIONS. — Arrêté des Consuls,
du 8 vendémiaire an XII (1er. octobre 1803),
portant qu'il ne pourra être accordé aucune
gratification annuelle sans l'autorisation du
Gouvernement. M. 875, *Bulletin des lois* 318,
n°. 3221, p. 14, 3°. série.

— Arrêté du Conseil général des Hospices, du
14 janvier 1807, portant que les gratifications
à accorder aux employés des Hôpitaux et Hospices ne pourront excéder le cinquantième de
la masse totale des appointemens de chaque
maison. M. 1445, reg. des arrêtés du Conseil,
t. 8, n°. 4512, p. 29.

— Arrêté du Conseil général des Hospices, du 25 janvier 1809, qui fixe le montant des gratifications à accorder aux employés de l'Administration et des établissemens hospitaliers. M. 1625, reg. des arrêtés du Conseil, t. 10, n°. 7242, p. 53.

— Arrêté du Conseil général des Hospices, du 29 mars 1809, portant que les dispositions de l'arrêté du 25 janvier 1809 sont communes aux employés non nourris des Hôpitaux et Hospices. M. 1653, reg. des arrêtés du Conseil, t. 10, n°. 7520, p. 268.

— Arrêté du Conseil général des Hospices, du 21 mars 1810, portant que les employés nourris dans les Hôpitaux et Hospices doivent être compris dans l'état des gratifications allouées aux établissemens, à raison du cinquantième du traitement de chaque maison. M. 1759, reg. des arrêtés du Conseil, t. 11, n°. 9116, p. 219.

H.

HABILLEMENS DITS DE PREMIÈRE COMMUNION. — Arrêté du Conseil général des Hospices, du 29 janvier 1812, portant que les habillemens dits *de première communion*, continueront à être délivrés en argent aux enfans de la Maternité qui ont atteint leur dou-

zième année. M. 2009, reg. des arrêtés du
Conseil, t. 13, n°. 11555, p. 96.

HALLE AUX VEAUX. — Arrêté du préfet
de la Seine, du 10 mai 1813, qui met l'Administration des Hospices en possession du produit
de la halle aux veaux. * C. 19, intit. *Halles
et Marchés,* n°. 108.

HALLE AUX VINS. — Arrêté du préfet de
la Seine, du 15 décembre 1808, portant nouveau règlement pour la halle aux vins. M. 1611,
c. 70, intit. *Halle aux Vins,* n°. 246.

— Arrêté du préfet de la Seine, du 3 mai 1811,
qui apporte quelques modifications au service
de la halle aux vins. M. 1925, c. 70, intit. *Halle
aux Vins,* n°. 88.

— Arrêté du préfet de la Seine, du 31 juillet
1811, qui nomme pour le service de la halle
aux vins un jaugeur de première classe. M. 1961,
c. 70, intit. *Halle aux Vins,* n°. 156.

— Décret impérial, du 22 mars 1813, qui
accorde à l'Administration des Hospices un
revenu annuel de 325,000 francs, hypothéqué
sur la halle aux vins. * C. 43, intit. *Ventes et
aliénations,* n°. 88.

— Arrêté du préfet de la Seine, du 31 mai 1813,
portant que la halle aux vins des Hospices fera

partie de l'entrepôt général, et les droits perçus pour le compte de la ville de Paris. * C. 70, intit. *Halle aux Vins*, n°. 103.

HALLES ET MARCHÉS. — LETTRE du préfet de la Seine, du 27 octobre 1807, annonçant que le produit des halles et marchés servira à accroître les revenus des Hôpitaux, à compter du 1er. janvier 1808. M. 1519, c. 59, intit. *Halles et Marchés*, n°. 205.

— DÉCRET IMPÉRIAL, du 24 février 1811, qui, en autorisant la vente des maisons urbaines, ordonne l'emploi des sommes en provenant à acheter les halles et marchés. M. 1913, c. 43, intit. *Ventes et aliénations des biens*, n°. 212.

— ARRÊTÉ du Conseil général des Hospices, du 16 juin 1813, relatif à la mise en possession, par l'Administration, des halles et marchés à elle concédés par la ville de Paris. * Reg. des arrêtés du Conseil, t. 14, n°. 13555, p. 577.

— ARRÊTÉ du Conseil général des Hospices, du 23 juin 1813, portant que les préposés à la recette dans les halles et marchés feront le versement à la caisse des Hospices, des sommes par eux reçues le jeudi de chaque semaine. * Reg. des arrêtés du Conseil, t. 14, n°. 13613, p. 613.

— ARRÊTÉ du Ministre de l'intérieur, du 11 décembre 1813, portant que la perception des droits d'abri dans les halles et marchés, cédés à l'Administration des Hospices, sera faite au compte et par les ordres de cette Administration. * C. 19, intit. *Halles et Marchés*, n°. 274.

— Arrêté du Conseil général des Hospices, du 22 décembre 1813, portant organisation de la perception des droits d'abri dans les halles et marchés cédés à l'Administration des Hospices. * Reg. des arrêtés du Conseil, t. 14, n°. 14452, p. 1201.

— Arrêté du Conseil général des Hospices, du 12 janvier 1814, qui fixe les frais de bureau des préposés à la réception des droits d'abri dans les halles et marchés. * Reg. des arrêtés du Conseil, t. 15, n°. 14553, p. 34.

HÉRITIERS DES ENFANS DES HOSPICES. — Loi, du 15 pluviôse an XIII (4 février 1805), qui règle les droits des héritiers des enfans des Hospices. M. 1079, *Bulletin des lois* 31, n°. 526, p. 269, 4°. série.

HOPITAUX. — Loi, du 22 décembre 1790, sur les impôts et autres recettes publiques perçus au profit des villes, communautés ou hôpitaux. M. 31, imprimée, et se trouve page 155 d'un recueil in-4°. déposé sur le bureau du Conseil.

— Loi, du 3 avril 1791, sur les moyens à em-
ployer pour pourvoir provisoirement à l'entretien des Hôpitaux. M. 51, imprimée, et se
trouve page 185 d'un recueil in-4°. déposé sur
le bureau du Conseil.

— Loi, du 10 avril 1791, portant que les rentes
sur les biens nationaux dont jouissoient les
pauvres, en vertu de titres authentiques, leur
seront provisoirement payées. M. 57, imprimée,
et se trouve page 194 d'un recueil in-4°. déposé
sur le bureau du Conseil.

— Loi, du 25 juillet 1791, sur les fonds à fournir
provisoirement par la caisse de l'extraordinaire
pour subvenir aux besoins des différens Hôpitaux du royaume. M. 69, imprimée, et se trouve
page 211 d'un recueil in-4°. déposé sur le
bureau du Conseil.

— Loi, du 22 janvier 1792, sur des fonds mis
par la caisse de l'extraordinaire à la disposition du
Ministre de l'intérieur, pour acquitter provisoirement les dépenses des Hôpitaux, Maisons
de Secours et Enfans-Trouvés. M. 79, Recueil
de lois, t. 5, p. 251.

— Loi, du 18 août 1792, qui, en supprimant les
congrégations séculières et les confréries, laisse
aux religieuses, dans les Hôpitaux et Maisons
de Secours, le soin des pauvres et des malades,

24

mais à titre individuel et sans tenir à aucune corporation. M. 85, Recueil de lois, t. 6, p. 59.

— Loi, du 1er. mai 1793, relative aux biens formant la dotation des Hôpitaux, M. 97, Collection des lois, t. 7, p. 33.

—Décret de la Convention nationale, du 18 vendémiaire an II (9 octobre 1793), sur les fonds destinés à l'entretien des Hôpitaux. M. 127, imprimé, et se trouve p. 366 du recueil in-4°. déposé sur le bureau du Conseil.

— Loi, du 23 messidor an II (11 juillet 1794), qui réunit l'actif et le passif des Hôpitaux, etc., au domaine national, et qui fixe le délai pour la remise des titres des créanciers de ces établissemens. M. 141, *Bulletin des lois* 20, n°. 93, 1re.série.

— Loi, du 7 fructidor an II (24 août 1794), qui attribue à un comité de seize membres, pris dans le sein de la Convention nationale, la surveillance des Hôpitaux, Secours, etc. M. 155, *Bulletin des lois* 46, n°. 243, 1re. série.

—Loi, du 21 frimaire an III (11 décembre 1794), qui proroge le délai fixé par la loi du 23 messidor an II, pour la remise des titres de créance sur les Hôpitaux, etc. M. 157, *Bulletin des lois* 98, n°. 507, 1re. série.

— Loi, du 9 fructidor an III (26 août 1795), qui surseoit à la vente des biens des Hôpitaux. M. 161, *Bulletin des lois* 174, n°. 1053, 1re. série.

— Loi, du 10 vendémiaire an IV (2 octobre 1795), qui, en réglant les attributions des six Ministres, donne au Ministre de l'intérieur les Hôpitaux et Secours. M. 163, *Bulletin des lois* 192, n°. 1153, 1re. série.

— Loi, du 2 brumaire an IV (20 octobre 1795), qui suspend celle du 23 messidor an II, sur le mode de perception des revenus des Hôpitaux, Maisons de Secours, etc. M. 165, *Bulletin des lois* 198, n°. 1191, 1re. série.

— Loi, du 16 vendémiaire an V (7 octobre 1796), portant que les Hôpitaux sont conservés dans la jouissance de leurs biens. M. 171, *Bulletin des lois* 81, n°. 753, 2e. série.

— Arrêté du Directoire exécutif, du 23 brumaire an V (13 novembre 1796), qui met les Hôpitaux sous la surveillance des Bureaux centraux, dans les communes où il y a plusieurs Administrations municipales. M. 177, *Bulletin des lois* 90, n°. 857, 2e. série.

— Arrêté du Conseil général des Hospices, du 6 germinal an X (27 mars 1802), portant que l'état des indigens qui, étant dans les Hôpitaux,

24 *

demandent à passer dans les Hospices, sera
fourni au Conseil. M. 569, reg. des arrêtés du
Conseil, t. 2, n°. 591, p. 99.

— ARRÊTÉ du Conseil général des Hospices, du
13 frimaire an X (4 décembre 1801), qui
règle les admissions des malades dans les Hôpitaux. M. 383, imprimé, et inséré fin du reg.
1er. des arrêtés du Conseil.

— ARRÊTÉ du Conseil général des Hospices, du
30 juillet 1806, portant règlement sur l'admission des malades dans les Hôpitaux.
M. 1415, reg. des arrêtés du Conseil, t. 7,
n°. 3849, p. 547.

— ARRÊTÉ du Conseil général des Hospices, du
1er. avril 1812, portant qu'il sera fait chaque
mois une visite dans les Hôpitaux pour consta-
ter l'état des malades qui n'ont plus besoin de
traitement. M. 2037, reg. des arrêtés du Conseil, t. 13, n°. 11829, p. 278.

— ARRÊTÉ du Conseil général des Hospices, du
24 mars 1813, qui fixe les attributions des deux
membres de la Commission chargés de la surveillance des Hôpitaux. * Reg. des arrêtés du
Conseil, t. 14, n°. 13208, p. 277.

HOPITAUX ET HOSPICES. — ARRÊTÉ du
Conseil général des Hospices, du 29 messidor
an XII (18 juillet 1804), portant qu'il sera

fait chaque trimestre un état des personnes nourries dans les Hôpitaux et Hospices. M. 1027, reg. des arrêtés du Conseil, t. 4, n°. 2343, p. 412.

— Arrêté du Conseil général des Hospices ; du 21 messidor an XIII (10 juillet 1803), relatif aux inventaires à dresser chaque année dans les Hôpitaux et Hospices. M. 1155, reg. des arrêtés du Conseil, t. 3, n°. 2810, p. 316.

— Avis du Conseil d'État, du 4 fructidor an XIII (22 août 1805), portant que les Hospices qui exploitent leurs vignes ne peuvent prétendre à d'autres exemptions du droit sur les vins que celle accordée aux particuliers. M. 1201, c. 34, intit. *Préfet de la Seine*, n°. 9.

— Décret impérial, du 13 fructidor an XIII (31 août 1805), relatif aux droits à payer pour la consommation de la bière dans les établissemens de charité qui ont des brasseries. M. 1203, *Bulletin des lois* 56, n°. 936, p. 559, 4°. série.

— Arrêté du Conseil général des Hospices, du 9 juillet 1806, qui fixe le régime alimentaire dans les Hôpitaux et Hospices. M. 1365, reg. des arrêtés du Conseil, t. 7, n°. 3791, p. 464, imprimé.

— Arrêté du Directoire exécutif, du 19 frimaire an VII (9 décembre 1798), portant que le scr-vice des Hôpitaux et Hospices sera divisé en cinq entreprises. M. 2083, imprimé.

HOPITAUX GÉNÉRAUX.—Arrêté du Conseil général des Hospices, du 13 frimaire an X (4 décembre 1801), qui fixe le nombre des Hôpitaux généraux et les malades qui y sont admissibles. M. 385, imprimé, et inséré fin du reg. 1er. des arrêtés du Conseil.

HOPITAUX SPÉCIAUX. — Arrêté du Conseil général des Hospices, du 13 frimaire an X (4 décembre 1801), qui fixe le nombre des Hôpitaux spéciaux et la nature des maladies qui y sont traitées. M. 386, imprimé, et inséré fin du reg. 1er, des arrêtés du Conseil.

HOSPICES. — Loi, du 26 fructidor an VI (12 septembre 1798), qui affecte des fonds aux dépenses des Hospices et Enfans de la Patrie. M. 193, *Bulletin des lois* 227, n°. 2017, 2e. série.

—Loi, du 27 vendémiaire an VII (18 octobre 1798), qui établit un octroi de bienfaisance pour subvenir aux dépenses locales de la commune de Paris, et notamment aux dépenses des Hospices et Secours. M. 197, *Bulletin des lois* 232, n°. 2085, 2e. série.

—Arrêté du Directoire exécutif, du 27 brumaire an VII (17 novembre 1798), qui affecte aux dépenses des Hospices les rétributions payées au Bureau du poids public pour frais de mesurage et pesage. M. 207, *Bulletin des lois* 240, n°. 2178, 2°. série.

— Loi, du 11 frimaire an VII (1er. décembre 1798), sur les moyens d'acquitter les dépenses des Hospices et Secours. M. 209, *Bulletin des lois* 247, n°. 2220, 2°. série.

— Loi, du 6 vendémiaire an VIII (28 septembre 1799); qui ordonne un prélèvement sur les contributions directes pour le service des Hospices et Enfans de la Patrie. M. 217, *Bulletin des lois* 314, n°. 3313, 2°. série.

— Arrêté des Consuls, du 15 brumaire an IX (6 novembre 1800), portant que les sommes qui restent dues aux Hospices, leur seront payées en capitaux de rentes appartenant à l'État. M. 227, *Bulletin des lois* 52, n°. 384, p. 91, 3°. série.

— Loi, du 4 ventôse an IX (23 février 1801); qui affecte aux besoins des Hospices les rentes et domaines nationaux usurpés. M. 241, *Bulletin des lois* 73, n°. 550, p. 377, 3°. série.

— Motifs de cette loi. M. 243.

— Arrêté des Consuls, du 7 messidor an IX (26 juin 1801), relatif aux rentes et domaines nationaux affectés aux Hospices. M. 278, *Bulletin des lois* 86, n°. 712, p. 135, 5ᵉ. série.

— INSTRUCTION du Ministre de l'intérieur, sur ledit arrêté des Consuls. M. 282.

— ARRÊTÉ du Ministre de l'intérieur, du 18 vendémiaire an X (10 octobre 1801), sur la classification des Hospices. M. 321, imprimé.

— ARRÊTÉ du Conseil général des Hospices, du 22 frimaire an XII (14 décembre 1803), qui règle le mode de nomination aux lits vacans dans les Hospices. M. 913, reg. des arrêtés du Conseil, t. 4, n°. 1960, p. 131.

— DÉCISION du Ministre de l'intérieur, du 28 vendémiaire an XIII (21 octobre 1804), relative aux travaux à établir dans les Hospices pour occuper les indigens. M. 1051, c. 34, intit. *Préfet de la Seine*, n°. 38.

— ARRÊTÉ du Conseil général des Hospices, du 22 ventôse an XIII (13 mars 1805), qui partage les lits vacans dans les Hospices entre différens nominateurs. M. 1099, reg. des arrêtés du Conseil, t. 5, n°. 2672, p. 175.

— ARRÊTÉ du Conseil général des Hospices, du 6 germinal an XIII (27 mars 1805), qui exige que les indigens appelés à jouir de la pension représentative, prouvent qu'ils ont été effacés du rôle des indigens. M. 1107, reg. des arrêtés du Conseil, t. 5, n°. 2687, p. 191.

— Avis du Conseil d'État, du 30 avril 1807, qui règle le droit des Hospices pour les biens usurpés venant des fabriques. M. 1481, *Bulletin des lois* 148, n°. 2453, p. 257, 4e. série.

HOSPITALIÈRES. — ARRÊTÉ des Consuls, du 27 prairial an IX (16 juin 1801), portant que les biens affectés à l'entretien, nourriture, etc., des Hospitalières, seront administrés par l'Administration des Hospices. M. 275, *Bulletin des lois* 107, n°. 871, p. 9, 3e. série.

— CIRCULAIRE du Ministre de l'intérieur, de vendémiaire an X (1801), sur l'affectation des revenus des Hospitalières et Filles de Charité, aux besoins des établissemens de bienfaisance. * Lettre et instruction du Ministère, t. 4, p. 12.

— ARRÊTÉ du Conseil général des Hospices, du 29 prairial an X (19 juin 1802), qui fixe le traitement des Hospitalières de l'Hôtel-Dieu. M. 641, reg. des arrêtés du Conseil, t. 2, n°. 792, p. 265.

— LETTRE du préfet de la Seine, du 11 frimaire an XIV (2 décembre 1805), sur les règles à suivre pour l'élection de la supérieure de l'Hôtel-Dieu. M. 1267, c. 1ᵉʳ., intit. *Hôtel-Dieu*, nº. 43.

— Décret impérial, du 18 février 1809, relatif aux Filles de Charité qui se consacrent aux soins des malades et infirmes. M. 1645, *Bulletin des lois* 225, n°. 4127, p. 39, 4ᵉ. série.

— Décret impérial, du 26 décembre 1810, portant approbation des statuts des Dames hospitalières de l'Hôtel-Dieu. M. 1827, *Bulletin des lois* 341, n°. 6365, p. 758, 4ᵉ. série, et se trouve dans le c. 1ᵉʳ., intit. *Hôtel-Dieu*.

— Arrêté du Conseil général des Hospices, du 1ᵉʳ. mai 1811, portant que les Dames hospitalières de l'Hôtel-Dieu seront appelées à l'hôpital de la Charité pour y faire le service des malades. M. 1923, reg. des arrêtés du Conseil, t. 12, n°. 10544, p. 330.

HOTEL-DIEU. — Décret de la Convention nationale, du 25 brumaire an II (15 novembre 1793), qui affecte les bâtimens de l'archevêché au service de l'Hôtel-Dieu, pour que les malades soient placés seuls dans un lit. M. 135, imprimé, et se trouve p. 403 d'un recueil in-4°. déposé sur le bureau du Conseil.

— Arrêté du Conseil général des Hospices, du 6 germinal an X (27 mars 1802), portant qu'il ne sera plus reçu de fous ni de folles à l'Hôtel-

Dieu. M. 571, reg. des arrêtés du Conseil, t. 2, n°. 590, p. 98.

— Décision du Ministre de l'intérieur, du 15 décembre 1808, portant qu'une partie des malades de l'Hôtel-Dieu sera transférée à la Pitié, rue Saint-Victor. M. 1609, c. 19, intit. *Orphelins*, n°ˢ. 242 et 243.

— Décret impérial, du 26 décembre 1810, portant approbation des statuts des Dames hospitalières de l'Hôtel-Dieu. M. 1827, *Bulletin des lois* 341, n°. 6365, p. 758, 4°. série, et dans le c. 1ᵉʳ., intit. *Hôtel-Dieu*.

— Arrêté du Conseil général des Hospices, du 24 décembre 1811, qui nomme deux jeunes docteurs à l'Hôtel-Dieu pour surveiller les prescriptions des médicamens. M. 1999, reg. des arrêtés du Conseil, t. 12, n°. 11389, p. 952.

— Arrêté du Conseil général des Hospices, du 21 juillet 1813, relatif au service du vestiaire de l'Hôtel-Dieu. * Reg. des arrêtés du Conseil, t. 14, n°. 13735, p. 702.

— Arrêté du Conseil général des Hospices, du 1ᵉʳ. septembre 1813, relatif aux admissions d'urgence à l'Hôtel-Dieu. * Reg. des arrêtés du Conseil, t. 14, n°. 13924, p. 835.

HUISSIER. — Arrêté du Conseil général des

Hospices, du 14 nivôse an XII (5 janvier 1804),
qui fixe les droits à payer à l'huissier pour frais
d'actes. M. 921, reg. des arrêtés du Conseil,
t. 4, n°. 2002, p. 159.

HYPOTHÈQUES. — Avis du Conseil d'État,
du 25 juillet 1807, relatif à la conservation des
droits et actions hypothécaires des Hospices et
autres établissemens publics. M. 1512, c. 44,
intit. *Baux*, n°. 181.

I.

IMPOSITIONS. — — Arrêté du Conseil général
des Hospices, du 3 octobre 1810, détermi-
nant un mode pour le paiement des impositions
dues par l'Administration. M. 1793, reg. des
arrêtés du Conseil, t. 11, n°. 9831, p. 745.

IMPRESSIONS. — Arrêté du Conseil général
des Hospices, du 3 brumaire an XII (26 octobre
1803), qui charge les bureaux de l'Administration d'acquitter sur leurs frais de bureau l'impression des têtes de lettres et autres. M. 895,
reg. des arrêtés du Conseil, t. 4, n°. 1847,
p. 68.

— Cahier des charges pour l'adjudication, et tarif
pour le paiement des impressions. M. 2251,
c. 72, intit. *Imprimerie*.

IMPRIMEUR DE L'ADMINISTRATION. —

Arrêté du Conseil général des Hospices, du 13 mars 1811 , qui nomme un imprimeur et qui fixe la rétribution à lui payer pour les frais d'impression. M. 1917 , reg. des arrêtés du Conseil, t. 12 , n° 10392 , p. 210,

INCURABLES (hospice des). — Extrait de diverses délibérations du Bureau de l'hospice des Incurables, sur les conditions requises par les indigens pour être admis à l'hospice des Incurables. M. 1ᵉʳ. , imprimé , et se trouve c. 15 , intit. *Incurables femmes.*

— Extrait du registre des délibérations du Bureau de l'Hôtel-Dieu de Paris , en date du 27 novembre 1776 , sur les nominations ou présentations aux lits fondés en incurables. M. 342 , imprimé.

— Arrêté du Directoire exécutif, du 4 pluviôse an V (23 janvier 1797), sur les nominations aux lits établis dans l'hospice des Incurables. M. 345 , imprimé à la suite du règlement du 10 vendémiaire an X , relatif aux admissions dans les Hospices.

— Arrêté du Ministre de l'intérieur, du 18 vendémiaire an X (10 octobre 1801), sur la destination des deux maisons d'Incurables. M. 322 , imprimé, et inséré fin du reg. 1ᵉʳ. des arrêtés du Conseil.

— Arrêté du Conseil général des Hospices , du 20 messidor an X (9 juillet 1802), relatif aux fondateurs de lits aux Incurables. M. 661 , reg. des arrêtés du Conseil, t. 2, n°. 855, p. 318.

— Arrêté du Conseil général des Hospices , du 11 thermidor an X (30 juillet 1802), qui établit un réfectoire à l'hospice des Incurables hommes. M. 575 , reg. des arrêtés du Conseil , t. 2 , n°. 905 , p. 356.

— Arrêté du Conseil général des Hospices , du 24 frimaire an XI (15 décembre 1802) , portant établissement d'une salle dans chacun des deux hospices d'Incurables, pour y recevoir les incurables au-dessous de vingt ans. M. 733, reg. des arrêtés du Conseil, t. 3 , n°. 1185, p. 98.

— Arrêté du Conseil général des Hospices , du 24 brumaire an XII (16 novembre 1803), relatif aux droits des fondateurs de lits dans les Hospices. M. 905, reg. des arrêtés du Conseil , t. 4 , n°. 1886 , p. 87.

— Arrêté du Conseil général des Hospices , du 22 frimaire an XII (14 décembre 1803), sur le droit de nomination aux lits vacans dans les Hospices. M. 913, reg. des arrêtés du Conseil, t. 4 , n°. 1960 , p. 131.

— Arrêté du Conseil général des Hospices, du 30 ventôse an XII (21 mars 1804), qui prescrit les qualités exigées des indigens nommés aux Incurables par les fondateurs ou leurs représentans. M. 967, reg. des arrêtés du Conseil, t. 4, n°. 2122, p. 246.

— Arrêté du Conseil général des Hospices, du 16 prairial an XIII (5 juin 1805), qui fixe les infirmités qui peuvent remplacer l'âge de soixante-dix ans exigé pour être admis dans les hospices d'Incurables. M. 1145, reg. des arrêtés du Conseil, t. 4, n°. 2775, p. 283.

— Arrêté du Conseil général des Hospices, du 4 juillet 1810, qui fixe le traitement des sœurs de la charité des Incurables femmes. M. 1781, reg. des arrêtés du Conseil, t. 11, n°. 9469, p. 473.

INDIGENS. — Arrêté du Ministre de l'intérieur, du 8 floréal an IX (28 mai 1801), qui charge le Conseil des Hospices d'arrêter un mode de recensement et de classement des indigens. M. 269, imprimé.

— Arrêté du Conseil général des Hospices, du 6 germinal an X (27 mars 1802), qui ordonne que l'état des indigens existans dans les Hôpitaux sera dressé pour connoître ceux qui par leurs infirmités incurables ont le droit d'être admis dans les Hospices. M. 569, reg. des arrêtés du Conseil, t. 2, n°. 591, p. 99.

— ARRÊTÉ du Conseil général des Hospices, du
20 floréal an X (10 mai 1802), sur la rentrée des indigens sortis par congé. M. 619,
reg. des arrêtés du Conseil, t. 2, n°. 688,
p. 180.

— ARRÊTÉ du Conseil général des Hospices, du
2 complémentaire an XI (19 septembre 1803),
qui ordonne que les indigens placés dans les
Hospices par la police, seront mis dans des
salles séparées. M. 859, reg. des arrêtés du
Conseil, t. 3, n°. 1707, p. 487.

— ARRÊTÉ du préfet de police, du 30 juin 1810,
qui défend expressément aux indigens de
Bicêtre et de la Salpêtrière, qui sont en congé,
de mendier dans Paris ou dans les environs.
M. 1779, c. 12; intit. *Bicêtre*, imprimé.

— ARRÊTÉ du Conseil général des Hospices, du
23 octobre 1811, qui autorise les membres de
l'agence des secours à prêter de l'argent à des
indigens laborieux. M. 1973, reg. des arrêtés
du Conseil, t. 12, n°. 11159, p. 778.

INDIGENTES. — ARRÊTÉ du Conseil général des
Hospices, du 13 messidor an X (2 juillet 1802),
qui accorde une somme de 150 francs, une fois
payée, à toutes les indigentes de la Salpêtrière
qui voudront sortir de la maison pour n'y plus
rentrer, pourvu qu'elles ne soient pas âgées

de plus de soixante ans. M. 657, reg. des arrêtés
du Conseil, t. 2, n°. 830, p. 298.

INFIRMITÉS. — Arrêté du Conseil général des
Hospices, du 16 prairial an XIII (5 juin 1805),
relatif aux infirmités qui peuvent remplacer
l'âge de soixante-dix ans pour être admis dans
les Hospices. M. 1145, reg. des arrêtés du
Conseil, t. 4, n°. 2775, p. 283.

INHUMATIONS. — Arrêté du Conseil général
des Hospices, du 1er. juillet 1812, portant que
le service des inhumations se fera par l'entre-
preneur seulement à l'hôpital Saint-Antoine et
à l'hospice des Orphelins. M. 2051, reg. des
arrêtés du Conseil, t. 13, n°. 12210, p. 526.

— Extrait du cahier des charges de l'entreprise
générale du service des inhumations, en ce
qui regarde les Hospices. M. 2247, c. 29,
intit. *Service général*, n°. 26.

INSCRIPTIONS HYPOTHÉCAIRES. — Avis du
Conseil d'État, du 24 floréal an XIII (14 mai
1805), relatif aux inscriptions indéfinies prises
contre les Hospices. M. 1141, c. 45, intit. *Bâtimens et terrains*, n°. 219.

INSENSÉS. — Lettre du Ministre de la justice,
du 15 thermidor an IX (3 août 1800), sur
les règles à suivre pour l'admission des insensés
dans les Hospices. M. 345, imprimée à la suite

26

du règlement du 18 vendémiaire an X, sur les admissions.

— Arrêté du Ministre de l'intérieur, du 18 vendémiaire an X (10 octobre 1801), qui fixe les règles particulières pour l'admission des insensés dans les Hospices. M. 331 , imprimé, et inséré fin du reg. 1ᵉʳ. des arrêtés du Conseil.

— Arrêté du Ministre de l'intérieur, du 28 fructidor an X (15 septembre 1802), sur l'admission des insensés à Charenton. M. 693, c. 47, intit. *Fous et insensés*, n°. 2575.

— Arrêté du Conseil général des Hospices, du 13 thermidor an XII (1ᵉʳ. août 1804), portant qu'il ne pourra être accordé de congés ni billets de sortie aux insensés admis dans les Hospices. M. 1039, reg. des arrêtés du Conseil, t. 4, n°. 2370, p. 432.

— Arrêté du Conseil général des Hospices, du 20 avril 1808, relatif aux insensés des deux sexes traités à Charenton. M. 1565, reg. des arrêtés du Conseil, t. 9, n°. 6266, p. 232.

INSPECTEURS DES BATIMENS. — Arrêté du Conseil général des Hospices, du 14 germinal an XII (4 avril 1804), qui établit des inspecteurs et fixe leurs attributions. M. 974, reg. des arrêtés du Conseil, t. 4; n°. 2137, p. 271.

— Arrêté du Ministre de l'intérieur, du 9 germinal an XIII (30 mars 1805), portant que l'architecte des Hospices sera secondé dans ses fonctions par des inspecteurs. M. 1113 ; c. 45, intit. *Bâtimens et terrains*, n°. 126.

— Arrêté du Conseil général des Hospices, du 3 janvier 1806, qui charge les inspecteurs des bâtimens de dresser les états des lieux des maisons données à bail, et leur accorde chaque année, pour ce travail, une gratification. M. 1305, reg. des arrêtés du Conseil, t. 7, n°. 3194, p. 12.

— Lettre du préfet de la Seine, du 15 janvier 1806, sur la gratification à accorder chaque année aux inspecteurs des bâtimens chargés de dresser les états de lieux. M. 1307, c. 45, intit. *Bâtimens et terrains*, n°. 5.

— Arrêté du Conseil général des Hospices, du 31 décembre 1806, qui fixe leur traitement à 1800 francs par an. M. 1435, reg. des arrêtés du Conseil, t. 7, n°. 4433, p. 928.

— Arrêté du Conseil général des Hospices, du 18 décembre 1811, qui réduit le nombre des inspecteurs des bâtimens des Hospices. M. 1993, reg. des arrêtés du Conseil, t. 12, n°. 11373, p. 938.

26 *

INSPECTEUR DES BIENS RURAUX. — Arrêté du Conseil général des Hospices, du 16
germinal an XI (6 avril 1803), qui autorise
l'inspecteur des biens ruraux à ordonner les
réparations dans les fermes, pourvu qu'elles
n'excèdent pas 100 francs. M. 789, reg. des
arrêtés du Conseil, t. 3, n°. 1383, p. 250.

INSPECTEUR DES ENFANS. — Arrêté du
Conseil général des Hospices, du 27 pluviôse
an XI (16 février 1803), qui règle les fonctions
de l'inspecteur des enfans placés en apprentissage à Paris. M. 751, reg. des arrêtés du
Conseil, t. 3, n°. 1301, p. 183.

—, Arrêté du Conseil général des Hospices, du
12 vendémiaire an XII (5 octobre 1803), qui,
en établissant un inspecteur pour surveiller
les enfans placés à la campagne, fixe ses devoirs
et ses attributions. M. 883, reg. des arrêtés
du Conseil; t. 4, n°. 1769, p. 25.

— Arrêté du Conseil général des Hospices, du
19 nivôse an XIII (9 janvier 1805), qui
nomme un second inspecteur des enfans placés
à la campagne. M. 1061, reg. des arrêtés du
Conseil, t. 5, n°. 2593, p. 99.

— Arrêté du Conseil général des Hospices, du
22 janvier 1806, relatif à l'inspection des enfans placés à la campagne, quand même ils

auroient atteint leur majorité. M. 1309, reg.
des arrêtés du Conseil, t. 7, n°. 3252, p. 58.

— Arrêté du Conseil général des Hospices, du
18 décembre 1811, qui nomme un troisième
inspecteur des enfans placés à la campagne.
M. 1995, reg. des arrêtés du Conseil, t. 12,
n°. 11378, p. 944.

INSTRUCTIONS. — Instructions du Ministre de
l'intérieur, du mois de floréal an IX (1801),
sur les formalités à remplir par les administrations des Hospices qui consentent à passer des
baux à longues années. * Collection des lettres
et instructions du Ministère, t. 3, p. 481.

— Instructions du Conseil général des Hospices,
du 6 brumaire an X (28 octobre 1801), sur
les devoirs des agens dans les maisons qui leur
sont respectivement confiées. M. 378, imprimées et insérées fin du reg. 1er. des arrêtés du
Conseil.

— Instructions du Ministre de l'intérieur, du 27
fructidor an XI (14 septembre 1803), sur le
traitement des aumôniers dans les Hôpitaux et
Hospices, les frais du culte et le casuel qui pro-
viendra de l'exercice du culte. * Collection des
lettres et instructions du Ministère, t. 4, p. 623.

— Instructions du Ministre de l'intérieur, du
3 brumaire an XII (26 octobre 1803), relatives

aux recettes et perceptions confiées aux receveurs des Hospices et Secours. * Collection des
lettres et instructions du Ministère, t. 5, p. 36.

— INSTRUCTIONS, du 26 nivôse an XII (17 janvier
1804), relatives à la destination de chacun des
Hospices, et aux formalités à remplir par les indigens pour parvenir à leur admission. M. 925,
imprimées.

— INSTRUCTIONS du Ministre de l'intérieur, du
30 germinal an XII (20 avril 1804), sur l'acceptation des legs et donations faits en faveur
des établissemens de charité. * Lettres et instructions du Ministère , t. 5 , p. 145.

— INSTRUCTIONS du Ministère de l'intérieur, du
15 thermidor an XIII (3 août 1805), relatives
au renouvellement des membres des administrations charitables. M. 1191 , c. 31 , intit. Règlemens généraux, n°. 214.

— INSTRUCTIONS du Conseil général, adoptées en
séance du 15 brumaire an XIV (6 novembre
1805), sur le mode de travail des employés et
les attributions de chacune des divisions de
l'Administration des Hospices. M. 1061, reg.
des arrêtés du Conseil, t. 6 , n°. 3026, p. 133.

— INSTRUCTIONS du Ministère de l'intérieur, du
12 frimaire an XIV (13 décembre 1805), sur
le décret du 10 brumaire an XIV, relatif aux

constructions et réparations à faire dans les bâtimens des Hospices. M. 1240, c. 45, intit. *Bâtimens et terrains ;* n°. 57.

— Lettre du Préfet de la Seine, du 13 mai 1806, relative à la passation des baux pour les propriétés des Hospices. M. 1511, c. 44, intit. *Baux*, n°. 92.

— Instructions du Ministère de l'intérieur, du 19 décembre 1809, relatives à la prorogation indéfinie du droit des pauvres sur les spectacles. M. 1721, c. 59, intit. *Spectacles*, n°. 26.

— Instructions du Ministère de l'intérieur, du 31 décembre 1809, sur l'exploitation et la régie des biens des pauvres et des Hospices. M. 1727, c. 42, intit. *Administration des biens*, n°. 195, imprimées.

— Instructions, du 15 juillet 1811, sur les moyens de pourvoir à la dépense des enfans trouvés et abandonnés, et sur le soin à prendre des enfans placés dans les Hospices. * Lettres et instructions du Ministère, t. 11, p. 169.

INVENTAIRES. — Arrêté du Conseil général des Hospices, du 1er. ventôse an XIII (20 février 1805), relatif aux inventaires du mobilier des Bureaux de bienfaisance. M. 1087, reg. des arrêtés du Conseil, t. 5, n°. 2657, p. 161.

— Arrêté du Conseil général des Hospices, du
21 messidor an XIII (10 juillet 1803), relatif
aux inventaires à dresser chaque année dans
les Hôpitaux et Hospices. M. 1155, reg. des
arrêtés du Conseil, t. 5, n°. 2810, p. 316.

— Arrêté du Conseil général des Hospices, du
25 mai 1808, relatif au mode à suivre pour l'inventaire des objets qui composent le mobilier
des établissemens hospitaliers. M. 1583, reg.
des arrêtés du Conseil, t. 9, n°. 6367, p. 323.

ILE-LOUVIERS. — Arrêté du préfet de la Seine,
du 10 mai 1813, qui met l'Administration des
Hospices en possession de l'Ile - Louviers. *
C. 19, intit. *Halles et Marchés*, n°. 108.

J.

JEUNES FILLES. — Arrêté du Ministre de l'intérieur, du 28 fructidor an X (15 septembre
1802), sur l'établissement de charité, passage
Saint-Paul. M. 579, c. 24, intit. *Etablissemens
de charité*, et inséré aux registres des arrêtés
du Conseil, t. 3, p. 10.

Les articles de l'arrêté du Conseil, du 18 germinal an X (8 avril 1802), sur le même établissement, qui ont été conservés par le susdit
arrêté du Ministre, sont M. 581 ; et t. 3, p. 6,
du reg. des arrêtés du Conseil.

JOURNAUX. — ARRÊTÉ du Conseil général des Hospices, du 3 février 1808, qui autorise le secrétaire général à faire insérer dans les journaux les annonces des baux des maisons et les fournitures à faire aux Hospices. M. 1551, reg. des arrêtés du Conseil, t. 9, n°. 5925, p. 61.

JUGES DE PAIX. — ARRÊTÉ du Ministre de l'intérieur, du 8 prairial an IX (28 mai 1801), qui nomme les juges de paix membres nés des Bureaux de bienfaisance de leur arrondissement. M. 267, imprimé.

— ARRÊTÉ du Ministre de l'intérieur, du 8 vendémiaire an X (30 septembre 1801), qui nomme les juges de paix membres nés des Comités centraux de bienfaisance de leur arrondissement. M. 311, imprimé, et inséré fin du reg. 1er. des arrêtés du Conseil.

JURISCONSULTES. — ARRÊTÉ du Ministre de l'intérieur, du 28 octobre 1813, portant qu'il sera attaché des jurisconsultes à chacun des Bureaux de bienfaisance.*Imprimé,et se trouve c. 48, intit. *Agence des secours.*

L.

LAYETTES. — ARRÊTÉ du Directoire exécutif, du 5 messidor an IV (23 juin 1796), qui charge le Ministre de l'intérieur d'acquitter

27

le prix des layettes et vêtemens. M. 169, *Bulletin des lois* 54, n°. 484, 2°. série.

LEGS. — Loi, du 13 floréal an XI (3 mai 1803), portant que les donations et legs n'auront d'effet qu'autant qu'ils seront autorisés par le Gouvernement. M. 801, *Bulletin des lois* 279, n°. 2767, p. 297, 3°. série.

— Arrêté du Gouvernement, du 15 brumaire an XII (7 novembre 1803), relatif aux legs faits aux Hospices. M. 903, *Bulletin des lois* 327, n°. 3359, p. 153, 3°. série.

— Arrêté des Consuls, du 4 pluviôse an XII (25 janvier 1804), relatif à l'acceptation des legs faits aux Hospices. M. 935, *Bulletin des lois* 338, n°. 3540, p. 297, 3°. série.

— Loi, du 7 pluviôse an XII (28 janvier 1804), qui réduit les droits d'enregistrement et autres pour les legs faits aux Hospices. M. 937, *Bulletin des lois* 338, n°. 3547, p. 300, 3e. série.

— Instructions du Ministre de l'intérieur, du 30 germinal an XII (20 avril 1804), relatives aux legs et donations faits en faveur des Hospices et établissemens de charité. * Lettres et instructions du Ministère, t. 5, p. 145.

— Ordonnance du Roi, du 10 juin 1814, concernant les autorisations nécessaires pour l'accep-

tation des fonds, dons et legs faits aux églises,
Hospices, etc., *Bulletin des lois* 20, n°. 158,
p. 243, 5e. série.

LIQUIDATION DES RENTES. — ARRÊTÉ des
Consuls, du 3 vendémiaire an X (25 septembre
1801); relatif au mode de liquidation des rentes
de 150 francs et au-dessous, dues aux Hospices civils par des établissemens supprimés
dont les titres sont adirés. M. 307, *Bulletin
des lois* 107, n°. 872, t. 4, 3°. série, p. 10.

LITS. — ARRÊTÉ du Conseil général des Hospices, du 26 vendémiaire an XII (19 octobre
1803), qui ordonne le numérotage des lits
dans les Hospices. M. 891, reg. des arrêtés du
Conseil, t. 4, n°. 1817, p. 50.

LITS FONDÉS DANS LES HOSPICES. — AR-
RÊTÉ du Conseil général des Hospices, du
20 messidor an X (9 juillet 1802), qui établit
les bases pour la liquidation des lits fondés dans
les Hospices. M. 661, reg. des arrêtés du Conseil, t. 2, n°. 855, p. 318.

— ARRÊTÉ du Gouvernement, du 16 fructidor
an XI (3 septembre 1803), relatif à la jouissance du droit de présentation d'indigens pour
occuper des lits fondés dans les Hospices.
M. 851, *Bulletin des lois* 311, n°. 5141,
p. 916, 3°. série.

27 *

**LITS VACANS DANS LES HOSPICES. — Dé-
cision du Conseil, du 31 août 1814, qui charge
les membres de la Commission de veiller à ce
que chaque matin les membres du Bureau central reçoivent, avant neuf heures, l'état des lits
vacans dans chacun des Hôpitaux. Reg. des
arrêtés du Conseil, t. 15, mention p. 553.

M.

MAIN-LEVÉE.—Décret impérial, du 11 thermidor an XII (30 juillet 1804), portant qu'il ne
pourra être consenti aucune main - levée par
l'Administration des Hospices, sans une décision spéciale du Conseil de préfecture. M. 1031,
Bulletin des lois 11, n°. 117, p. 198.

MAIRE DE CORBEIL. — Arrêté du Conseil
général des Hospices, du 24 fructidor an XIII
(11 septembre 1805), qui autorise le maire
de Corbeil à nommer à deux lits aux Incurables.
M. 1207, reg. des arrêtés du Conseil, t. 5,
n°. 2895, p. 397.

MAIRES DE PARIS. — Arrêté du Ministre de
l'intérieur, du 12 août 1813, qui nomme les
maires de Paris présidens nés des Bureaux de
bienfaisance. * Imprimé, et se trouve c. 48,
intit. *Agence des secours.*

MAISON DE L'EMPEREUR. — Arrêté du
Conseil général des Hospices, du 22 ventôse

an XIII (12 mars 1805), portant que le prix
de la journée payée pour les malades de la maison de l'Empereur traités à la Charité, sera
employé au service de cet établissement. M.
1101, registre des arrêtés du Conseil, t. 5,
n°. 2677, p. 178.

MAISON DE RETRAITE A MONTROUGE.
— Règlement, du 28 ventôse an X (19 mars
1802), qui fixe la destination de cette maison
et les conditions exigées pour y être admis.
M. 564, imprimé, et inséré au reg. 2, p. 78,
des arrêtés du Conseil.

— Arrêté du Conseil général des Hospices, du
27 pluviôse an XI (16 février 1803), relatif
aux octogénaires à admettre dans la maison de
retraite. M. 749, reg. des arrêtés du Conseil,
t. 3, n°. 1295, p. 179.

— Arrêté du Conseil général des Hospices, du
9 germinal an XI (30 mars 1803), portant que
les admis à Montrouge ne seront plus tenus
d'apporter du mobilier; mais tout le mobilier
apporté volontairement par eux appartiendra,
à leur décès, aux Hospices. M. 787, reg. des
arrêtés du Conseil, t. 3, n°. 1367, p. 243.

— Arrêté du Conseil général des Hospices, du
26 prairial an XI (15 juin 1803), portant règlement sur le régime et la police de la maison

de retraite de Montrouge. M. 817, reg. des arrêtés du Conseil, t. 3, n°. 1536, p. 347.

— Arrêté du Conseil général des Hospices , du 3 messidor an XI (22 juin 1803), relatif au régime alimentaire des pensionnaires et employés de la maison de retraite. M. 827 , reg. des arrêtés du Conseil , t. 3, n°. 1547, p. 361.

— Arrêté du Conseil général des Hospices, du 15 thermidor an XI (3 août 1803), portant supplément au règlement du 26 prairial an XI , sur cette maison. M. 841 , reg. des arrêtés du Conseil, t. 3 , n°. 1621 , p. 406.

— Arrêté du Conseil général des Hospices, du 12 vendémiaire an XII (5 octobre 1803), portant qu'il ne sera inscrit pour la maison de retraite à Montrouge , que les personnes domiciliées dans le département de la Seine. M. 885, reg. des arrêtés du Conseil, t. 4 , n°. 1762 , p. 19.

— Arrêté du Conseil général des Hospices, du 25 février 1807, portant que la pension payée d'avance par les admis dans cette maison, ne sera plus rendue à leur décès, mais appartiendra à l'Administration. M. 1467 , reg. des arrêtés du Conseil, t. 8 , n°. 4668, p. 108.

MAISON DE SA MAJESTÉ. — Arrêté du Conseil général des Hospices, du 3 pluviôse an XIII

(23 janvier 1805), qui ordonne que les malades de la maison civile de Sa Majesté seront reçus dans une des salles de la Charité, moyennant un prix de journée. M. 1069, reg. des arrêtés du Conseil, t. 5, n°. 2607, p. 113.

— Arrêté du Conseil général des Hospices, du 10 pluviôse an XIII (30 janvier 1805), qui fixe à 2 francs 25 centimes le prix de la journée à payer pour les malades de la maison civile de Sa Majesté traités à la Charité. M. 1075, reg. des arrêtés du Conseil, t. 5, n°. 2623, p. 121.

— Arrêté du Conseil général des Hospices, du 22 ventôse an XIII (12 mars 1805), portant que le prix de la journée payée par les malades de la maison de Sa Majesté traités à la Charité, sera employé au service de cet établissement. M. 1101, reg. des arrêtés du Conseil, t. 5, n°. 2677, p. 178.

MAISON DE SANTÉ. — Arrêté du Conseil général des Hospices, du 25 prairial an X (14 juin 1802), sur la destination de la Maison de Santé, le prix de la pension à payer par les admis, et le régime qui y est observé. M. 637, reg. des arrêtés du Conseil, t. 2, n°. 772, p. 246.

— Arrêté du Conseil général des Hospices, du 6 pluviôse an XI (26 janvier 1803), sur le

prix des journées à payer par les personnes
qui seront admises à la Maison de Santé.
M. 745, reg. des arrêtés du Conseil, t. 3,
n°. 1267, p. 160.

— Arrêté du Conseil général des Hospices, du
21 floréal an XI (11 mai 1803), portant que
les femmes ne seront reçues à la Maison de
Santé, pour y faire leurs couches, qu'autant
qu'elles consigneront une somme de 12 francs
en sus de la pension. M. 805, reg. des arrêtés
du Conseil, t. 3, n°. 1458, p. 291.

MAISON DE SANTÉ DES VÉNÉRIENS. —
Arrêté du Conseil général des Hospices, du
4 mai 1808, qui établit un traitement payant
près l'hôpital des Vénériens. M. 1569, reg. des
arrêtés du Conseil, t. 9, n°. 6270, p. 256.

— Arrêté du Conseil général des Hospices, du
3 août 1808, portant règlement pour les salles
particulières à établir près l'hôpital des Vénériens. M. 1595, reg. des arrêtés du Conseil,
t. 9, n°. 6586, p. 434.

— Arrêté du Conseil général des Hospices, du
28 juin 1809, portant règlement provisoire
pour la maison de santé des Vénériens. M. 1685,
reg. des arrêtés du Conseil, t. 10, n°. 7937,
p. 503.

— Arrêté du Conseil général des Hospices, du

26 juillet 1809, portant fixation du prix d'admission dans la maison de santé des Vénériens. M. 1699, reg. des arrêtés du Conseil, t. 10, n°. 8061, p. 574.

— RÈGLEMENT particulier de cette Maison, et fixation du prix à payer par ceux qui y sont admis. Arrêté du Conseil, du 28 juillet 1813, * t. 14, n°. 13791, p. 738, et se trouve c. 3, intit. *Vénériens*, imprimé.

— ARRÊTÉ du Conseil général des Hospices, du 13 octobre 1813, portant qu'il sera nommé un commis préposé à la maison de santé des Vénériens. * Reg. des arrêtés du Conseil, t. 14, n°. 14129, p. 962.

MAISON DES ORPHELINES (PASSAGE SAINT-PAUL). — ARRÊTÉ du Ministre de l'intérieur, du 18 germinal an X (8 avril 1802), portant règlement sur la maison des Orphelines. M. 579, c. 24 , intit. *Établissemens de Charité* , n°. 2887.

— ARRÊTÉ du Conseil général des Hospices, du 18 germinal an X (8 avril 1802), portant règlement sur cette Maison, et ne contenant que les articles conservés par l'arrêté du Ministre, dudit jour 18 germinal. M. 581, reg. des arrêtés du Conseil, t. 3, p. 6.

MAISONS. — DÉCISION du Ministre de l'intérieur, du 9 germinal an XIII (30 mars 1805), sur les constructions et réparations des maisons appartenant aux Hospices. M. 1111, c. 45, intit. *Bâtimens et Terrains*, n°. 126.

MAISONS DE PRÊT. — Loi, du 16 pluviôse an XII (6 février 1804), portant qu'il ne pourra être établi de maisons de prêt qu'au profit des pauvres et avec l'autorisation du Gouvernement. M. 941, *Bulletin des lois* 340, n°. 3567, p. 342, 3ᵉ. série.

— DÉCRET IMPÉRIAL, du 24 messidor an XII (13 juillet 1804), relatif à la fermeture des maisons de prêt sur nantissement. M. 1022, *Bulletin des lois* 8, n°. 102, p. 129, 4ᵉ. série.

MAISONS DE SECOURS. — DÉCRET de la Convention nationale, du 8 juin 1793, portant que dans chaque département il sera établi une maison de secours destinée à recevoir les pauvres des deux sexes perclus de leurs membres. M. 338, imprimé à la suite du règlement du 18 vendémiaire an X, relatif aux admissions dans les Hospices.

— Loi, du 23 messidor an II (11 juillet 1794), qui réunit l'actif et le passif des maisons de secours, etc., au domaine national, et qui fixe le délai pour la remise des titres des créanciers de ces établissemens. M. 141, *Bulletin des lois* 20, n°. 93, 1ʳᵉ. série.

— Loi, du 21 frimaire an III (11 décembre 1794), qui proroge le délai fixé par la loi du 23 messidor an II, pour la remise des titres de créance sur les maisons de secours, etc. M. 157, *Bulletin des lois* 98, n°. 507, 1ʳᵉ. série.

— Loi, du 2 brumaire an IV (24 octobre 1795), qui suspend celle du 23 messidor an II, en ce qui concerne le mode de perception des revenus des hôpitaux, maisons de secours, etc. M. 165, *Bulletin des lois* 198, n°. 1191, 1ʳᵉ. série.

MAISONS HOSPITALIÈRES DE FEMMES. — Décret impérial, du 18 février 1809, relatif aux congrégations et maisons hospitalières de femmes. M. 1645, *Bulletin des lois* 225, n°. 4127, p. 39, 4ᵉ. série.

MAISONS LOCATIVES. — Arrêté du Conseil général des Hospices, du 5 vendémiaire an XII (28 septembre 1803), relatif aux constructions et reconstructions à faire dans les maisons locatives et les bâtimens des Hospices. M. 873, reg. des arrêtés du Conseil, t. 4, n°. 1738, p. 3.

MAISONS URBAINES. — Loi, du 24 pluviôse an XII (14 février 1804), qui autorise la vente des maisons urbaines des Hospices, et règle l'emploi des fonds en provenant. M. 949,

28 *

Bulletin des lois 341 , n°. 3590 ; p. 361 ; 3°. série.

— Arrêté du Conseil général des Hospices , du 14 germinal an XII (4 avril 1804), sur la direction des bâtimens. M. 973, reg. des arrêtés du Conseil , t. 4 , n°. 2137, p. 271.

— Arrêté du Conseil général des Hospices , du 19 floréal an XII (9 mai 1804), qui divise entre les architectes et les inspecteurs la surveillance des maisons des Hospices situées dans Paris. M. 999, reg. des arrêtés du Conseil , t. 4 , n°. 2222 , p. 527.

— Décret impérial , du 12 décembre 1806 , portant que deux membres du Conseil assisteront aux adjudications des maisons urbaines des Hospices. * C. 43, intit. *Bâtimens et terrains,* n°. 23.

— Décret impérial, du 24 février 1811 , qui autorise la vente des maisons urbaines appartenant aux Hospices. M. 1913 , c. 43, intit. *Ventes et aliénations des biens,* n°. 212.

— Décret impérial , du 27 février 1811 , portant que les maisons des Hospices seront vendues franches et quittes de toutes charges, priviléges et hypothèques. M. 1915, *Bulletin des lois* 354, n°. 6556, p. 216, 4°. série.

— Arrêté du préfet de la Seine, du 22 novembre
1811, qui ordonne le versement dans la caisse
municipale des fonds provenant de la vente des
maisons. M. 1985, c. 43, intit. *Ventes et aliénations des biens*, n°. 13.

— Arrêté du Conseil général des Hospices, du
11 décembre 1811, qui autorise le versement
dans la caisse municipale des fonds provenant
de la vente des maisons urbaines. M. 1991,
reg. des arrêtés du Conseil, t. 12, n°. 11346,
p. 923.

— Arrêté du Conseil général des Hospices, du
4 mars 1812, qui règle le mode de la vente
des maisons, et les versemens dans la caisse de
la ville, des fonds provenant de la vente desdites
maisons, à la charge par la ville d'en servir les
intérêts aux Hospices, à cinq pour cent, jusqu'à la concession des propriétés promises en
échange. M. 2023, reg. des arrêtés du Conseil,
t. 13, n°. 11712, p. 203.

— Modèle du procès-verbal d'adjudication et
cahier des charges sous lesquelles les maisons
urbaines des Hospices sont données à bail.
M. 2217.

— Modèle de procès-verbal d'adjudication pour
l'aliénation des maisons urbaines. M. 2233;
un exemplaire est déposé dans le carton 43,
intit. *Ventes et aliénations des biens.*

— Lettre du Ministre de l'intérieur, du 1ᵉʳ. août 1812, portant que toutes les propriétés urbaines des Hospices doivent être vendues, à l'exception des maisons qui sont susceptibles d'être affectées au service des Hôpitaux et Secours. M. 2055, c. 43, intit. *Ventes et aliénations des biens*, n°. 151.

— Lettre du Ministre de l'intérieur, du 1ᵉʳ. août 1812, demandant l'état des maisons qui avoisinent les Hôpitaux et Hospices, et qui peuvent être appropriées à leur service, et les maisons nécessaires pour y établir le chef-lieu de chaque bureau de bienfaisance. * C. 43, intit. *Bâtimens et terrains*, n°. 151.

— Lettre du préfet de la Seine, du 14 août 1812, indiquant les mesures à prendre envers les locataires des maisons urbaines des Hospices. * C. 34, intit. *Préfet de la Seine*, n°. 157.

— Décret impérial, du 22 mars 1813, portant que les ventes des maisons urbaines des Hospices civils de Paris devront s'élever, à la fin de 1813, à 15,500,000 francs. * C. 43, intit. *Ventes et aliénations des biens*, n°. 88.

MAITRES ET MAITRESSES D'ÉCOLE. — Arrêté du Ministre de l'intérieur, du 28 octobre 1813, portant qu'il sera attaché à chacun des Bureaux de bienfaisance des maîtres et

maîtresses d'école. * Imprimé, et se trouve
c. 48, intit. *Agence des secours.*

**MAITRESSE SAGE-FEMME DE LA MAISON
D'ACCOUCHEMENT.** — Arrêté du Conseil
général des Hospices, du 13 juillet 1808, qui
fixe la rétribution à payer pour chaque élève à
la maîtresse sage-femme de la Maison d'Accouchement. M. 1591, reg. des arrêtés du Conseil,
t. 9, n°. 6539, p. 407.

MALADES. — Arrêté du Conseil général des
Hospices, du 13 frimaire an X (4 décembre
1801), portant règlement sur la réception des
malades dans les Hôpitaux. M. 383, imprimé,
et inséré fin du reg. 1er. des arrêtés du
Conseil.

— Arrêté du Conseil général des Hospices, du
4 complémentaire an XI (21 septembre 1803),
indiquant les premiers soins à donner aux malades en entrant dans les Hôpitaux. M. 871,
reg. des arrêtés du Conseil, t. 3, n°. 1722,
p. 499.

— Arrêté du Conseil général des Hospices, du
30 juillet 1806, portant que les malades ne
pourront séjourner plus de trois mois dans
les Hôpitaux. M. 1416, reg. des arrêtés du
Conseil, t. 7, n°. 3849, p. 547.

— Arrêté du Conseil général des Hospices, du
1er. avril 1812, portant qu'il sera fait tous les

mois une visite dans les Hôpitaux , pour cons-
tater l'état des malades qui n'ont plus besoin
de traitement. M. 2037 , reg. des arrêtés du
Conseil , t. 13 , n°. 11829 , p. 278.

MALADES INCONNUS. — Arrêté du Conseil
général des Hospices , du 13 frimaire an X
(4 décembre 1801), sur les précautions à
prendre lorsque des malades inconnus et étrangers sont apportés dans les Hôpitaux. M. 392 ,
imprimé , et inséré fin du reg. 1er. des arrêtés
du Conseil.

MALADIES CONTAGIEUSES. — Arrêté des
Consuls , du 21 ventôse an XI (12 mars 1803),
portant établissement d'un hôpital pour les
maladies contagieuses dans le château de Saint-
Germain - en - Laie. M. 779 , *Bulletin des
lois* 254 , n°. 2395 , p. 540 , 3ᵉ. série.

MANDATS. — Arrêté du Ministre de l'intérieur , du 8 prairial an X (28 mai 1802), qui
charge le préfet de transmettre à la commission les mandats à recevoir sur la caisse de
la ville pour le service des Hospices. M. 623 ,
c. 31 , intit. *Règlemens généraux ,* et inséré
aux registres des arrêtés du Conseil , t. 2 ,
p. 222.

MANUTENTION DU PAIN. — Cahier des
charges pour la manutention du pain , dressé

le 8 thermidor an IX (27 juillet 1801). M. 2125,
c. 21, intit. *Scipion*.

— Arrêté du Conseil général des Hospices, du
25 septembre 1811, qui fixe les conditions du
marché à passer pour la manutention du pain
nécessaire aux Hôpitaux et Hospices. M. 1969,
reg. des arrêtés du Conseil, t. 12, n°. 11082,
p. 702.

MARCHÉ AUX FLEURS. — Arrêté du Conseil
général des Hospices, du 7 juillet 1813, portant
que le préposé à la recette du marché aux
Fleurs ne fera à la caisse des Hospices qu'un
versement par mois. * Reg. des arrêtés du
Conseil, t. 14, n°. 13671, p. 650.

MARCHÉS. — Arrêté du Conseil général des
Hospices, du 1er. complémentaire an XIII
(18 septembre 1805), qui règle le mode à
suivre pour passer les marchés des fournitures
nécessaires à l'approvisionnement des Hospices.
M. 1213, reg. des arrêtés du Conseil, t. 5,
n°. 2922 *bis*, p. 415.

— Lettre du préfet de la Seine, du 23 septembre
1807, relative à l'adjudication au rabais des
marchés pour fournitures à faire aux Hôpitaux et Hospices. M. 1513, c. 34, intit. *Préfet
de la Seine*, n°. 195.

— Arrêté du préfet de la Seine, du 14 août
1811, qui ordonne le versement dans la caisse

des Hospices, de sommes perçues et à percevoir dans divers marchés. M. 1963, c. 19,
intit. *Halles et Marchés*, n°. 154.

— Arrêté du préfet de la Seine, du 10 mai
1813, qui met l'Administration des Hospices
en possession des marchés aux Fleurs, des Ja-
cobins, du Temple, du Légat, des Innocens,
et la portion du marché à la Volaille qui est
construite. * C. 19, intit. *Halles et Marchés*,
n°. 108.

— Arrêté du Conseil général des Hospices, du
16 juin 1813, relatif à la mise en possession, par
l'Administration, des halles et marchés à elle
concédés. * Reg. des arrêtés du Conseil, t. 14,
n°. 13555, p. 577.

— Arrêté du Conseil général des Hospices, du
23 juin 1813, portant que les préposés à la recette dans les halles et marchés feront le versement à la caisse des Hospices des sommes par
eux reçues le jeudi de chaque semaine. *
Reg. des arrêtés du Conseil, t. 14, n°. 13613,
p. 613.

— Arrêté du Ministre de l'intérieur, du 11 décembre 1813, portant que la perception des
droits d'abri dans les halles et marchés cédés
à l'Administration des Hospices, sera faite au
compte et par les ordres de cette Administra-

tion, à compter du 1ᵉʳ. janvier 1814. * C. 19, intit. *Halles et Marchés*, n°. 274.

— Arrêté du Conseil général des Hospices, du 22 décembre 1813, portant organisation de la perception du droit d'abri dans les halles et marchés cédés à l'Administration des Hospices. * Reg. des arrêtés du Conseil, t. 14, n°. 14452, p. 1201.

— Arrêté du Conseil général des Hospices, du 12 janvier 1814, qui fixe les frais de bureau des préposés à la réception des droits d'abri dans les halles et marchés. * T. 15, n°. 14553.

MATERNITÉ. — Code spécial de la Maternité, en date des 14 et 16 pluviôse an X (3 et 5 février 1802), fixant :

La destination de l'hospice de la Maternité et de ses différentes parties ;

Le mode de réception des femmes grosses ;

La manière de traiter les femmes pendant leurs couches ;

Le mode de réception des enfans ;

Le placement des enfans à la crèche ;

Le placement des enfans chez les nourrices de campagne ;

La layette donnée aux enfans placés à la campagne ;

L'ordre et la police de l'hospice. M. 409, imprimé.

29 *

— Arrêté du Conseil général des Hospices, du 24 pluviôse an X (13 février 1802), sur la direction des ouvroirs à l'hospice de la Maternité. M. 463, reg. des arrêtés du Conseil, t. 2, n°. 492, p. 22.

— Arrêté du Conseil général des Hospices, du 24 pluviôse an X (13 février 1802), relatif au paiement des ouvrages confectionnés par les femmes enceintes de l'hospice de la Maternité. M. 465, reg. des arrêtés du Conseil, t. 2, n°. 491, p. 21.

— Arrêté du Conseil général des Hospices, du 9 floréal an X (29 avril 1802), qui accorde une prime aux meneurs de l'hospice de la Maternité. M. 605, reg. des arrêtés du Conseil, t. 2, n°. 658, p. 152.

— Arrêté du Ministre de l'intérieur, du 11 messidor an X (30 juin 1802), portant règlement sur l'hospice de la Maternité. M. 649, imprimé; un exemplaire est déposé dans le c. 11, intit. *Maternité.*

— Arrêté du Conseil général des Hospices, du 16 thermidor an X (4 août 1802), qui fixe le régime des enfans de la Maternité et le service de santé de cet hospice. M. 681, reg. des arrêtés du Conseil, t. 2, n°. 913, p. 362.

— Arrêté du Conseil général des Hospices, du

8 thermidor an XI (27 juillet 1803); relatif au service du linge à la Maternité. M. 839, reg. des arrêtés du Conseil, t. 3, n°. 16c6, p. 397.

— Arrêté du Conseil général des Hospices, du 7 germinal an XII (28 mars 1804), qui charge le préposé à l'état civil de la Maternité de la tenue des registres d'entrée et de sortie. M. 969, reg. des arrêtés du Conseil, t. 4, n°. 2131, p. 253.

— Arrêté du Conseil général des Hospices, du 28 germinal au XII (18 avril 1804), relatif au service de santé à l'hospice de la Maternité. M. 991, reg. des arrêtés du Conseil, t. 4, n°. 2182, p. 300.

— Arrêté du Conseil général des Hospices, du 29 messidor an XII (18 juillet 1804), portant que les pensions des élèves sages-femmes de la Maternité seront exclusivement employées aux dépenses de nourriture, chauffage, etc., de ces élèves. M. 1025, reg. des arrêtés du Conseil, t. 4, n°. 2347, p. 415.

— Arrêté du Conseil général des Hospices, du 10 vendémiaire an XIV (2 octobre 1805), qui autorise l'agent de la Maternité à recevoir le droit de recherches des enfans et le prix de leur pension. M. 1221, reg. des arrêtés du Conseil, t. 6, n°. 2936, p. 8.

— Arrêté du Conseil général des Hospices, du 10 vendémiaire an XIV (28 octobre 1805), sur les sommes à payer pour la pension des élèves sages-femmes. M. 1223, reg. des arrêtés du Conseil, t. 6, n°. 2939, p. 9.

— Arrêté du Conseil général des Hospices, du 13 frimaire an XIV (4 décembre 1805), portant qu'il sera entretenu à l'hôpital des Vénériens un élève en pharmacie aux frais de la Maternité. M. 1269, reg. des arrêtés du Conseil, t. 6, n°. 3107, p. 180.

— Arrêté du Conseil général des Hospices, du 14 janvier 1807, relatif à la division des dépenses de chacune des maisons d'Allaitement et d'Accouchement. M. 1439, reg. des arrêtés du Conseil, t. 8, n°. 4515, p. 30.

— Arrêté du Ministre de l'intérieur, du 17 janvier 1807, portant règlement pour l'École d'Accouchement établie à la Maternité. M. 1447, c. 11, intit. *Maternité*, n°. 77.

— Arrêté du Conseil général des Hospices, du 20 mai 1807, portant règlement pour les meneurs attachés à la Maternité. M. 1485, imprimé, et reg. des arrêtés du Conseil, t. 8, n°. 5018, p. 272.

— Arrêté du Conseil général des Hospices, du 13 juillet 1808, qui fixe la rétribution à payer,

par chaque élève sage-femme de la Maternité, à
la maîtresse sage-femme. M. 1591, reg. des
arrêtés du Conseil, t. 9, n°. 6539, p. 407.

— Arrêté du Conseil général des Hospices, du
13 juillet 1808, portant qu'il pourra être accordé chaque année, à l'agent de la Maternité,
une indemnité proportionnée aux économies
résultant de sa gestion. M. 1592, reg. des arrêtés du Conseil, t. 9, n°. 6539, p. 407.

— Arrêté du Ministre de l'intérieur, du 8 novembre 1810, portant règlement général pour
l'École d'Accouchement établie à l'hospice de
la Maternité à Paris. M. 1801, c. 11, intit.
Maternité, n°. 262.

— Arrêté du Conseil général des Hospices, du
26 juin 1811, portant règlement pour la police
intérieure de l'École d'Accouchement établie
à la Maternité. M. 1933, imprimé, et se trouve
reg. des arrêtés du Conseil, t. 12, n°. 10747,
p. 462.

— Arrêté du Conseil général des Hospices, du
29 juin 1814, qui divise le service des deux
maisons (Allaitement et Accouchement),
connues sous le nom de Maternité. * Reg. des
arrêtés du Conseil, t. 15, n°. 15221, p. 396.

MÉDECINS. — Arrêté du Ministre de l'intérieur, du 18 floréal an IX (28 mai 1801), qui

attache des médecins aux Bureaux de bienfaisance pour le soin des pauvres malades. M. 273, imprimé.

— RÈGLEMENT, du 4 ventôse an X (23 février 1802), fixant le nombre des médecins en chef, des médecins ordinaires dans les Hospices, et le mode de leur nomination. M. 472, imprimé, et se trouve dans le c. 46, intit. *Service de santé.*

— ARRÊTÉ du Conseil général des Hospices, du 18 germinal an X (8 avril 1802), qui fixe le traitement des médecins des Hôpitaux et Hospices. M. 587, reg. des arrêtés du Conseil, t. 2, n°. 624, p. 116.

— ARRÊTÉ du Ministre de l'intérieur, du 21 avril 1810, portant règlement supplémentaire pour le service de Santé. M. 2763, c. 46, intit. *Service de santé*, n°. 137.

— DÉCRET IMPÉRIAL, du 18 mars 1813, portant que les dispositions du décret du 7 février 1809, relatif aux pensions de retraite à accorder aux employés de l'Administration des Hospices, ne sont point applicables aux médecins et chirurgiens des Hospices. * *Bulletin des lois* 488, n°. 9039, p. 488, 4°. série.

— ARRÊTÉ du Ministre de l'intérieur, du 28 octobre 1813, portant qu'il y aura auprès de

chaque Bureau de bienfaisance des médecins. *
Imprimé, et se trouve c. 48, intit. *Agence des
Secours*. n°. 233.

MÉDECINS EN CHEF DES HOPITAUX. —

Arrêté du Conseil, du 13 juillet 1814, qui
charge les médecins ou les chirurgiens en chef
des Hôpitaux, d'assister à la réception des médicamens livrés dans les maisons auxquelles ils
sont attachés. Reg. des arrêtés du Conseil,
t. 15, n°. 15294, p. 430.

MÉDICAMENS. —

Délibération de l'École de
Médecine de Paris, du 9 pluviôse an X (29 janvier 1802), approuvée par le Ministre de l'intérieur, le 3 ventôse suivant (22 février 1802),
sur les médicamens dont la préparation peut
être confiée aux sœurs de la Charité. M. 467,
imprimé, et se trouve dans le c. 46, intit. *Service de santé*.

— Arrêté du Conseil général des Hospices, du
13 juillet 1814, qui règle le mode de réception
des médicamens livrés par la Pharmacie centrale aux Hôpitaux. * Reg. des arrêtés du Conseil, t. 15, n°. 15294, p. 430.

MEMBRES DE LA COMMISSION. —

Arrêté
du Conseil général des Hospices, du 22 prairial an X (11 juin 1802), portant qu'à chaque
séance du Conseil, les membres de la Commis-

30

sion présenteront leur correspondance. M. 635, reg. des arrêtés du Conseil, t. 2, n°. 766, p. 242.

— Arrêté du Ministre de l'intérieur, du 6 fructidor an XI (24 août 1803), qui fixe les attributions des membres de la Commission administrative des Hospices. M. 846, imprimé, et inséré aux reg. des arrêtés du Conseil, t. 3, p. 449.

— Arrêté du Conseil général des Hospices, du 4 vendémiaire an XIII (26 septembre 1804), portant que le traitement des membres de la Commission administrative des Hospices, sera payé sur les dépenses générales de l'Administration. M. 1049, reg. des arrêtés du Conseil, t. 5, n°. 2455, p. 1.

MEMBRES DU CONSEIL. — Arrêté du Conseil général des Hospices, du 14 nivôse an X (4 janvier 1802), portant que les membres du Conseil auront chacun la surveillance d'un ou de plusieurs Hospices. M. 395, reg. des arrêtés du Conseil, t. 1er., n°. 435, p. 367.

— Arrêté du Conseil général des Hospices, du 20 fructidor an XI (7 septembre 1803), portant que tous les ordres donnés par les membres du Conseil, dans les maisons dont ils sont respectivement chargés, seront portés sur un registre signé de leur main. M. 856, reg. des arrêtés du Conseil, t. 3, n°. 1674, p. 463.

MÉMOIRES DES ENTREPRENEURS. — Ar-Rêté du Conseil général des Hospices, du 28 messidor an XIII (17 juillet 1805), qui fixe le délai pour la remise, par les vérificateurs, des mémoires des entrepreneurs envoyés à leur examen. M. 1161, reg. des arrêtés du Conseil, t. 5, n°. 2825, p. 332.

MÉMORIAL SUR L'ART DES ACCOUCHE-MENS. — Lettre du préfet de la Seine, du 11 septembre 1812, portant que le *Mémorial sur l'Art des Accouchemens* fera désormais partie des livres distribués aux élèves sages-femmes de la Maternité. M. 2061, c. 11, intit. *Maternité*, n°. 172.

MÉNAGES (hospice des). — Arrêté du Conseil général des Hospices, du 11 ventôse an XI (2 mars 1803), qui fixe le nombre des lits, les conditions pour l'admission, et le régime des admis au préau de l'hospice des Ménages. M. 771, reg. des arrêtés du Conseil, t. 3, n°. 1332, p. 211.

— Arrêté du Conseil général des Hospices, du 22 frimaire an XII (14 décembre 1803), portant fixation des nominations aux places vacantes dans l'hospice des Ménages. M. 913,

reg. des arrêtés du Conseil, t. 4, n°. 1960, p. 131.

— ARRÊTÉ du Conseil général des Hospices, du 21 germinal an XII (11 avril 1804), fixant la destination de l'hospice des Ménages, le nombre des lits et les conditions exigées pour l'admission. M. 985, reg. des arrêtés du Conseil, t. 4, n°. 2177, p. 296.

— ARRÊTÉ du Conseil général des Hospices ; du 5 février 1806, relatif à l'intérêt des capitaux versés par les indigens admis à l'hospice des Ménages. M. 1313, reg. des arrêtés du Conseil, t. 7, n°. 3304, p. 91.

— ARRÊTÉ du Conseil général des Hospices, du 11 novembre 1812, portant que, sur deux admissions à l'hospice des Ménages, l'une sera accordée au plus ancien octogénaire inscrit, et l'autre au plus ancien inscrit sur le registre dudit hospice. * Reg. des arrêtés du Conseil, t. 12, n°. 12655, p. 864.

— ARRÊTÉ du Conseil général des Hospices, du 23 mars 1814, qui établit une nouvelle surveillante à l'hospice des Ménages. * Reg. des arrêtés du Conseil, t. 15, n°. 14781, p. 192.

— ARRÊTÉ du Ministre de l'intérieur, du 14 août 1814, qui réduit le nombre des places gratuites à l'hospice des Ménages. * C. 16, intit. *Ménages*, n°. 154.

MENDIANS. — Lettres patentes du Roi, du 13 juin 1790; sur un décret de l'assemblée nationale, relatif à l'extinction de la mendicité. M. 19, Recueil de lois, t. 1ᵉʳ., p. 234.

— Loi, du 19 mars 1793, qui ordonne la répression de la mendicité et l'établissement de maisons de travail. M. 93, Recueil de lois, t. 6, p. 463.

MENEURS. — Code spécial de la Maternité, arrêté par le Conseil en ses séances des 14 et 16 pluviôse an X (3 et 5 février 1802), en ce qui concerne :
La nomination et les devoirs des meneurs. M. 443;
Leur traitement. M. 449, imprimé.

— Arrêté du Conseil général des Hospices, du 2 germinal an X (23 mars 1802), qui fixe la nourriture à accorder aux meneurs à leur départ de l'hospice de la Maternité. M. 565, reg. des arrêtés du Conseil, t. 2, n°. 577, p. 83.

— Arrêté du Conseil général des Hospices, du 9 floréal an X (29 avril 1802), qui accorde une prime aux meneurs de l'hospice de la Maternité. M. 605, reg. des arrêtés du Conseil, t. 2, n°. 658, p. 152.

— Arrêté du Conseil général des Hospices, du
1er. frimaire an XI (22 novembre 1802), portant qu'il sera fait un décompte particulier des
sommes revenant aux meneurs, pour éviter la
confusion avec les sommes dont ils sont chargés pour les nourrices. M. 727, reg. des arrêtés du Conseil, t. 3, n°. 1146, p. 73.

— Arrêté du Conseil général des Hospices, du
10 prairial an XII (30 mai 1804), portant que
les meneurs seront remboursés des frais occasionnés par les maladies des enfans placés à la
campagne. M. 1013, reg. des arrêtés du Conseil, t. 4, n°. 2274, p. 370.

— Arrêté du Conseil général des Hospices, du
20 mai 1807, portant règlement pour les meneurs attachés à l'hospice de la Maternité.
M. 1485, reg. des arrêtés du Conseil, t. 8,
n°. 5018, p. 272.

— Arrêté du Conseil général des Hospices, du
1er. mars 1809, relatif aux registres tenus et à
tenir par les meneurs du Bureau des nourrices. M. 1649, reg. des arrêtés du Conseil,
t. 10, n°. 7391, p. 201.

— Arrêté du préfet de la Seine, du 20 avril
1812, qui accorde aux meneurs 7 francs pour
chaque enfant envoyé en apprentissage à la
campagne par le bureau du placement. M. 2041,
ç. 18, intit. *Orphelins*, n°. 93.

— Arrêté du Conseil général des Hospices, du
24 février 1813, qui fixe les frais de voyage
à payer aux meneurs attachés au Bureau du
placement pour chaque enfant par eux placé. *
Reg. des arrêtés du Conseil, t. 14, n°. 13119,
p. 208.

MÈRES NOURRICES. — Arrêté du Conseil
général des Hospices, du 5 floréal an XII
(25 avril 1804), portant qu'il sera accordé
un secours extraordinaire aux mères nourrices
malades et indigentes. M. 993, reg. des arrêtés
du Conseil, t. 4, n°. 2194, p. 308.

— Arrêté du Conseil général des Hospices, du
2 complémentaire an XII (19 septembre 1804),
qui ordonne qu'il sera accordé un secours extraordinaire aux mères nourrices malades et
indigentes. M. 1047, reg. des arrêtés du Conseil,
t. 4, n°. 2445, p. 497.

— Arrêté du Conseil général des Hospices, du
23 juillet 1806, qui désigne les Hôpitaux où
elles doivent être reçues en cas de maladie.
M. 1413, reg. des arrêtés du Conseil, t. 7,
n°. 3817, p. 524.

MILITAIRES. — Arrêté des Consuls, du 11
floréal an IX (1ᵉʳ. mai 1801), qui fixe le prix
de la journée à payer par l'administration de
la guerre, pour les militaires traités dans les

Hospices civils. M. 259 , *Bulletin des lois* 81 ;
n°. 662 , p. 78 , 3°. série.

— Circulaire du Ministre de l'intérieur, dé
messidor an X 1802 , portant augmentation
du prix précédemment alloué par chaque journée de militaires traités dans les Hôpitaux civils. * Collection des lettres et instructions du
Ministère, t. 4 , p. 191.

— Lettre du préfet de la Seine , du 9 messidor
an XI (28 juin 1803), relative aux militaires
malades que l'on reçoit dans les Hôpitaux
civils. M. 831 , c. 8 , intit. *Beaujon.*

— Circulaire du Ministre de l'intérieur, du 27
fructidor an XI (14 septembre 1803), sur la
sortie des militaires traités dans les Hôpitaux
civils. * Lettres et instructions du Ministère ,
t. 4 , p. 626.

— Arrêté des Consuls, du 9 frimaire an XII
(1er. décembre 1803), relatif au traitement
des militaires dans les Hôpitaux civils. M. 911 ,
Bulletin des lois 330, n°. 3428, p. 194, 3°. série.

— Arrêté du Conseil général des Hospices, du
19 février 1806 , portant que les militaires
traités à Charenton ne seront pas compris dans
les états fournis à l'Administration des Hospices
civils. M. 1323, reg. des arrêtés du Conseil ,
t. 7 , n°. 3343 , p. 119.

— Circulaire du Ministre de l'intérieur, du 19 août 1807, qui fixe le prix de journée à payer aux Hôpitaux civils pour les militaires de la compagnie de réserve qui y sont traités. * Lettres et instructions du Ministère, t. 7, p. 232.

— Arrêté du Conseil général des Hospices, du 10 août 1808, qui fixe le prix de la journée des militaires malades traités dans les Hôpitaux civils. M. 1601, reg. des arrêtés du Conseil, t. 9, n°. 6602, p. 448.

— Décret impérial, du 8 janvier 1810, qui établit des préposés responsables de l'évasion des militaires détenus dans les Hôpitaux civils ou militaires. M. 1735, *Bulletin des lois* 259, n°. 5121, p. 1, 4°. série.

— Lettre du Ministre directeur de l'administration de la guerre, du 16 mai 1810, sur les militaires traités dans les Hôpitaux civils. M. 1755, c. 2, intit. *Saint-Louis*, n°. 174.

— Circulaire du Ministre directeur de l'administration de la guerre, du 9 juin 1810, demandant l'envoi régulier du compte des militaires traités dans les Hôpitaux civils. M. 1769, c. 32, intit. *Gouvernement et Ministres*, n°. 140.

— Arrêté du Conseil général des Hospices, du 12 décembre 1810, qui fixe le prix de la journée à payer pour les militaires de la réserve dépar-

tementale traités dans les Hôpitaux civils.
M. 1825 , reg. des arrêtés du Conseil, t. 11 ,
n°. 10070 , p. 954.

— CIRCULAIRE du Ministre directeur de l'administration de la guerre , du 19 décembre 1811 ,
relative aux jeux spéciaux de poids et mesures
pour les distributions alimentaires à établir dans
les Hôpitaux civils où l'on reçoit des militaires.
M. 1997 , c. 34 , intit. *Préfet de la Seine ,*
n°. 42.

— CIRCULAIRE du Ministre directeur de l'administration de la guerre , du 14 mars 1812 , qui
accorde quarante jours pour fournir les états
mensuels des journées de militaires traités dans
les Hôpitaux. M. 2033 , c. 32 , intit. *Gouvernement et Ministres ,* n°. 71.

— ORDONNANCE du Roi , du 25 novembre 1814 ,
portant que les Hospices civils continueront à
recevoir des militaires malades dans les villes
où il n'y a pas d'hôpitaux militaires. * *Bulletin
des lois* 57 , n°. 483 , p. 45 , 5ᵉ. série.

— LETTRE du Ministre de l'intérieur , du 5 décembre 1814 , annonçant que le Ministre de la
la guerre met à la charge des Hospices civils les
militaires licenciés qui sont reçus dans lesdits
Hospices après les quarante jours de leur licen-
ciement. * C. 33 , n°. 172 , intit. *Ministre de
l'intérieur.*

MINISTÈRE DE L'INTÉRIEUR. — Loi, du 10
vendémiaire an IV (2 octobre 1795), qui,
en réglant les attributions des six ministères,
donne au ministre de l'intérieur les Hôpitaux,
Secours, etc. M. 163, *Bulletin des lois* 192,
n°. 1153, 1ʳ. série.

MINISTRES DU CULTE. — Arrêté du Conseil
général des Hospices, du 15 prairial an X
(4 juin 1802), qui fixe les avantages dont
jouissent les ministres résidans dans les Hospices, et le mode de leur nomination. M. 632,
reg. des arrêtés du Conseil, t. 2, n°. 749,
p. 231.

— Arrêté du Ministre de l'intérieur, du 12 août
1815, qui nomme les ministres du culte des
temples protestans et des synagogues membres
nés des Bureaux de bienfaisance de leur arrondissement. Imprimé, et se trouve c. 48, intit.
Agence des Secours.

MOBILIER. — Arrêté du Conseil général des
Hospices, du 9 germinal an XI (30 mars 1803),
relatif au mobilier des admis dans la Maison
de retraite à Montrouge. M. 787, reg. des
arrêtés du Conseil, t. 3, n°. 1367, p. 243.

— Arrêté du Conseil général des Hospices, du
25 mai 1808, relatif au mode à suivre pour
l'inventaire des objets qui composent le mobi-

31 *

lier des Établissemens hospitaliers. M. 1583, rég. des arrêtés du Conseil, t. 9, n°. 6367, p. 323.

MOIS DE NOURRICE. — Loi, du 25 août 1792, qui supprime la contrainte par corps pour l'acquit des mois de nourrice. M. 91, recueil de lois, t. 6, p. 110.

— Arrêté du Conseil général des Hospices, du 24 fructidor an XIII (11 septembre 1805), qui fixe le traitement des trois commis préposés au recouvrement des mois de nourrice. M. 1205, reg. des arrêtés du Conseil, t. 5, n°. 2894, p. 396.

— Arrêté du Conseil général des Hospices, du 29 janvier 1806, relatif à la liquidation des mois de nourrice. M. 1311, reg. des arrêtés du Conseil, t. 7, n°. 3273, p. 72.

— Loi, du 25 mars 1806, qui règle le mode de recouvrement du prix des mois de nourrice. M. 1333, *Bulletin des lois* 85, n°. 1445, p. 403, 4°. série.

— Arrêté du préfet de la Seine, du 27 juillet 1807, relatif au recouvrement des sommes dues au Bureau des nourrices. M. 1497, c. 22, intit. *Direction des Nourrices*, n°. 160.

MONT-DE-PIÉTÉ DE PARIS. — Décret impérial, du 24 messidor an XII (13 juillet 1804)

portant que le Mont-de-Piété sera à l'avenir régi au profit des pauvres et des Hospices par des membres du Conseil général des Hospices. M. 1021, *Bulletin des lois* 8, n°. 102, p. 129, 4°. série.

— Décret impérial, du 8 thermidor an XIII (27 juillet 1805), portant règlement sur l'organisation et les opérations du Mont-de-Piété de Paris. M. 1165, *Bulletin des lois* 50, n°. 851, p. 277, 4°. série.

— Arrêté du Conseil général des Hospices, du 20 frimaire an XIV (11 décembre 1805), qui met à la disposition du Mont-de-Piété deux maisons rue des Petits-Augustins, pour y établir une succursale. M. 1277, reg. des arrêtés du Conseil, t. 6, n°. 3129, p. 197.

— Arrêté du Conseil général des Hospices, du 30 décembre 1807, relatif aux fonds versés par l'Administration des Hospices dans la caisse du Mont-de-Piété. M. 1545, reg. des arrêtés du Conseil, t. 8, n°. 5821, p. 717.

— Arrêté du Conseil général des Hospices, du 11 décembre 1811, relatif aux fonds provenant de la vente des maisons urbaines, et qui ont été placés au Mont-de-Piété. M. 1991, reg. des arrêtés du Conseil, t. 2, n°. 11346, p. 923.

MONTS-DE-PIÉTÉ. — Avis du Conseil d'État,

du 6 juin 1807, sur la destination des Monts-
de-Piété. M. 1491, *Bulletin des lois* 152,
n°. 2565, p. 323, 4°. série.

MONTROUGE (Maison de retraite.) — Arrêté
du Ministre de l'intérieur, du 18 vendémiaire
an X (10 octobre 1801), sur la destination
de la Maison de retraite à Montrouge, et les
conditions pour y être admis. M. 321, imprimé
et inséré fin du reg. 1ᵉʳ. des arrêtés du
Conseil.

— Règlement du 28 ventôse an X (19 mars
1802), pour la Maison de retraite à Montrouge. M. 561, imprimé, et inséré aux reg.
des arrêtés du Conseil, t. 2, p. 78.

— Arrêté du Conseil général des Hospices, du
27 pluviôse an XI (16 février 1803), relatif
aux octogénaires à admettre de préférence à
la Maison de retraite à Montrouge. M. 749,
reg. des arrêtés du Conseil, t. 3, n°. 1295,
p. 179.

— Arrêté du Conseil général des Hospices, du
9 germinal an XI (30 mars 1803), portant
que les admis à Montrouge ne seront plus tenus
d'apporter du mobilier; mais tout le mobilier
apporté par eux appartiendra, à leur décès,
aux Hospices. M. 787, reg. des arrêtés du
Conseil, t. 3, n°. 1367, p. 243.

— Arrêté du Conseil général des Hospices , du
26 prairial an XI (15 juin 1803), portant
règlement sur le régime et la police de la Maison
de retraite à Montrouge. M. 817 , reg. des
arrêtés du Conseil , t. 3 , n°. 1536, p. 347.

— Arrêté du Conseil général des Hospices , du
3 messidor an XI (22 juin 1803), relatif au
régime alimentaire dans la Maison de retraite
à Montrouge. M. 827 , reg. des arrêtés du
Conseil, t. 3 , n°. 1547 , p. 361.

— Arrêté du Conseil général des Hospices , du
15 thermidor an XI (3 août 1813), portant
supplément aux règlemens précédens sur cette
maison. M. 841 , reg. des arrêtés du Conseil,
t. 3 , n°. 1621 , p. 406.

— Arrêté du Conseil général des Hospices , du
12 vendémiaire an XII (5 octobre 1803), portant
qu'il ne sera inscrit pour la Maison de retraite
à Montrouge, que les personnes domiciliées
dans le département de la Seine. M. 885, reg.
des arrêtés du Conseil, t. 4, n°. 1762, p. 19.

— Arrêté du Conseil général des Hospices , du
25 février 1807 , portant que la pension payée
d'avance par les admis dans cette maison , ne
sera pas rendue à leur décès , mais appartiendra à l'Administration. M. 1467 , reg. des
arrêtés du Conseil, t. 8 , n°. 4668, p. 108.

— Arrêté du Conseil général des Hospices , du

1ᵉʳ. septembre 1813, qui défend les dissections
dans la Maison de retraite à Montrouge. * Reg.
des arrêtés du Conseil, t. 14, mention p. 851.

MORT VIOLENTE. — Arrêté du Conseil général des Hospices, du 19 février 1806, relatif aux précautions à prendre en cas de mort
violente d'un individu dans les Hospices. M. 1325,
reg. des arrêtés du Conseil, t. 7, n°. 3337,
p. 117.

MOUVEMENT DE POPULATION. — Arrêté
du préfet de la Seine, du 31 mars 1806, qui
charge le secrétaire général de lui transmettre
chaque jour le mouvement de population des
Hôpitaux et Hospices. M. 1337, c. 34, intit.
Préfet de la Seine, n°. 60.

N.

NOMINATEURS. — Arrêté du Conseil général
des Hospices, du 20 messidor an X (9 juillet
1802), qui règle le droit des nominateurs aux
lits fondés dans les Hospices. M. 661, reg. des
arrêtés du Conseil, t. 2, n°. 855, p. 318.

— Arrêté du Gouvernement, du 16 fructidor
an XI (3 septembre 1803), relatif aux personnes qui ont droit de nommer à des lits fondés
dans les Hospices. M. 851, *Bulletin des lois* 311,
n°. 3141, p. 916, 3ᵉ. série.

— Arrêté du Conseil général des Hospices, du 22 frimaire an XII (14 décembre 1803), qui partage les lits vacans dans les Hôpitaux entre différens nominateurs. M. 913, reg. des arrêtés du Conseil, t. 4, n°. 1960, p. 131.

— Arrêté du Conseil général des Hospices, du 18 pluviôse an XII (8 février 1804), portant que les membres du Conseil et ceux de la Commission seront appelés à jouir de la nomination aux lits vacans dans les Hospices, par rang d'ancienneté d'âge. M. 943, reg. des arrêtés du Conseil, t. 4, n°. 2055, p. 199.

— Arrêté du Conseil général des Hospices, du 22 ventôse an XIII (13 mars 1805), qui partage les lits vacans dans les Hôpitaux entre différens nominateurs. M. 1099, reg. des arrêtés du Conseil, t. 5, n°. 2672, p. 175.

— Arrêté du Conseil général des Hospices, du 24 fructidor an XIII (11 septembre 1805), qui confirme le maire de Corbeil dans la nomination à deux lits aux Incurables. M. 1207, reg. des arrêtés du Conseil, t. 5, n°. 2895, p. 397.

NOMINATION. — Arrêté du Conseil général des Hospices, du 6 germinal an X (27 mars 1802), portant qu'il ne sera point pourvu aux lits vacans dans les Hospices, sans que l'on en

ait préalablement prévenu le Conseil. M. 569,
reg. des arrêtés du Conseil, t. 2, n°. 591, p. 99.

— Arrêté du Conseil général des Hospices, du
24 brumaire an XII (16 novembre 1803), relatif
aux droits de nomination dans les hospices
d'Incurables. M. 905, reg. des arrêtés du
Conseil, t. 4, n°. 1886, p. 87.

— Arrêté du Conseil général des Hospices, du
22 frimaire an XII (14 décembre 1803), qui
règle le mode de nomination aux lits vacans
dans les Hospices. M. 913, reg. des arrêtés
du Conseil, t. 4, n°. 1960, p. 131.

— Arrêté du Conseil général des Hospices, du
22 ventôse an XIII (13 mars 1805), qui partage les lits vacans dans les Hospices entre les
différens nominateurs. M. 1099, reg. des arrêtés du Conseil, t. 5, n°. 2672, p. 175.

— Arrêté du Conseil général des Hospices, du
14 messidor an XIII (3 juillet 1805), relatif aux
places vacantes dans les hospices de Bicêtre et
de la Salpêtrière. M. 1151, reg. des arrêtés
du Conseil, t. 5, n°. 2804, p. 311.

— Arrêté du Conseil général des Hospices, du
28 janvier 1807, portant qu'il ne pourra être
nommé à aucune place de chefs ou d'employés
sans l'autorisation du Conseil. M. 1459, reg.
des arrêtés du Conseil, t. 8, n°. 4579, p. 68.

— Arrêté du Ministre de l'intérieur, du 6 août 1812, qui confirme les règlemens existans sur les nominations aux lits vacans dans les Hospices. * C. 33, intit. *Ministre de l'intérieur,* n°. 160.

NOTAIRES. — Décret impérial, du 22 août 1807, portant qu'il sera dressé un tarif des droits dus aux notaires pour la passation des baux à ferme. M. 1502, *Bulletin des lois* 155, n°. 2655, p. 2, 4ᵉ. série.

NOURRICES. — Arrêté du Directoire exécutif, du 5 messidor an IV (23 juin 1796), portant que le salaire des nourrices chargées d'enfans abandonnés, sera provisoirement fixé en grains. M. 169, *Bulletin des lois* 54, n°. 484, 2ᵉ. série.

— Arrêté du Ministre de l'intérieur, du 18 vendémiaire an X (10 octobre 1801), sur l'admission des nourrices sédentaires à la Maison d'Allaitement. M. 336, imprimé, et inséré fin du reg. 1ᵉʳ. des arrêtés du Conseil.

— Code spécial de la Maternité, adopté par le Conseil, en sa séance des 14 et 16 pluviôse an X (3 et 5 février 1802), en ce qui concerne le gouvernement et le régime des nourrices sédentaires, des nourrices de la campagne, et des devoirs qu'elles ont les unes et les autres à remplir envers les enfans qui leur sont confiés,

32 *

et enfin les récompenses accordées aux nourrices de campagne. M. 432, 438, 442, imprimé.

— Arrêté du Conseil général des Hospices, du 16 décembre 1812, portant qu'il ne sera fait aux nourrices de campagne et aux nourrices sédentaires aucun retranchement sur le pain. * Reg. des arrêtés du Conseil, t. 13, mention p. 989.

NOURRICES DE CAMPAGNE. — Arrêté du Conseil général des Hospices, du 2 germinal an X (23 mars 1802), qui fixe la nourriture à accorder aux nourrices de campagne à leur départ de l'hospice de la Maternité. M. 565, reg. des arrêtés du Conseil, t. 2, n°. 577, p. 83.

NUMÉROTAGE DES LITS. — Arrêté du Conseil général des Hospices, du 26 vendémiaire an XII (19 octobre 1803), qui prescrit le numérotage des lits dans les Hôpitaux et Hospices. M. 891, reg. des arrêtés du Conseil, t. 4, n°. 1817, p. 50.

O.

OCTOGÉNAIRES. — Arrêté du Conseil général des Hospices, du 27 pluviôse an XI (16 février 1803), sur l'admission des octogénaires à la Maison de retraite de Montrouge. M. 749, reg. des arrêtés du Conseil, t. 3, n°. 1295, p. 179.

OCTROIS. — Loi, du 27 vendémiaire an VII
(18 octobre 1798), qui ordonne la perception
d'un octroi pour l'acquit des dépenses locales
de la commune de Paris, et notamment celles
des Hospices et Secours. M. 197, *Bulletin des
lois* 232, n°. 2085, 2°. série.

— Loi, du 2 vendémiaire an VIII (24 septembre
1799), sur la manière de juger les contestations relatives au paiement des droits d'octrois.
M. 215, *Bulletin des lois* 313, n°. 3304,
2°. série.

— Loi, du 19 frimaire an VIII (10 décembre
1799), portant extension et augmentation des
droits d'octrois établis dans la commune de
Paris. M. 219.

— Loi, du 5 ventôse an VIII (24 février 1800),
relative à l'établissement d'octrois municipaux
et de bienfaisance sur les objets de consommation locale. M. 223, *Bulletin des lois* 10,
n°. 65, 3°. série.

— Instructions du Ministre de l'intérieur, de
germinal an VIII (1800), portant établissement d'octrois municipaux et de bienfaisance sur les objets de consommation. *
Collection des lettres et instructions émanées
du ministère, t. 3, p. 168.

— Lettre du Ministre de l'intérieur, du 12 prai-

rial an VIII (1ᵉʳ. juin 1800), qui invite les
préfets à ne point affermer les octrois de bienfaisance. * Collection des lettres et instructions
du ministère, t. 3, p. 250.

— Lettre du Ministre du trésor impérial, du 19
septembre 1813, portant que la portion assignée
aux Hospices dans les produits de l'octroi, doit
être payée auxdits Hospices en numéraire. *
C. 29, intit. *Service général* ou *comptabilité*,
n°. 198.

OFFICIERS DE SANTÉ. — Arrêté du Conseil
général des Hospices, du 13 frimaire an X
(4 décembre 1801), qui règle les fonctions
qu'ont à remplir les officiers de santé du Bureau
central d'admission. M. 384, imprimé, et
inséré fin du reg. 1ᵉʳ. des arrêtés du Conseil.

— Règlement du 4 ventôse an X (23 février 1802),
portant que les officiers de santé des armées ne
seront admis pour occuper des places dans les
Hospices, qu'autant qu'ils auront été reçus
d'après les dispositions de la loi du 3 nivôse
an II. M. 473.

Ce même règlement fixe la durée des fonctions
des officiers de santé. M. 477 ; établit des
conférences entre les officiers de santé des
Hôpitaux et les membres du Conseil. M. 490,
et détermine enfin les attributions des officiers

de santé pour l'amélioration du service. M. 491 ,
imprimé , et se trouve c. 46 , intit. *Service de
santé*.

— Arrêté du Conseil général des Hospices , du
18 germinal an X (8 avril 1802) , qui fixe le
traitement accordé aux officiers de santé des
Hôpitaux et Hospices. M. 587 , reg. des arrêtés
du Conseil , t. 2 , n°. 624 , p. 116.

— Décret impérial , du 25 thermidor an XIII
(13 août 1805) , qui exempte les officiers de
santé des Hospices civils et militaires et des
établissemens de charité , de payer patente.
M. 1197 , c. 34 , intit. *Préfet de la Seine*,
n°. 29.

ORATOIRES. — Décret impérial , du 17 messidor an XII (6 juillet 1804) , qui dispense
les Hospices du paiement du droit exigé pour
l'entretien d'oratoires particuliers. M. 1019 ,
Bulletin des lois 71 , n°. 76 , p. 111 , 4e. série.

— Décret impérial , du 22 décembre 1812 , portant qu'il ne pourra être ouvert aucun oratoire ni chapelle domestique dans les établissemens publics et les maisons particulières ,
sans une autorisation spéciale. * *Bulletin des
lois* 456 , n°. 8401 , p. 236 , 4°. série.

ORDONNATEUR GÉNÉRAL. — Décret impérial , du 7 floréal an XIII (27 avril 1805) ,

qui établit pour l'Administration des Hospices
un ordonnateur général des dépenses. M. 1132,
Bulletin des lois 43, n°. 700, p. 44, 4ᵉ. série.

Les instructions du Ministre sont jointes au décret sur le manuscrit, et se trouvent c. 31,
intit. *Règlemens généraux.*

— Arrêté du Ministre de l'intérieur, du 20 vendémiaire an XIV (12 octobre 1805), portant
que l'ordonnateur général pourra être remplacé, en cas d'absence ou de maladie, soit
par un des membres de la Commission, soit
par le secrétaire général ou par le chef du
bureau de la comptabilité. M. 1228, c. 31,
intit. *Règlemens généraux,* n°. 11.

— Arrêté du Conseil général des Hospices, du
8 brumaire an XIV (30 octobre 1805), qui
fixe le traitement de l'ordonnateur général.
M. 1235, reg. des arrêtés du Conseil, t. 6,
n°. 3005, p. 75.

ORDRE DU JOUR. — Arrêté du Ministre de
l'intérieur, du 8 prairial an X (28 mai 1802),
portant qu'à chaque séance du Conseil des
Hospices il sera donné l'ordre du jour pour
la séance suivante. M. 621, c. 31, intit. *Règlemens généraux,* et inséré aux reg. des arrêtés
du Conseil, t. 2, p. 222.

ORGANISATION DE L'ADMINISTRATION

DES HOSPICES. — Arrêté des Consuls , du 27 nivôse an IX (17 janvier 1801), portant nouvelle organisation de l'Administration des Hospices. M. 231 , imprimé.

— Arrêté du Ministre de l'intérieur, du 6 fructidor an XI (24 août 1803), portant règlement pour l'Administration des Hospices. M. 845 , imprimé.

ORPHELINES DE LA RUE DE SÈVRES. — Arrêté du Conseil général des Hospices , du 24 nivôse an X (14 janvier 1802), qui ordonne la translation des orphelines de la rue de Sèvres dans la maison du faubourg Saint-Antoine. M. 399, reg. des arrêtés du Conseil, t. 1er.; n°. 450, p. 382.

— Arrêté du Conseil général des Hospices, du 9 floréal an X (29 avril 1802), portant que la maison des Orphelines de la rue de Sèvres sera consacrée à la réception des enfans malades. M. 603, reg. des arrêtés du Conseil, t. 2, n°. 656, p. 150.

ORPHELINS. — Décret de la Convention nationale, du 5 juillet 1793 , qui oblige les Enfans adoptés par la patrie à porter l'habit national. M. 119, imprimé, et se trouve p. 362 d'un Recueil in-4°. déposé sur le bureau du Conseil.

— Décret de la Convention nationale, du 7 ger-

33

minal an II (27 mars 1794), qui pourvoit à la
dépense des orphelins placés dans les Hospices,
et aux enfans allaités par leur mère. M. 137,
imprimé, et se trouve p. 412 d'un Recueil
in-4°. déposé sur le bureau du Conseil.

— Arrêté du Conseil général des Hospices, du
18 vendémiaire an X (10 octobre 1801), relatif au pain à fournir aux orphelins et enfans
de la patrie. M. 319, reg. des arrêtés du
Conseil, t. 1er., n°. 293, p. 260.

— Arrêté du Ministre de l'intérieur, du 18 vendémiaire an X (10 octobre 1801), relatif à
la réception des orphelins dans les Hospices.
M. 323, imprimé, et inséré fin du reg. 1er. des
arrêtés du Conseil.

— Arrêté du Conseil général des Hospices, du
14 germinal an X (4 avril 1802), portant que
les orphelins qui ont atteint leur dix-septième
année ne pourront rester dans l'hospice. M. 575,
reg. des arrêtés du Conseil, t. 2, n°. 608, p. 109.

— Arrêté du Conseil général des Hospices, du
20 messidor an X (9 juillet 1802), qui accorde
un secours annuel de 50 francs pendant trois
ans, et par chaque enfant, aux parens qui reti-
reront leurs enfans de l'hospice. M. 659, reg.
des arrêtés du Conseil, t. 2, n°. 859, p. 325.

— Arrêté du Conseil général des Hospices, du

13 pluviôse an XI (2 février 1803), sur le
placement en apprentissage des orphelins qui
ne doivent plus rester dans l'hospice. M. 747,
reg. des arrêtés du Conseil, t. 3, n°. 1276,
p. 168.

— Arrêté du Conseil général des Hospices , du
2 complémentaire an XI (18 septembre 1803),
portant que les enfans envoyés par la police
à l'hospice des Orphelins, seront placés dans
des salles particulières. M. 859, reg. des arrêtés
du Conseil, t. 3, n°. 1707, p. 487.

— Arrêté du Conseil général des Hospices , du
12 vendémiaire an XII (5 octobre 1803), qui
charge le Bureau du placement de la surveillance des enfans au - dessus de deux ans.
M. 879, reg. des arrêtés du Conseil, t. 4,
n°. 1778, p. 30.

— Arrêté du Conseil général des Hospices , du
22 frimaire an XII (14 décembre 1803), sur
le droit de nomination aux places vacantes dans
l'hospice des Orphelins. M. 913, reg. des
arrêtés du Conseil, t. 4, n°. 1960, p. 131.

— Arrêté du Ministre de l'intérieur, du 15
thermidor an XIII (3 août 1805), qui met
à la disposition du colonel du 5e. régiment de
ligne, quinze orphelins appelés à servir comme
musiciens. M. 1189, c. 32, intit. *Gouvernement et Ministres*, n°. 222.

33 *

— Décision du Ministre de l'intérieur, du 15 décembre 1808, qui ordonne la réunion des orphelins, rue Saint-Victor, aux orphelines du faubourg Saint-Antoine. M. 1619, c. 18, intit. *Orphelins et Orphelines*, n°. 242 et 243.

— Arrêté du Conseil général des Hospices, du 18 juillet 1810, qui ordonne que tous les enfans amenés aux Orphelins, qui n'ont pas eu la petite-vérole ou qui n'auront pas été vaccinés, seront envoyés à l'hospice, de la Vaccine. M. 1785, reg. des arrêtés du Conseil, t. 11, n°. 9532, p. 510.

— Décret impérial, du 19 janvier 1811, sur les orphelins pauvres placés dans les Hospices civils. M. 1904, *Bulletin des lois* 346, n°. 6478, p. 82, 4°. série.

— Lettre du préfet de la Seine, du 27 février 1812, relative aux orphelins pauvres mis sous la surveillance de l'Administration. M. 2019, c. 34, intit. *Préfet de la Seine*, n°. 40.

— Arrêté du Conseil général des Hospices, du 22 juillet 1812, qui interdit aux parens des enfans placés aux Orphelins l'entrée dans l'hospice. M. 2053, reg. des arrêtés du Conseil, t. 13, n°. 12267, p. 571.

— Arrêté du Conseil général des Hospices, du 27 avril 1814, portant que l'économe de l'hos-

pice des Orphelins ne sera pas remplacé. * Reg.
des arrêtés du Conseil, t. 15, mention p. 263.

OUVRIERS DE LA FILATURE. — Arrêté du
Conseil général des Hospices, du 13 mai 1812,
qui ordonne que les enfans des ouvriers de la
filature seront envoyés à l'école aux frais de
l'Administration. M. 2045, reg. des arrêtés du
Conseil, t. 13, n°. 12018, p. 396.

OUVROIRS DE LA MATERNITÉ. — Arrêté
du Conseil général des Hospices, du 24 pluviôse an X (13 février 1802), sur les travaux
à faire à la Maternité pour occuper les femmes
enceintes. M. 463, reg. des arrêtés du Conseil,
t. 2, n°. 492, p. 22.

P.

PAIN. — Cahier des charges pour la manutention du pain à la boulangerie des Hôpitaux civils, dressé le 8 thermidor an IX (9 juillet
1801). M. 2125, c. 21, intit. *Scipion.*

— Arrêté du Conseil général des Hospices, du
18 vendémiaire an X (10 octobre 1801), sur
la qualité du pain à fournir aux Orphelins et
Enfans de la patrie. M. 319, reg. des arrêtés
du Conseil, t. 1er., n°. 293, p. 260.

— Arrêté du Conseil général des Hospices, du
23 germinal an X (14 avril 1802), sur la fabrication et la distribution du pain à soupe dans les

Hospices. M. 5g5, reg. des arrêtés du Conseil, t. 2, n°. 628, p. 126.

— ARRÊTÉ du Ministre de l'intérieur, du 4 juillet 1809, portant que le pain destiné aux indigens sera fait avec de la farine que fournira l'approvisionnement de la réserve, et manutentionné chez les boulangers de Paris. M. 1689, c. 48, intit. *Agence des Secours*, n°. 135.

— ARRÊTÉ du Conseil général des Hospices, du 11 mars 1812, qui fixe les quantités de pain à délivrer dans les Hôpitaux et Hospices, tant aux employés qu'aux indigens. M. 2027, reg. des arrêtés du Conseil, t. 13, n°. 11753, p. 233.

— ARRÊTÉ du Ministre de l'intérieur, du 31 octobre 1812, portant que le pain des indigens sera fabriqué par les Bureaux de bienfaisance, mais bien avec de la farine que fournira la réserve. M. 2065, c. 48, intit. *Agence des Secours*, n°. 227.

— ARRÊTÉ du Conseil, du 5 octobre 1814, qui fixe les quantités de pain à distribuer dans les Hôpitaux et Hospices de Paris. Reg. des arrêtés du Conseil, t. 15, n°. 15794, p. 685.

PAIN ET VIN. — ARRÊTÉ du Conseil général des Hospices, du 18 février 1807, portant qu'il sera mis sur le bureau du Conseil, à chaque séance, un échantillon de pain et un échantillon

de vin de chacune des espèces qui se consomment dans les Hôpitaux et Hospices. M.
1463 , reg. des arrêtés du Conseil , t, 8 ,
n°. 4651, p. 99.

PATENTES. — Décret impérial, du 25 thermidor an XIII (13 août 1805), qui exempte les
officiers de santé des Hospices civils et militaires et des établissemens de charité, de payer
patentes. M. 1197, c, 34, intit. *Préfet de la
Seine*, n°. 29.

PÈLERINS DE SAINT-JACQUES. — Décret
impérial, du 29 mars 1811, qui confirme les
Hospices dans la jouissance des biens dépen-
dant de la ci-devant confrérie des Pèlerins de
Saint-Jacques. M. 1919, c. 39, intit. *Rentes
dues aux Hospices*, n°. 117.

PENSIONS. — Arrêté du Conseil général des
Hospices, du 4 ventôse an X (23 février 1802),
portant qu'il ne sera plus payé de pensions pour
les enfans de l'âge de douze ans et au-dessus.
M. 495, imprimé, et se trouve c. 46, intit.
Service de santé.

— Arrêté du Conseil général des Hospices, du
29 janvier 1806, relatif à la liquidation des pensions des enfans placés à la campagne. M. 1311,
reg. des arrêtés du Conseil, t. 7, n°. 3273,
p. 72.

PENSIONS DE RETRAITE. — Arrêté des Consuls, du 8 vendémiaire an XII (1er. octobre 1803), portant qu'il ne pourra être accordé de pensions de retraite aux employés sans l'autorisation du Gouvernement. M. 875, *Bulletin des lois* 318, n°. 3221, p. 14, 3e. série.

— Arrêté du Conseil général des Hospices, du 3 brumaire an XII (16 octobre 1803), portant que les pensions de retraite seront payées d'avance et par trimestre. M. 897, reg. des arrêtés du Conseil, t. 4, n°. 1850, p. 69.

— Décret impérial, du 7 février 1809, relatif aux pensions de retraite à accorder aux employés de l'Administration des Hospices, à leurs veuves et à leurs enfans. M. 1629, c. 37, intit. *Pensions*, n°. 51.

— Arrêté du Conseil général des Hospices, du 19 avril 1809, pris en exécution du Décret impérial du 7 février 1809, relatif aux pensions de retraite. M. 1655, reg. des arrêtés du Conseil, t. 10, n°. 7586, p. 312.

— Lettre du Ministre de l'intérieur, du 30 octobre 1809, qui fixe à partir de quel âge les années de service des employés doivent commencer à compter. M. 1711, c. 37, intit. *Pensions*, n°. 181.

— Décret impérial, du 18 mars 1813, portant

que les médecins et chirurgiens attachés aux
Hôpitaux, ne pourront pas jouir des pensions
de retraite accordées aux employés de la même
Administration, par décret du 7 février 1809,
mais que les pharmaciens sont assimilés aux
employés. * *Bulletin des lois* 488, n°. 9039,
p. 488, 4°. série.

PENSIONS DES ÉLÈVES SAGES-FEMMES. —
Arrêté du Conseil général des Hospices, du
29 messidor an XII (18 juillet 1804), portant
que les pensions des élèves sages-femmes seront
exclusivement employées à leur nourriture,
chauffage, etc. M. 1025, reg. des arrêtés du
Conseil, t. 4, n°. 2347, p. 415.

PENSIONS REPRÉSENTATIVES D'ADMIS-
SION. — Arrêté du Ministre de l'intérieur,
du 18 vendémiaire an X (10 octobre 1801),
portant qu'il pourra être accordé une pension
représentative d'admission aux indigens qui de-
manderont à se retirer des Hospices. M. 330,
imprimé, et inséré fin du reg. 1er. des arrêtés du
Conseil.

— Arrêté du Conseil général des Hospices, du
16 brumaire an X (7 novembre 1801), qui fixe
le montant de la pension représentative à accorder aux indigens qui demandent à se retirer
des Hospices : ce même arrêté fixe la conduite
que les indigens admis à la pension ont à tenir

34

lorsqu'ils veulent rentrer dans l'hospice. M. 581, reg. des arrêtés du Conseil, t. 1ᵉʳ. n°. 334, p. 289.

— Arrêté du Conseil général des Hospices, du 26 ventôse an X (17 mars 1802), qui ordonne que tous les lits des indigèns qui ont pris la pension représentative , resteront vacans. M. 559, reg. des arrêtés du Conseil, t. 2, n°. 557, p. 67.

— Arrêté du Conseil général des Hospices, du 21 germinal an XII (11 avril 1804), portant que tout indigent qui jouit de la pension représentative, et qui ne se sera pas présenté dans l'espace de six mois pour en toucher les arrérages , sera rayé du tableau des pensionnaires. M. 983, reg. des arrêtés du Conseil, t. 4, n°. 2176, p. 295.

— Arrêté du Conseil général des Hospices, du 15 ventôse an XIII (6 mars 1805), portant qu'à l'avenir le receveur ne paiera plus de pension aux indigens, à moins que ces derniers ne produisent un certificat qui constatera qu'ils ne sont point inscrits sur les registres des Bureaux de bienfaisance. M. 1093, reg. des arrêtés du Conseil, t. 5, n°. 2666, p. 169.

— Arrêté du Conseil général des Hospices, du 6 germinal an XIII (27 mars 1805), qui exige

que les indigens appelés à jouir de la pension
représentative prouvent qu'ils ont été effacés
du rôle des indigens. M. 1107, reg. des arrêtés
du Conseil, t. 5, n°. 2687, p. 191.

— ARRÊTÉ du Conseil général des Hospices, du
21 mai 1806, portant que les indigens admis
dans les Hospices, seront obligés d'y séjourner
pendant une année avant de prendre la pension représentative. M. 1345, reg. des arrêtés
du Conseil, t. 7, n°. 3622, p. 332.

— LETTRE du Ministre de l'intérieur, du 21 juin
1806, relative aux pensions représentatives à
accorder aux indigens admis dans les Hospices.
M. 1357, c. 33, intit. *Ministre de l'intérieur*,
n°. 126.

— ARRÊTÉ du Conseil général des Hospices, du
20 mars 1811, qui fixe la pension représentative à accorder aux surveillans, sous-surveillans, et gens de service des deux sexes des Hôpitaux et Hospices. * Reg. des arrêtés du Conseil, t. 12, n°. 10416, p. 224.

PERCEPTION DE REVENUS. — INSTRUCTIONS
du Conseil général des Hospices, en date du
6 brumaire an X (28 octobre 1801), sur la
manière de percevoir les revenus de l'Administration des Hospices. M. 364, imprimées, et
insérées fin du reg. 1er. des arrêtés du Conseil.

— ARRÊTÉ des Consuls, du 19 vendémiaire an XII

34 *

(12 octobre 1803), qui charge le receveur des
Hôpitaux de la perception des revenus desdits
établissemens. M. 887, *Bulletin des lois* 321,
n°. 3260, p. 63, 3°. série.

PETITES MAISONS (HOSPICE DES). — ARRÊTÉ
du Ministre de l'intérieur, du 18 vendémiaire
an X (10 octobre 1801), sur la destination de
l'hospice des Petites Maisons. M. 322, imprimé,
et inséré fin du reg. 1ᵉ. des arrêtés du Conseil.

PHARMACIE CENTRALE. — ARRÊTÉ du Ministre de l'intérieur, du 18 floréal an IX
(28 mai 1801), qui charge la Pharmacie centrale des Hôpitaux de fournir aux Bureaux de
bienfaisance les médicamens qui leur sont nécessaires. M. 272, imprimé.

— RÈGLEMENT, du 4 ventôse an X (23 février
1802), sur le service de la Pharmacie centrale
des Hôpitaux. M. 497, imprimé, et se trouve
dans le c. 46, intit. *Service de santé.*

— ARRÊTÉ du Conseil général des Hospices, du
30 messidor an X (19 juillet 1802), qui charge
la Pharmacie centrale de fournir les drogues
aux Bureaux de bienfaisance. M. 669, reg.
des arrêtés du Conseil, t. 2, n°. 871, p. 331.

— ARRÊTÉ du Conseil général des Hospices, du
4 thermidor an X (23 juillet 1802), qui suspend l'exécution de l'arrêté du 30 messidor

précédent, pour seize Bureaux de bienfaisance qui n'ont point encore de Pharmacie. M. 671, reg. des arrêtés du Conseil, t. 2, n°. 885, p. 541.

— ARRÊTÉ du Conseil général des Hospices, du 30 germinal an XI (20 avril 1803), qui charge la Pharmacie centrale des Hôpitaux de fournir les drogues à l'usage des prisons. M. 793, reg. des arrêtés du Conseil, t. 3, n°. 1414, p. 266.

— ARRÊTÉ du Ministre de l'intérieur, du 4 complémentaire an XI (21 septembre 1803), qui charge la Pharmacie centrale de fournir les drogues nécessaires aux prisons. M. 865, c. 33, intit. *Ministre de l'intérieur.*

— ARRÊTÉ du Conseil général des Hospices, du 25 mai 1808, relatif à la nouvelle composition des sirops et autres remèdes à la Pharmacie centrale. M. 1581, reg. des arrêtés du Conseil, t. 9, n°. 6345, p. 508.

— ARRÊTÉ du Conseil général des Hospices, du 24 octobre 1810, relatif à la préparation des médicamens et à l'usage du suc de réglisse, du miel ou du sirop de raisin. M. 1797, reg. des arrêtés du Conseil, t. 11, n°. 9916, p. 816.

PHARMACIENS. — RÈGLEMENT, du 4 ventôse an X (23 février 1802), portant que les pharmaciens en chef seront choisis dans un concours. M. 498, imprimé, et se trouve dans le c. 46, intit. *Service de santé.*

— Règlement, du 4 ventôse an X (23 février 1802), qui défend aux pharmaciens des Hôpitaux d'avoir un établissement en ville pendant leur séjour dans les Hôpitaux, M. 500, imprimé, et se trouve c. 46, intit. *Service de santé.*

— Arrêté du Conseil général des Hospices, du 18 germinal an X (8 avril 1802), qui fixe le traitement des pharmaciens des Hôpitaux et Hospices. M. 588, reg. des arrêtés du Conseil, t. 2, n°. 624, p. 116.

— Décret impérial, du 18 mars 1813, qui rend communes aux pharmaciens des Hôpitaux les dispositions du décret du 7 février 1809, relatif aux pensions de retraite à accorder aux employés de l'Administration des Hôpitaux. * *Bulletin des lois* 488, n°. 9039, p. 488, 4°. série.

PHARMACIES. — Règlement, du 4 ventôse an X (23 février 1802), sur le service des pharmacies. M. 500, et sur la comptabilité desdites pharmacies. M. 505, imprimé, et se trouve dans le c. 46, intit. *Service de santé.*

— Arrêté du Conseil, du 13 juillet 1814, qui règle le mode de réception des médicamens livrés par la Pharmacie centrale aux Hôpitaux.* Reg. des arrêtés du Conseil, t. 15, n°. 15294, p. 430.

PIQUEURS DES BATIMENS. — Arrêté du

Conseil général des Hospices, du 16 fructidor an IX (3 septembre 1801), qui autorise la Commission à nommer des piqueurs de bâtimens dans divers Hospices. M. 298, imprimé, et se trouve fin du reg. 1ᵉʳ. des arrêtés du Conseil.

— INSTRUCTIONS, du 6 brumaire an X (28 octobre 1801), qui règlent les fonctions à remplir par les piqueurs dans les maisons dont ils sont chargés. M. 379, imprimées, et insérées fin du reg. 1ᵉʳ. des arrêtés du Conseil.

PITIÉ (HÔPITAL DE LA). — DÉCISION du Ministre de l'intérieur, du 15 décembre 1808, qui ordonne le placement d'une partie des malades de l'Hôtel-Dieu dans les bâtimens de l'hôpital de la Pitié. M. 1609, c. 19, intit. *Orphelins*, nᵒˢ. 242 et 243.

PLACE AUX VEAUX. — ARRÊTÉ du Conseil général des Hospices, du 12 janvier 1814, qui donne un adjoint au préposé à la réception des droits d'abri à la Place aux Veaux. * Reg. des arrêtés du Conseil, t. 15, nᵒ. 14554, p. 35.

PLACE D'AVAL. — ARRÊTÉ du préfet de la Seine, du 10 mai 1813, qui met l'Administration des Hospices en possession du Marché aux Charbons, place d'Aval. * C. 19, intit. *Halles et Marchés*, nᵒ. 108.

PLACEMENT DE FONDS. — Décret impérial, du 23 juin 1806, concernant les placemens de fonds dans les Hospices ou autres établissemens de charité, par les indigens. M. 1359, *Bulletin des lois* 102, n°. 1676, p. 261, 4°. série.

— Arrêté du Conseil général des Hospices, du 30 décembre 1807, concernant le mode à suivre pour les placemens à faire au Mont-de-Piété. M. 1545, reg. des arrêtés du Conseil, t. 8, n°. 5821, p. 717.

PLACEMENT DES ENFANS. — Arrêté du Ministre de l'intérieur, du 3 pluviôse an IX (23 janvier 1801), qui autorise les Préfets des départemens à mettre en apprentissage les enfans abandonnés qui auront l'âge et les forces nécessaires. M. 255.

— Arrêté du Conseil général des Hospices, du 9 pluviôse an XI (16 février 1803), relatif à l'inspection des enfans placés en apprentissage. M. 751, reg. des arrêtés du Conseil, t. 3, n°. 1301, p. 183.

— Règlement sur le Bureau du placement, adopté par le Conseil en sa séance du 1er. complémentaire an XIII (17 septembre 1805). M. 1248, reg. des arrêtés du Conseil, t. 5, n°. 2922, p. 415, imprimé.

— Arrêté du Conseil général des Hospices, du

22 janvier 1806, qui charge le Bureau du placement de tenir état de tous les enfans placés
par la Maternité qui ont atteint leur douzième
année. M. 1309, reg. des arrêtés du Conseil,
t. 7, n°. 3252, p. 58.

— Lettre du préfet de la Seine, du 27 février
1812, relative aux mesures à prendre envers
les enfans des Hospices qui ont atteint leurs
onzième et vingt-quatrième années. M. 2019,
c. 34, intit. *Préfet de la Seine*, n°. 40.

PLANS. — Arrêté du Conseil général des Hospices, du 30 décembre 1807, qui fixe la somme
à payer par les acquéreurs des maisons des
Hospices, pour la levée et la mise au net des
plans desdites maisons. M. 1543, reg. des arrêtés du Conseil, t. 8, n°. 5810, p. 711.

— Arrêté du Conseil général des Hospices, du
5 juillet 1809, qui fixe le prix des plans à payer
par les adjudicataires des maisons. M. 1693,
reg. des arrêtés du Conseil, t. 10, n°. 7964,
p. 515.

PLANTES USUELLES. — Arrêté du Conseil
général des Hospices, du 26 juin 1811, relatif aux cours des plantes usuelles à l'hospice
de la Maternité pour l'instruction des élèves
sages-femmes. M. 1940, reg. des arrêtés du
Conseil, t. 12, n°. 10747, p. 462.

POIDS ET MESURES. — Circulaire du Ministre directeur de l'administration de la guerre, du 19 décembre 1811, relative aux jeux spéciaux de poids et mesures à établir dans les Hospices civils où l'on reçoit des militaires, pour les distributions alimentaires. M. 1997, c. 34, intit. *Préfet de la Seine*, n°. 42.

POIDS PUBLICS. — Arrêté du préfet de la Seine, du 8 août 1809, qui charge les préposés des poids publics de faire vérifier les poids ou les quantités de fournitures faites aux Hospices. M. 1705, c. 34, intit. *Préfet de la Seine*, n°. 141.

POLICE INTÉRIEURE DES HOPITAUX ET HOSPICES. — Arrêté du Conseil général des Hospices, du 29 nivôse an XI (19 janvier 1803), sur le renvoi des Hôpitaux et Hospices des personnes qui y troublent l'ordre. M. 743, reg. des arrêtés du Conseil, t. 3, n°. 1240, p. 139.

— Arrêté du Conseil général des Hospices, du 31 mai 1809, qui enjoint aux agens et économes de veiller à ce qu'il n'y ait dans leurs maisons ni chiens, ni lapins, etc., etc. M. 1677, reg. des arrêtés du Conseil, t. 10, n°. 7797, p. 418.

POLICE MUNICIPALE ET CORRECTION-

NELLE. — Loi du 22 juillet 1791, concernant les produits des confiscations et des amendes dans les jugemens de police municipale et correctionnelle. M. 67, collection des lois, t. 3, p. 406.

POMPIERS. — Lettre du préfet de police, du 27 mars 1812, portant désignation des Hôpitaux dans lesquels les sapeurs-pompiers doivent être envoyés en maladie. M. 2035, c. 35, intit. *Préfet de police*, n°. 54.

POPULATION DES HOPITAUX ET HOS-PICES. — Arrêté du préfet de la Seine, du 31 mars 1806, portant que l'état du mouvement de la population indigente des Hôpitaux et Hospices sera adressé chaque jour au préfet. M. 1337, c. 34, intit. *Préfet de la Seine*, n°. 60.

PORTIER DE L'ADMINISTRATION. — Arrêté du Conseil général des Hospices, du 18 février 1807, qui accorde annuellement au portier de l'Administration 100 francs pour son habillement. M. 1465, reg. des arrêtés du Conseil, t. 8, n°. 4666, p. 106.

POTASSE. — Arrêté du Conseil général des Hospices, du 13 janvier 1813, qui autorise les agens et économes à admettre 5 kilogrammes de pousse par 50 kilogrammes de potasse. *Reg. des arrêtés du Conseil, t. 14, n°. 12907, p. 35.

35 *

POURSUITES. — Instructions du Conseil général des Hospices, du 6 brumaire an X (28 octobre 1801), sur les poursuites à exercer contre les débiteurs des Hospices qui sont en retard. M. 564, imprimées, et insérées fin du reg. 1ᵉʳ. des arrêtés du Conseil.

— Arrèté du Conseil général des Hospices, du 20 fructidor an XI (7 septembre 1803), portant que toutes les poursuites et actions concernant les biens et droits de l'Administration, seront intentées et suivies au nom du préfet de la Seine. M. 857, reg. des arrêtés du Conseil, t. 3, n°. 1674, p. 465.

— Arrèté des Consuls, du 19 vendémiaire an XII (12 octobre 1803), qui charge les receveurs des Hospices de suivre les poursuites pour la rentrée des revenus. M. 887, *Bulletin des lois* 321, n°. 3260, p. 63, 3ᵉ. série.

PRÉAU DES MÉNAGES. — Arrèté du Conseil général des Hospices, du 11 ventôse an XI (2 mars 1803), qui fixe le nombre des lits au Préau de l'hospice des Ménages, les conditions pour l'admission et le régime des admis. M. 771, reg. des arrêtés du Conseil, t. 3, n°. 1332, p. 211.

— Arrèté du Conseil général des Hospices, du 13 frimaire an XIV (4 décembre 1805), portant

que les secours accordés aux indigens du Préau
de l'hospice des Ménages, seront payés par
l'ordonnateur sur état fourni par la division
des Hospices à l'Administration générale.
M. 1273, reg. des arrêtés du Conseil, t. 6,
n°. 3104, p. 179.

PRÉFET DE LA SEINE. — Arrêté des Consuls,
du 15 pluviôse an IX (4 février 1801), qui
nomme le préfet de la Seine président né du
Conseil des Hospices. M. 239, c. 66, intit. *Nomination aux places.*

— Arrêté du Ministre de l'intérieur, du 8 prairial an X (28 mai 1802), qui fixe les attributions du préfet de la Seine auprès de l'Administration des Hospices. M. 621, c. 31, intit.
Règlemens généraux, n°. 2255.

PRÉFET DE POLICE. — Arrêté des Consuls,
du 15 pluviôse an IX (4 février 1801), qui
nomme le préfet de police membre né du
Conseil général des Hospices. M. 239, c. 66,
intit. *Nomination à des places.*

PRÉFETS. — Arrêté du Conseil général des
Hospices, du 22 ventôse an XIII (13 mars
1805), portant que sur vingt-huit lits vacans
dans les Hospices, deux seront à la nomination des préfets du département et de police.
M. 1099, reg. des arrêtés du Conseil, t. 5,
n°. 2672, p. 176.

**PRÉPOSÉS AUX RECOUVREMENS DU BU-
REAU DES NOURRICES.** — Arrêté du
Conseil général des Hospices, du 24 fructidor
an XIII (11 septembre 1805), qui fixe le traitement des préposés aux recouvremens du Bureau des nourrices. M. 1205, reg. des arrêtés
du Conseil, t. 5, n°. 2894, p. 396.

—Arrêté du Conseil général des Hospices, du
12 juillet 1809, relatif à la retenue à exercer
sur leur traitement pour la caisse des pensions
de retraite. M. 1695, reg. des arrêtés du Conseil,
t. 10, n°. 8001, p. 537.

PRESCRIPTIONS. — Règlement, du 4 ventôse
an X (23 février 1802), qui ordonne que les
prescriptions des médecins seront écrites sur
des cahiers de visite. M. 482, imprimé, et
se trouve c. 46, intit. *Service de santé.*

PRÊTS. — Arrêté du Conseil général des Hospices, du 23 octobre 1811, qui autorise les
membres de l'Agence des Secours à prêter de
l'argent à des indigens laborieux. M. 1973,
reg. des arrêtés du Conseil, t. 12, n°. 11159,
p. 778.

PRÊTS A INTÉRÊTS. — Lettres-patentes du
Roi, du 12 octobre 1789, approuvant un décret
de l'Assemblée nationale qui autorise les particuliers, corps, communautés et gens de

main-morte, à prêter de l'argent à terme fixe,
avec stipulation d'intérêts. M. 13, Recueil de
lois, t. 1ᵉʳ., p. 19.

— ARRÊTÉ du Directoire exécutif, du 3 vendémiaire an VII (24 septembre 1798), qui ordonne l'emploi en prêts à intérêts des capitaux
provenant des remboursemens de rentes faits
aux Hospices civils. M. 195, *Bulletin des
lois* 229, n°. 2044, 2ᵉ. série.

PRIME. — ARRÊTÉ du Conseil général des Hospices, du 9 floréal an X (29 avril 1802), qui
accorde une prime aux meneurs de l'hospice
de la Maternité. M. 605, reg. des arrêtés du
Conseil, t. 2, n°. 658, p. 152.

PRISONNIERS DE GUERRE. — CIRCULAIRE du
Ministre directeur de l'administration de la
guerre, du 25 février 1812, relative aux prisonniers de guerre traités dans les Hôpitaux
civils. M. 2013, c. 32, intit. *Gouvernement et
Ministres*, n°. 71.

— CIRCULAIRE du Ministre directeur de l'administration de la guerre, du 13 juin 1812, relative aux journées des prisonniers de guerre malades traités dans les Hôpitaux civils. M. 2047,
c. 32, intit. *Gouvernement et Ministres*, n°. 125.

PRISONS. — ARRÊTÉ du Conseil général des Hospices, du 30 germinal an XI (20 avril 1803),

qui charge la Pharmacie centrale des Hôpitaux de fournir les drogues nécessaires aux
prisons. M. 793, reg. des arrêtés du Conseil,
t. 3, n°. 1414, p. 266.

— Arrêté du Ministre de l'intérieur, du 4 complémentaire an XI (21 septembre 1803), qui
charge la Pharmacie centrale de fournir aux
prisons les drogues qui leur sont nécessaires.
M. 865, c. 33, intit. *Ministre de l'intérieur.*

PRIX. — Règlement du 4 ventôse an X (23 février
1802), sur les prix à accorder aux élèves en
médecine et en chirurgie des Hôpitaux et Hospices. M. 490, imprimé, et se trouve c. 46,
intit. *Service de santé.*

PROCÈS - VERBAUX. — Arrêté du Conseil
général des Hospices, du 20 frimaire an XIV
(11 décembre 1805), qui charge le secrétaire
général de faire relier les procès - verbaux des
arrêtés du Conseil. M. 1279, reg. des arrêtés
du Conseil, t. 6, n°. 3120, p. 189.

PROCÈS-VERBAUX D'ADJUDICATION. —
Arrêté du préfet de la Seine, du 8 janvier
1812, portant que les minutes des procès-
verbaux d'adjudication lui seront remises et
resteront déposées dans les archives de la préfecture. M. 2005, c. 54, intit. *Règlemens
généraux*, n°. 4.

— LETTRE du préfet de la Seine, du 3 mai 1809, qui fait l'envoi d'un modèle de procès-verbal d'adjudication pour les fournitures à faire aux Hospices. M. 1661, c. 51, intit. *Règlemens généraux*, n°. 82.

PROCURATIONS. — ARRÊTÉ du Conseil général des Hospices, du 16 ventôse an XII (7 mars 1804), qui charge le receveur de juger de la validité des procurations données par les fournisseurs des Hospices. M. 957, reg. des arrêtés du Conseil, t. 4, n°. 2095, p. 229.

PROPRIÉTÉS ALIÉNÉES. — DÉCRET IMPÉRIAL, du 13 novembre 1807, qui autorise le remboursement des capitaux de rentes perpétuelles hypothéquées sur les propriétés aliénées par l'Administration des Hospices. M. 1533, *Bulletin des lois* 169, n°. 2895, p. 346, 4°. série.

PROPRIÉTÉS FONCIÈRES. — LETTRE du préfet de la Seine, du 6 mars 1806, relative à la taxe de guerre établie sur les propriétés foncières. M. 1331, c. 44, intit. *Baux*, n°. 44.

PUISARD DE BICÊTRE. — ARRÊTÉ du préfet de la Seine, du 19 prairial an XI (8 juin 1803), portant que l'arrêt du Conseil d'État du Roi, concernant le puisard de Bicêtre, sera exécuté selon sa forme et teneur. M. 815, c. 12, intit. *Bicêtre*, n°. 3420, et imprimé.

36

PUPILLES DE LA GARDE IMPÉRIALE. —
Circulaire du Directeur de la comptabilité des
communes et des Hospices, en date du 25 juin
1811, faisant envoi aux préfets d'un règlement
relatif à l'appel de dix-sept cents enfans des
Hospices pour compléter le régiment des pupilles de la garde impériale. * Lettres et circulaires du ministère de l'intérieur, t. 2, p. 112.

R.

RECENSEMENT DES MALADES EXISTANS
DANS LES HOPITAUX. — Règlement, du
4 ventôse an X (23 février 1802), portant que
tous les trois mois il sera fait un recensement
des malades existans dans chacun des Hôpitaux.
M. 485, imprimé, et c. 46, intit. *Service de
santé.*

RÉCÉPISSÉS. — Arrêté du Conseil général des
Hospices, du 6 nivôse an XIV (27 décembre
1805.) , qui adopte un modèle de billets
d'ordre, récépissés et factures. M. 1285, reg.
des arrêtés du Conseil, t. 6, n°. 3158, p. 216.

RECETTES. — Décret impérial, du 7 floréal
an XIII (27 avril 1805), relatif aux comptes
en recettes à rendre par les receveurs des établissemens de charité. M. 1117, *Bulletin des
lois* 43, n°. 700, p. 44, 4e. série.

Les instructions du Ministre de l'intérieur sont, sur le manuscrit, jointes au décret.

RECETTES CASUELLES. — Arrêté du Conseil général des Hospices, du 6 nivôse an XIV (27 décembre 1805), qui autorise le membre de la Commission chargé des domaines, à viser les bulletins des recettes casuelles. M. 1281, reg. des arrêtés du Conseil, t. 6, n°. 3154, p. 214.

RECETTES ÉVENTUELLES. — Arrêté du préfet de la Seine, du 14 juin 1808, sur l'emploi des recettes dites éventuelles. M. 1585, c. 34, intit. *Préfet de la Seine*, n°. 120.

RECEVEUR DES HOSPICES DE PARIS. — Arrêté du Ministre de l'intérieur, du 18 floréal an IX (28 mai 1801), qui charge le receveur des Hospices de poursuivre la rentrée des fonds appartenant aux secours à domicile. M. 270, imprimé.

— Arrêté du Ministre de l'intérieur, du 15 vendémiaire an X (7 octobre 1801), qui fixe le traitement du receveur. M. 315, imprimé, et inséré fin du reg. 1er. des arrêtés du Conseil.

— Arrêté du préfet de la Seine, du 1er. prairial an XII (21 mai 1804), qui fixe à 60,000 fr. le cautionnement du receveur des Hospices. M. 1007, c. 34, intit. *Prefet de la Seine*, n°. 356.

— Arrêté du Conseil général des Hospices, du 8 brumaire an XIV (30 octobre 1805), qui fixe le traitement du receveur des Hospices et le charge d'acquitter les appointemens de tous ses employés. M. 1235, reg. des arrêtés du Conseil, t. 6, n°. 3005, p. 75.

— Arrêté du Conseil général des Hospices, du 7 juin 1809, qui fixe la retenue à exercer sur le traitement du receveur des Hospices pour la caisse des pensions de retraite. M. reg. des arrêtés du Conseil, t. 10, n°. 7825, p. 440.

— Arrêté du Conseil général des Hospices, du 29 août 1810, qui l'autorise à suivre les recouvremens à la requête de l'Administration. M. 1789, reg. des arrêtés du Conseil, t. 11, n°. 9695, p. 617.

— Arrêté du Conseil général des Hospices, du 24 décembre 1811, qui met 450 francs à la disposition du receveur pour avances à faire des frais d'inscription. M. 2001, reg. des arrêtés du Conseil, t. 12, n°. 11410, p. 964.

RECEVEURS. — Loi, du 6 ventôse an XIII (23 février 1805), qui applique aux receveurs généraux et particuliers les dispositions de la loi du 25 nivôse, relative aux cautionnemens. M. 1089, *Bulletin des lois* 35, n°. 580, 4e. série.

RECEVEURS DES HOSPICES. — Loi, du 16 ven-

démiaire an **V** (7 septembre 1796), portant
que chaque Commission administrative des
Hospices nommera hors de son sein un receveur. M. 171, *Bulletin des lois* 81, n°. 753,
2°. série.

— Arrêté des Consuls, du 19 vendémiaire an XII
(12 octobre 1803), qui rend les receveurs des
Hôpitaux responsables des poursuites à exercer
contre les débiteurs desdits Hospices. M. 887,
Bulletin des lois 321, n°. 3260, p. 63, 3°. série.

— Instruction du Ministre de l'intérieur, du
3 brumaire an XII (26 octobre 1803), relative
aux recettes et perceptions confiées aux receveurs des Hospices et Secours. * Collection des
lettres et instructions du Ministre, t. 5, p. 35.

— Arrêté du Gouvernement, du 16 germinal
an XII (6 avril 1804), qui oblige les receveurs des Hospices et établissemens de charité
à fournir un cautionnement. M. 981, *Bulletin
des lois* 359, n°. 3760, p. 39, 3°. série.

— Instructions du Ministre de l'intérieur, du 30
germinal an XII (20 avril 1804), sur le mode
de nomination et le cautionnement des receveurs d'établissemens d'humanité. * Lettres et
instructions du ministère, t. 5, n°. 149.

— Décret impérial, du 7 floréal an XIII (27 août
1805), relatif aux comptes à rendre par les

receveurs des établissemens de charité. M. 1117, *Bulletin des lois* 43, n°. 700, p. 44, 4°. série. Sur le manuscrit, les instructions du Ministre de l'intérieur sont jointes au décret précédent.

RÉFECTOIRE. — Arrêté du Conseil général des Hospices, du 11 thermidor an X (50 juillet 1802), qui établit un réfectoire à l'hospice des Incurables hommes. M. 675, reg. des arrêtés du Conseil, t. 2, n°. 905, p. 556.

RÉGIE DES BIENS. — Instructions du Conseil général des Hospices, du 6 brumaire an X (28 octobre 1801), sur les attributions du Bureau des domaines des Hospices. M. 573, imprimées, et insérées fin du reg. 1er. des arrêtés du Conseil.

RÉGIE DES DOMAINES. — Avis du Conseil d'État, du 11 janvier 1811, relatif à des difficultés élevées entre la régie des domaines et les acquéreurs de biens révélés. M. 1901, *Bulletin des lois* 545, n°. 6465, p. 52, 4°. série.

RÉGIME ALIMENTAIRE. — Arrêté du Conseil général des Hospices, du 3 messidor an XI (22 juin 1803), qui fixe le régime alimentaire dans la maison de retraite à Montrouge. M. 827, reg. des arrêtés du Conseil, t. 5, n°. 1547, p. 561.

— Arrêté du Conseil général des Hospices, du

9 juillet 1806, concernant le régime alimentaire dans les Hôpitaux et Hospices. M. 1367, imprimé, reg. des arrêtés du Conseil, t. 7, n°. 3791, p. 464.

— Arrêté du Conseil général des Hospices, du 11 mars 1812, fixant de nouveau la quantité de pain à fournir à chaque individu dans les Hôpitaux et Hospices. M. 2027, reg. des arrêtés du Conseil, t. 13, n°. 11753, p. 233.

RÉGIME PATERNEL. — Arrêté du Ministre de l'intérieur, du 6 fructidor an XI (24 août 1803), qui soumet tous les Hôpitaux et Hospices de Paris au régime paternel. M. 845, imprimé, et inséré aux reg. des arrêtés du Conseil, t. 5, p. 449.

RÉGIME SANITAIRE. — Arrêté du Conseil général des Hospices, du 6 nivôse an XIV (27 décembre 1805), sur les registres à tenir tant par le Bureau central d'admission que par les employés, les médecins et chirurgiens des Hospices, pour faciliter la reddition des comptes relatifs au régime sanitaire. M. 1293, reg. des arrêtés du Conseil, t. 6, n°. 3172, p. 224.

REGISTRES. — Arrêté du Conseil général des Hospices, du 2 germinal an X (23 mars 1802), qui charge un des membres de la Commission des Hospices de coter et parapher le registre

tenu par le préposé à la réception des enfans
abandonnés. M. 567, reg. des arrêtés du Conseil,
t. 2, n°. 579, p. 84.

— ARRÊTÉ du Conseil général des Hospices, du
27 pluviôse an XI (16 février 1803), relatif
aux registres à tenir au Bureau du placement.
M. 751, reg. des arrêtés du Conseil, t. 3, n°. 1301,
p. 183.

— DÉCRET IMPÉRIAL, du 4 messidor an XIII (23 juin
1805), relatif à la tenue des registres pour la
transcription des actes des établissemens publics. M. 1149, *Bulletin des lois* 49, n°. 826, .
p. 236, 4°. série.

— ARRÊTÉ du Conseil général des Hospices, du
6 nivôse an XIV (27 décembre 1805), qui fixe
le modèle pour la tenue des registres, tant par
le Bureau central d'admission que par le Bureau
de réception dans les Hôpitaux. M. 1293, reg.
des arrêtés du Conseil, t. 6, n°. 3172, p. 224.

— ARRÊTÉ du Conseil général des Hospices, du
5 décembre 1810, relatif aux relevés à faire
sur les registres des divers spectacles par les
contrôleurs de la régie. M. 1821, reg. des
arrêtés du Conseil, t. 2, n°. 10052, p. 916.

— ARRÊTÉ du préfet de la Seine, du 31 décembre
1810, sur les registres à tenir au Bureau de
la comptabilité générale des Hospices et au

Bureau du receveur. M. 1835, c. 28, intit. *Service général et comptabilité*, n°. 91.

— ARRÊTÉ du préfet de la Seine, du 20 avril 1812, sur les registres à tenir au Bureau du placement. M. 2041, c. 18, intit. *Orphelins*, n°. 93.

RÈGLEMENS DE POLICE. — ARRÊTÉ du Conseil général des Hospices, du 13 messidor an X (2 juillet 1802), qui enjoint aux agens de surveillance des Hôpitaux et Hospices, de rendre compte à l'Administration de l'exécution des règlemens de police dans les maisons dont ils sont respectivement chargés. M. 655, reg. des arrêtés du Conseil, t. 2, n°. 836, p. 303.

REMBOURSEMENS. — ARRÊTÉ des Consuls, du 14 fructidor an X (1er. septembre 1802), relatif au remboursement des créances et rentes dues aux Hospices. M. 689, *Bulletin des lois* 212, n°. 1956, p. 673, 3e. série.

— ARRÊTÉ du Conseil général des Hospices, du 8 ventôse an XIII (27 février 1805), qui autorise le membre de la Commission chargé des domaines à approuver les remboursemens de rentes foncières qui seront faits par les débiteurs des Hospices. M. 1091, reg. des arrêtés du Conseil, t. 5, n°. 2662, p. 165.

37

— Avis du Conseil d'État, du 21 ventôse an XIII (12 mars 1805), relatif à la validité des remboursemens faits à la République pour les rentes ou obligations contractées au profit des établissemens de bienfaisance. M. 1097, *Bulletin des lois* 37, n°. 624, p. 391, 4°. série.

— Avis du Conseil d'État, du 22 novembre 1808, portant que les Hospices peuvent recevoir le remboursement des capitaux qui leur sont dus sans une autorisation spéciale. M. 1607, *Bulletin des lois* 221, n°. 4034, p. 297, 4°. série.

— Décret impérial, du 16 juillet 1810, qui règle l'emploi des fonds provenant des remboursemens faits aux Hôpitaux et Hospices. M. 1783, *Bulletin des lois* 302, n°. 5733, p. 39, 4°. série.

RENOUVELLEMENT DES ADMINISTRATIONS CHARITABLES. — Décret impérial du 7 germinal an XIII (28 mars 1805), qui fixe les règles à suivre pour le renouvellement des administrations charitables. M. 1109, c. 31, intit. *Règlemens généraux*, n°. 145.

— Instructions du Ministre de l'intérieur, du 15 thermidor an XIII (3 août 1805), relatives au renouvellement des membres des administrations charitables. M. 1191, c. 31, intit. *Règlemens généraux*, n°. 214.

— Lettre du préfet de la Seine, du 24 thermidor

an XIII (12 août 1805), relative au renouvellement des membres du Conseil général des Hospices de Paris. M. 1195, c. 31, intit. *Règlemens*
généraux, n°. 214.

RENTES. — Loi, du 29 décembre 1790, relative
au rachat des rentes foncières. M. 33, Recueil
de lois, t. 2, p. 286.

— Loi, du 10 avril 1791, portant que les rentes
dues par les biens nationaux aux Pauvres et
Hôpitaux seront provisoirement payées à ces
établissemens. M. 57, imprimé, et se trouve
p. 194 d'un recueil in-4°. déposé sur le bureau
du Conseil.

— Loi, du 16 octobre 1791, relative aux rentes
constituées sur le clergé, sous le nom des
syndics des diocèses. M. 77, Recueil de lois,
t. 5, p. 70.

— Loi, du 24 août 1793, qui ordonne l'inscription sur le grand-livre de la dette publique,
des rentes appartenant aux Pauvres et autres
établissemens supprimés. M. 125, Recueil de
lois, t. 7, p. 309.

— Décret du 13 brumaire an II (3 novembre
1793), relatif au paiement des rentes et intérêts
annuels dus aux Hôpitaux et aux Pauvres.
M. 133, et se trouve p. 388 d'un recueil in-4°.
déposé sur le bureau du Conseil.

— Loi, du 16 vendémiaire an V (7 octobre 1796), qui décharge la trésorerie du paiement des rentes dues par les Hospices. M. 171, *Bulletin des lois* 81, n°. 753, 2ᵉ. série.

— Loi, du 29 pluviôse an V (17 février 1797), qui charge les Hospices d'acquitter leurs rentes. M. 183, *Bulletin des lois* 107, n°. 1014, 2ᵉ. série.

— Loi, du 29 pluviôse an V (17 février 1797), qui rend aux Hospices la jouissance de leurs rentes sur l'État. M. 183, *Bulletin des lois* 107, n°. 1014, 2ᵉ. série.

— Loi, du 9 prairial an V (28 mai 1797), qui charge les administrations charitables d'acquitter leurs rentes. M. 189, *Bulletin des lois* 125, n°. 1215, 2ᵉ. série.

— Arrêté des Consuls, du 15 brumaire an IX (6 novembre 1800), portant que les rentes appartenant à l'État, dont le service a été interrompu, sont affectées au service des Hospices. M. 227, *Bulletin des lois* 52, n°. 384, 3ᵉ. série, p. 91.

— Loi, du 4 ventôse an IX (23 février 1801), qui affecte aux besoins des Hospices les rentes appartenant à la République, dont le paiement est interrompu. M. 241, *Bulletin des lois* 73, n°. 550, 5ᵉ. série, p. 377.

Sur le manuscrit sont portés les motifs de cette loi. M. 243.

— ARRÊTÉ des Consuls, du 7 messidor an IX (26 juin 1801), relatif à l'affectation faite aux besoins des Hospices des rentes appartenant à la République, dont le paiement a été interrompu. M. 277, *Bulletin des lois* 86, n°. 712, p. 135, 3e. série.

— INSTRUCTIONS du Ministre de l'intérieur sur ledit arrêté des Consuls, se trouvent M. 282.

— ARRÊTÉ des Consuls, du 9 fructidor an IX (27 août 1801), qui rend communes aux Bureaux de bienfaisance les dispositions de la loi du 4 ventôse an IX. M. 291, *Bulletin des lois* 98, n°. 824, p. 302, 3e. série.

— ARRÊTÉ des Consuls, du 3 vendémiaire an X (15 septembre 1801), qui fixe le mode de liquidation des rentes de 150 francs et au-dessous, dues aux Hospices par les établissemens supprimés. M. 307, *Bulletin des lois* 107, n°. 872, 3e. série, p. 10.

— ARRÊTÉ des Consuls, du 14 fructidor an X (1er. septembre 1802), portant que tous les remboursemens des rentes et créances appartenant aux pauvres et aux Hospices, qui auront été faits dans les caisses nationales antérieurement à la loi du 9 fructidor an III, sont dé-

-clarés valables. M. 689, *Bulletin des lois* 212, n°. 1956, p. 673, 3e. série.

— ARRÊTÉ des Consuls, du 27 frimaire an XI (18 décembre 1802), désignant les rentes provenant de l'ancien domaine national et des corporations supprimées, qui sont censées appartenir aux Hospices. M. 735, *Bulletin des lois* 238, n°. 2217, p. 291, 3e. série.

— LETTRE du Ministre de l'intérieur, du 27 prairial an XII (16 juin 1804), concernant les rentes et domaines usurpés, dont la découverte a été faite au profit des Hospices. M. 1017, c. 39, intit. *Rentes dues aux Hospices*, n°. 395.

— ARRÊTÉ du Conseil général des Hospices, du 8 ventôse an XIII (27 février 1805), qui autorise le membre de la Commission chargé des domaines à approuver tous les remboursemens de rentes foncières qui seront faits par les débiteurs des Hospices. M. 1091, reg. des arrêtés du Conseil, t. 5, n°. 2662, p. 165.

— ARRÊTÉ du Conseil général des Hospices, du 16 juillet 1806, portant que toutes les pièces qui constatent la propriété des rentes dues par les Hospices, seront remises au bureau du Domaine qui les examinera. M. 1411, reg. des arrêtés du Conseil, t. 7, n°. 3807, p. 516.

— Décret impérial, du 13 novembre 1807, qui autorise le remboursement des capitaux de rentes perpétuelles hypothéquées sur les propriétés aliénées par l'Administration des Hospices. M. 1533, *Bulletin des lois* 169, n°. 2895, p. 346, 4°. série.

— Décret impérial, du 26 avril 1808, portant que les rentes stipulées payables en nature, seront évaluées sur le taux commun des mercuriales des trois années qui ont précédé l'échéance. M. 1567, *Bulletin des lois* 190, n°. 3296, p. 286, 4°. série.

— Avis du Conseil d'État, du 22 novembre 1808, portant que les Hospices n'ont pas besoin d'une autorisation spéciale pour placer leurs capitaux en rentes sur l'État. M. 1607, *Bulletin des lois* 221, n°. 4034, p. 297, 4°. série.

— Décret impérial, du 16 juillet 1810, qui règle l'emploi des capitaux provenant des remboursemens de rentes faits aux Hospices. M. 1783, *Bulletin des lois* 302, n°. 5733, p. 39, 4°. série.

— Décret impérial, du 27 février 1811, portant qu'avec le produit de la vente des maisons urbaines des Hospices, l'Administration remboursera les rentes perpétuelles hypothéquées. M. 1915, *Bulletin des lois* 354, n°. 6556, p. 216, 4°. série.

RÉPARATIONS. — Aʀʀêᴛé du Conseil général
des Hospices, du 5 vendémiaire an XII (23 septembre 1803), relatif aux constructions et réparations. M. 873, reg. des arrêtés du Conseil,
t. 4 , n°. 1738 , p. 3.

— Aʀʀêᴛé du Conseil général des Hospices , du
14 germinal an XII (4 avril 1804) , relatif aux
constructions et réparations. M. 973, reg. des
arrêtés du Conseil, t. 4 , n°. 2137, p. 271.

— Aʀʀêᴛé du Ministre de l'intérieur , du 9 germinal an XIII (30 mars 1805), relatif aux
constructions, reconstructions et réparations à
faire dans les bâtimens des Hospices. M. 1111 ,
c. 45 , intit. *Bâtimens et terrains*, n°. 126.

— Décʀᴇᴛ ɪᴍᴘéʀɪᴀʟ , du 10 brumaire an XIV
(1ᵉʳ. novembre 1805), relatif aux réparations
à faire dans les Hospices et établissemens de
charité. M.1237, *Bulletin des lois* 63, n°. 1101,
p. 104, 4ᵉ. série.

A la suite du Décret impérial , est jointe une cir-
culaire du Ministre sur le même objet.
M. 1240, imprimée , et se trouve c. 45 , intit.
Bâtimens et Terrains.

— Aʀʀêᴛé du Conseil général des Hospices, du
12 février 1806 , qui charge les architectes de
faire les devis descriptifs et estimatifs pour les
réparations et constructions à faire dans les

Hôpitaux et Hospices. M. 1317, reg. des arrêtés du Conseil, t. 7, n°. 3325, p. 100.

— LETTRE du préfet de la Seine, du 25 novembre 1806, sur les travaux à exécuter dans les bâtimens des Hospices. M. 1429, c. 45, intit. *Bâtimens et Terrains*, n°. 282.

— ARRÊTÉ du Conseil général des Hospices, du 12 mai 1813, qui charge une Commission de lui présenter, au commencement de chaque année, l'état des réparations à faire dans le courant de ladite année dans chacune des Maisons Hospitalières. * Reg. des arrêtés du Conseil, t. 14, mention p. 469.

RÉSILIATION DES BAUX. — ARRÊTÉ des Consuls, du 14 ventôse an XI (15 mars 1803), relatif aux formalités à remplir pour la résiliation des baux des biens des Hospices. M. 773, *Bulletin des lois* 252, n°. 2359, p. 516, 3e. série.

RETRAITE. — DÉCRET IMPÉRIAL, du 7 février 1809, relatif aux pensions de retraite à accorder aux employés de l'Administration, à leurs veuves et à leurs enfans. M. 1629, c. 37, intit. *Pensions*, n°. 51.

— ARRÊTÉ du Conseil général des Hospices, du 19 avril 1809, pris en exécution du Décret impérial du 7 février 1809, relatif aux pensions de retraite à accorder aux employés de l'Administration. M. 1656, reg. des arrêtés du Conseil, t. 10, n°. 7586, p. 312.

— LETTRE du Ministre de l'intérieur, du 30 octobre 1809, qui fixe à partir de quel âge un employé qui demande sa retraite doit faire remonter ses années de service. M. 1711, c. 37, intit. *Pensions*, n°. 181.

REVENUS DES ÉTABLISSEMENS DE SECOURS. — LOI, du 19 août 1792, qui charge de l'Administration des revenus des établissemens de secours, les officiers municipaux des communes dans l'étendue desquelles les biens sont situés. M. 89, Recueil de lois, t. 6, p. 94.

REVENUS DES HOPITAUX. — ARRÊTÉ du Directoire exécutif, du 23 brumaire an V (13 novembre 1796), qui prescrit un mode pour la perception et l'emploi des revenus des Hospices. M. 175, *Bulletin des lois* 90, n°. 856, 2ᵉ. série.

— ARRÊTÉ des Consuls, du 19 vendémiaire an XII (12 octobre 1803), relatif aux poursuites à exercer par les receveurs des Hôpitaux pour la perception des revenus. M. 887, *Bulletin des lois* 321, n°. 3260, p. 63, 3ᵉ. série.

— INSTRUCTIONS du Ministre de l'intérieur, du 5 brumaire an XII (26 octobre 1803), relatives aux recettes et perceptions confiées aux receveurs des Hôpitaux et Secours. * Collection des lettres et instructions du Ministre, t. 5, p. 36.

S.

SAGES-FEMMES. — Arrêté du Ministre de l'intérieur, du 18 floréal an IX (28 mai 1801), qui attache des sages-femmes aux Bureaux de bienfaisance. M. 273, imprimé.

— Règlement, du 4 ventôse an X (23 février 1802), portant qu'il y aura à la Maternité une sage-femme en chef qui aura le même rang que les chirurgiens ordinaires. M. 471.

Ce même règlement fixe les conditions pour la nomination de la sage-femme en chef. Imprimé, et se trouve c. 46, intit. *Service de santé.*

— Arrêté du Ministre de l'intérieur, du 28 octobre 1813, portant qu'il y aura des sages-femmes attachées à chacun des Bureaux de bienfaisance. * Imprimé, et se trouve c. 48, intit. *Agence des Secours.*

SAIGNÉE. — Arrêté du Conseil général des Hospices, du 26 juin 1811, portant que les élèves sages-femmes de la Maternité seront dressées à la pratique de la saignée. M. 1940, reg. des arrêtés du Conseil, t. 12, n°. 10747, p. 462.

SAINT-ANTOINE. — RÈGLEMENT, du 24 germinal an X (14 avril 1802), sur la destination et le service de l'hôpital Saint-Antoine. M. 589, reg. des arrêtés du Conseil, t. 2, nᵒ 634, p. 132.

— ARRÊTÉ du Conseil général des Hospices, du 4 décembre 1811, portant que l'hôpital Saint-Antoine sera desservi par des sœurs de Sainte-Marthe. M. 1787, reg. des arrêtés du Conseil, t. 12, nᵒ. 11300, p. 891.

SAINT-LOUIS. — ARRÊTÉ du Conseil général des Hospices, du 2 complémentaire an XII (19 septembre 1804), qui donne aux officiers de santé de Saint-Louis, le droit de faire délivrer aux malades qu'ils jugeront en avoir besoin, la ration entière de pain et les trois quarts des autres alimens. M. 1043, reg. des arrêtés du Conseil, t. 4, nᵒ. 2453, p. 503.

— ARRÊTÉ du Conseil général des Hospices, du 2 complémentaire an XII (19 septembre 1804), qui accorde la nourriture à celui des élèves en chirurgie de l'hôpital Saint-Louis qui est de garde. M. 1045, reg. des arrêtés du Conseil, t. 4, nᵒ. 2454, p. 504.

— ARRÊTÉ du Conseil général des Hospices, du 6 nivôse an XIV (27 décembre 1805), qui ordonne l'établissement de cent lits de plus à St.-Louis, pour y recevoir des personnes attaquées

de gales simple?. M. 1283, reg. des arrêtés du
Conseil, t. 6, n°. 3161, p. 217.

— Arrêté du Conseil général des Hospices, du
12 août 1807, relatif à l'admission et au traitement des soldats de la Garde de Paris à l'hôpital Saint-Louis. M. 1503, arrêté du Conseil,
t. 8, n°. 5325, p. 435.

— Arrêté du Conseil général des Hospices, du
12 décembre 1810, portant fixation de la journée des militaires de la réserve départementale,
traités à Saint-Louis. M. 1825, reg. des arrêtés
du Conseil, t. 11, n°. 10070, p. 934.

— Lettre du préfet de la Seine, du 27 juillet
1811, qui invite l'Administration des Hospices
à faire recevoir à l'hôpital Saint - Louis les
filles publiques du département de Seine et
Oise attaquées de la maladie vénérienne.
M. 1959, c. 3, intit. *Vénériens*, n°. 143.

— Arrêté du Conseil général des Hospices, du
14 août 1811,portant que les femmes du département de Seine et Oise, attaquées de la maladie
vénérienne, seront envoyées à Saint - Louis.
M. 1965, reg. des arrêtés du Conseil, t. 12,
n°. 10949, p. 614.

— Arrêté du Conseil général des Hospices, du
1er. juillet 1812, qui établit à l'hôpital Saint-
Louis un traitement particulier pour les filles

publiques attaquées de la maladie vénérienne
et envoyées par la police. M. 2049, reg. des arrêtés du Conseil, t. 13 , n°. 12189, p. 513.

— Arrêté du Conseil général des Hospices , du
12 janvier 1814, qui nomme deux jeunes docteurs pour surveiller le service de santé à l'hôpital Saint Louis. * Reg. des arrêtés du Conseil,
t. 15, n°. 14544, p. 26.

— Arrêté du Conseil général des Hospices , du
27 avril 1814 , qui établit à l'hôpital St.-Louis
un traitement externe pour les individus attaqués de gale simple. * Reg. des arrêtés du
Conseil , t. 15 , n°. 14910 , p. 250.

SAINTE-PÉRINE (institution de). — Décret
impérial, du 10 novembre 1807, qui met l'Institution de Sainte - Périne de Chaillot, sous la
surveillance du Conseil général des Hospices.
M. 1529, c. 69, intit. *Sainte-Périne*, n°. 225.

— Arrêté du Ministre de l'intérieur, du 13 novembre 1807, relatif à la mise en possession par
l'administration de l'établissement de Sainte-
Périne. M. 1531 , c. 69, intit. *Sainte-Périne*,
n°. 225.

— Arrêté du Conseil général des Hospices, du
2 décembre 1807, qui fixe le régime des pensionnaires et des admis à l'Institution de Sainte-
Périne. M. 1537, reg. des arrêtés du Conseil,
t. 8, n°. 5707, p. 638.

— Décret impérial, du 1er. avril 1808, qui règle les conditions d'admission dans cette maison, et le trousseau qui doit être apporté par chaque admis ou pensionnaire. M. 1557, imprimé, et se trouve c. 69, intit. *Sainte-Périne*, n°. 89.

— Arrêté du Conseil général des Hospices, du 14 novembre 1810, qui exige de la part des personnes qui se font inscrire pour entrer à Sainte-Périne, la preuve qu'elles sont en état d'acquitter leurs pensions. M. 1817, reg. des arrêtés du Conseil, t. 11, n°. 9964, p. 855.

— Arrêté du Conseil général des Hospices, du 12 décembre 1810, qui fixe la somme annuelle à payer par les pensionnaires de Sainte-Périne, pour tenir lieu du trousseau exigé par les règlemens. M. 1825, reg. des arrêtés du Conseil, t. 11, n°. 10067, p. 931.

— Arrêté du Conseil, du 27 juillet 1814, portant qu'en cas de décès, la pension payée d'avance par les administrés de Sainte - Périne ne sera rendue ni à leurs héritiers, ni à ceux qui, sans être leurs héritiers, s'étoient obligés à la payer pour eux. Reg. des arrêtés du Conseil, t. 15, n°. 15347, p. 454.

SALLE D'OPÉRATIONS. — Règlement, du 4 ventôse an X (23 février 1802), portant qu'il y aura dans chaque Hôpital une salle pour

les opérations. M. 486, imprimé, et se trouve
c. 46, intit. *Service de santé.*

SALPÊTRIÈRE. — Arrêté du Ministre de l'intérieur, du 18 vendémiaire an X (10 octobre
1801), sur la destination de l'hospice de la Salpêtrière. M. 332, imprimé, et se trouve fin du
reg. 1er. des arrêtés du Conseil.

— Arrêté du Conseil général des Hospices, du
18 ventôse an X (9 mars 1802), qui fixe le
nombre des employés à l'hospice de la Salpêtrière. M. 543, reg. des arrêtés du Conseil,
t. 2, n°. 537, p. 51.

— Arrêté du Conseil général des Hospices, du
20 floréal an X (10 mai 1802), portant règlement sur la rentrée des indigentes de la Salpêtrière sorties par congé. M. 619, reg. des arrêtés du Conseil, t. 2, n°. 688, p. 180.

— Arrêté du Conseil général des Hospices, du
13 messidor an X (2 juillet 1802), portant que
les indigentes, âgées de moins de soixante ans,
qui voudront sortir de cette maison pour n'y
plus rentrer, recevront une somme de 150 fr.
une fois payée. M. 657, reg. des arrêtés du
Conseil, t. 2, n°. 830, p. 298.

— Arrêté du Conseil général des Hospices, du
24 fructidor an X (11 septembre 1802), qui
charge les officiers de santé de la Salpêtrière

de prononcer sur l'admission des folles qui se
présenteront dans cet hospice pour être traitées.
M. 691 , reg. des arrêtés du Conseil, t. 2,
n°. 985, p. 455.

— Arrèté du Conseil général des Hospices , du
30 fructidor an X (17 septembre 1802), qui
remet en activité les anciens règlemens dans
l'hospice de la Salpêtrière. M. 703, reg. des
arrêtés du Conseil, t. 2, n°. 1006, p. 471.

— Arrèté du Conseil général des Hospices, du
16 vendémiaire an XI (8 octobre 1802), qui
prescrit aux élèves en médecine et en chirurgie
de l'hospice de la Salpêtrière, de ne visiter les
malades de cette maison qu'en présence des officiers de santé. M. 715 , reg. des arrêtés du
Conseil, t. 2, n°. 1040, p. 18.

— Arrèté du Conseil général des Hospices, du
17 frimaire an XI (8 décembre 1802), qui autorise l'agent de l'hospice de la Salpêtrière à
faire délivrer au directeur de l'École de Médecine les cadavres qui sont nécessaires pour
les cours. M. 731 , reg. des arrêtés du Conseil,
t. 3, n°. 1176, p. 92.

— Arrèté du Conseil général des Hospices , du
22 frimaire an XII (14 décembre 1803), portant fixation du droit de nomination aux lits
vacans dans l'hospice de la Salpêtrière. M. 913,

reg. des arrêtés du Conseil, t. 4, n°. 1960, p. 131.

— Arrêté du Conseil général des Hospices, du 27 nivôse an XII (18 janvier 1804), qui fixe la population de l'hospice de la Salpêtrière. M. 933, reg. des arrêtés du Conseil, t. 4, n°. 2025, p. 177.

— Arrêté du Conseil général des Hospices, du 11 pluviôse an XII (1er. février 1804), qui fixe le nombre des lits à la Salpêtrière. M. 939, reg. des arrêtés du Conseil, t. 4, n°. 2051, p. 193.

— Arrêté du Conseil général des Hospices, du 27 germinal an XIII (17 avril 1805), qui autorise l'admission dans cette maison des indigens au-dessous de soixante-dix ans, pourvu qu'ils aient des infirmités incurables. M. 1115, reg. des arrêtés du Conseil, t. 5, n°. 2717, p. 217.

— Arrêté du Conseil général des Hospices, du 16 prairial an XIII (5 juin 1805), énonçant les infirmités qui peuvent remplacer l'âge de soixante-dix ans, exigé pour être admis à la Salpêtrière. M. 1145, reg. des arrêtés du Conseil, t. 5, n°. 2775, p. 283.

— Arrêté du Conseil général des Hospices, du 14 messidor an XIII (3 juillet 1805), portant

que, lorsqu'il y aura une place vacante dans
un des deux hospices de Bicêtre et de la Salpêtrière, il sera envoyé au nominateur une note
indiquant les indigens incurables âgés de plus
de soixante-dix ans qui sont domiciliés dans
leur quartier, ou résident à l'Hôtel-Dieu ou à
Saint-Louis. M. 1151, reg. des arrêtés du Conseil, t. 5, n°. 2804, p. 311.

— ARRÊTÉ du Conseil général des Hospices, du
26 février 1806, portant règlement pour l'admission des folles à la Salpêtrière. M. 1327,
reg. des arrêtés du Conseil, t. 7, n°. 3365,
p. 132.

— ARRÊTÉ du Conseil général des Hospices, du
5 mars 1806, portant que les cancéreuses pourront être admises à la Salpêtrière sur un
certificat du Bureau central d'admission et
l'ordre de l'administrateur chargé de cet hospice. M. 1329, reg. des arrêtés du Conseil, t. 7,
n°. 3384, p. 151.

— ARRÊTÉ du préfet de police, du 30 juin 1810,
qui défend aux indigens des hospices de Bicêtre
et de la Salpêtrière, qui sont en congé, de
mendier dans les rues. M. 1779, c. 12, intit.
Bicêtre, imprimé.

— ARRÊTÉ du Conseil général des Hospices, du
31 mars 1813, qui accorde un troisième élève

en pharmacie à la Salpêtrière. * Reg. des arrêtés du Conseil, t. 14 , n°. 13262 , p. 320.

— Arrêté du Conseil général des Hospices, du 16 juin 1813., qui améliore le régime des gâteuses à la Salpêtrière. * Reg. des arrêtés du Conseil , t. 14 , n°. 13582 , p. 594.

— Décision du Ministre de l'intérieur, du 23 novembre 1812 , sur le service de santé à l'hospice de la Salpêtrière. * C. 46, intit. *Service de santé*, n°. 249.

— Arrêté du Conseil général des Hospices ; du 8 décembre 1813 , relatif aux travaux faits et à faire par économie dans cette maison. * Reg. des arrêtés du Conseil , t. 14, n°. 14404, p. 1168.

— Arrêté du Conseil général des Hospices , du 15 décembre 1813, qui nomme un inspecteur du service de santé à la Salpêtrière. * Reg. des arrêtés du Conseil , t. 14, n°. 14424 , p 1186.

— Arrêté du Conseil général des Hospices, du 2 février 1814, relatif aux précautions à prendre pour l'introduction des étrangers dans l'hospice de la Salpêtrière. * Reg. des arrêtés du Conseil, t. 15 , n°. 14626, p. 81.

SALUBRITÉ DES SALLES DANS LES HOPI-TAUX ET HOSPICES. — Arrêté du Conseil général des Hospices , du 4 complémentaire

an XI (21 septembre 1803) , qui prescrit des
mesures de salubrité dans les salles des Hôpitaux et Hospices. M. 871 , reg. des arrêtés du
Conseil , t. 3 , n°. 1722 , p. 499.

SAPEURS-POMPIERS. — LETTRE du préfet de
police , du 27 mars 1812 , indiquant les Hôpitaux dans lesquels doivent être envoyés les
sapeurs-pompiers malades. M. 2035 , c. 35 ,
intit. *Préfet de Police* , n°. 54.

SCEAU DE L'ÉTAT. — Loi du 6 pluviôse an XIII
(26 janvier 1805), qui fixe le sceau de toutes
les autorités. M. 1073 , *Bulletin des lois* 30 ,
n°. 498 , p. 250 , 4e. série.

SCEAUX ET TIMBRES. — DÉCRET IMPÉRIAL ,
du 29 ventôse an XIII (20 mars 1805) , relatif
aux sceaux et timbres destinés aux autorités
administratives. M. 1103 , *Bulletin des lois* 37 ,
n°. 641 , p. 398 , 4e. série.

SECOURS. — Loi, du 19 mars 1793 , portant
nouvelle organisation des secours publics dans
l'étendue du royaume. M. 93 , Recueil de lois ,
t. 6 , p. 463.

Cette même loi défend les distributions publiques
de secours dans les rues ou aux portes des
maisons , et ordonne l'établissement de sous-
criptions pour concourir au soulagement des
pauvres.

— Loi, du 28 juin 1793, relative aux secours à accorder aux enfans et aux mères nourrices, aux vieillards indigens; cette même loi ordonne la formation des rôles de secours. M. 99, Recueil de lois, t. 7, p. 160.

— Loi, du 24 vendémiaire an II (15 octobre 1793), sur les moyens de fixer les domiciles des indigens secourus. M. 129, Recueil de lois, t. 7, p. 490.

— Loi, du 10 vendémiaire an IV (2 octobre 1795), qui, en fixant les attributions des six Ministres, donne au Ministre de l'intérieur la surveillance des Hôpitaux et Secours. M. 163, *Bulletin des lois* 192, n°. 1153, 1re. série.

— Loi, du 27 vendémiaire an VII (18 octobre 1798), qui ordonne la perception d'un octroi pour l'acquit des dépenses locales de la commune de Paris, et notamment celles des Hospices et Secours. M. 197, *Bulletin des lois* 232, n°. 2085, 2e. série.

— Loi, du 11 frimaire an VII (1er. décembre 1798), sur les moyens d'acquitter les dépenses des Hospices et Secours. M. 209, *Bulletin des lois* 247, n°. 2220, 2e. série.

— Arrêté des Consuls, du 29 germinal an IX (12 avril 1801), qui réunit l'administration

des Secours à domicile aux attributions du
Conseil. M. 247, imprimé.

— Arrêté du Ministre de l'intérieur, du 18 floréal an IX (28 mai 1801), relatif à la réorganisation des Bureaux de bienfaisance. M. 267,
imprimé.

— Arrêté du Ministre de l'intérieur, du 8 vendémiaire an X (30 septembre 1801), sur
l'administration des secours à domicile de la
ville de Paris. M. 311, imprimé.

— Lettre du Ministre de l'intérieur, de nivôse
an X (1801), sur les secours à domicile. *
Collection des lettres et instructions du Ministre de l'intérieur, t. 4, p. 58.

— Arrêté du Conseil général des Hospices, du
30 vendémiaire an XI (22 octobre 1802),
relatif aux secours extraordinaires aux indigens. M. 723, reg. des arrêtés du Conseil,
t. 3, n°. 1087, p. 40.

— Règlement du Conseil général des Hospices,
adopté en sa séance du 15 brumaire an XIV
(6 novembre 1805), qui fixe les attributions
du Bureau des secours à domicile. M. 1254,
reg. des arrêtés du Conseil, t. 6, n°. 3026,
p. 153.

— Arrêté du Conseil général des Hospices, du
20 janvier 1808, qui met 3000 francs à la

disposition des membres de l'Agence des secours pour les cas urgens et imprévus. M. 1547,
reg. des arrêtés du Conseil, t. 9, n°. 5902,
p. 38.

— Arrêté du Ministre de l'intérieur, du 12 août
1813, sur la réorganisation des secours à domicile de Paris. * Imprimé, et se trouve c. 48,
intit. *Agence des secours.*

— Arrêté du Ministre de l'intérieur, du 28 octobre 1813, portant règlement pour la nouvelle
organisation des secours à domicile de Paris. *
Imprimé, et se trouve c. 48, intit. *Agence des
secours.*

SECRÉTAIRE GÉNÉRAL DE L'ADMINIS-
TRATION DES HOSPICES. — Arrêté du
Ministre de l'intérieur, du 8 floréal an IX
(28 avril 1801), qui fixe les attributions du
secrétaire général. M. 250, imprimé.

— Arrêté du Conseil général des Hospices, du
16 fructidor an IX (3 septembre 1801), portant
que le secrétaire général sera tenu d'habiter
personnellement le logement qui lui est assigné.
M. 294, imprimé, et inséré fin du reg. 1ᵉʳ. des
arrêtés du Conseil.

— Arrêté du Ministre de l'intérieur, du 6 fructidor an XI (24 août 1803), portant qu'il n'y
aura pour l'Administration des Hospices qu'un

seul secrétaire général. M. 846, imprimé, et inséré fin du reg. 1ᵉʳ. des arrêtés du Conseil, t. 3, p. 449.

— Arrêté du Conseil général des Hospices, du 2 complémentaire an XI (19 septembre 1803), portant que les pièces transmises à l'Administration des Hospices seront réparties dans les divisions par le bureau du secrétaire général. M. 864, reg. des arrêtés du Conseil, t. 3, n°. 1717, p. 496.

— Arrêté du Conseil général des Hospices, du 26 vendémiaire an XII (19 octobre 1803), qui fixe à 6000 francs le traitement du secrétaire général. M. 889, reg. des arrêtés du Conseil, t. 4, n°. 1805, p. 45.

— Arrêté du Conseil général des Hospices, du 10 brumaire an XII (2 novembre 1803), qui charge le secrétaire général de signer toutes les expéditions des arrêtés et autres actes de l'Administration. M. 901, reg. des arrêtés du Conseil, t. 4, n°. 1863, p. 76.

— Arrêté du Conseil général des Hospices, du 7 germinal an XII (28 mars 1804), qui charge le secrétaire général de légaliser la signature des agens de surveillance des Hôpitaux et Hospices. M. 971, registre des arrêtés du Conseil, t. 4, n°. 2133, p. 256.

— Arrêté du Ministre de l'intérieur, du 23 avril

40

1814, qui donne un adjoint au secrétaire général. * C. 66, intit. *Nomination à des places*, n°. 72.

SECRÉTARIAT GÉNÉRAL DE L'ADMINISTRATION DES HOSPICES. — Instructions du Conseil général des Hospices, du 6 brumaire an X (28 octobre 1801), qui fixent les attributions du secrétariat de l'Administration des Hospices. M. 362, imprimées, et insérées fin du registre 1er. des arrêtés du Conseil.

— Arrêté du Conseil général des Hospices, du 1er. complémentaire an XIII (18 septembre 1805), qui fixe les attributions du secrétariat. M. 1245, reg. des arrêtés du Conseil, t. 5, n°. 2922, p. 415, et imprimé.

— Arrêté du Conseil général des Hospices, du 19 mai 1813, qui charge le secrétariat des impressions communes aux divisions de l'Administration. * Reg. des arrêtés du Conseil, t. 14, n°. 13448, p. 474.

— Arrêté du Ministre de l'intérieur, du 27 juillet 1814, qui réunit le Bureau du domaine de l'Administration des Hospices au Bureau du secrétariat, et qui, en nommant membre de la Commission administrative le secrétaire général adjoint, le charge de la division des domaines. * C 66, intit. *Nomination à des places*, n°. 115.

SÉJOUR DES MALADES DANS LES HOPI-
TAUX. — Arrêté du Conseil général des
Hospices, du 30 juillet 1806, qui fixe à trois
mois au plus le séjour des malades dans un
hôpital. M. 1416, reg. des arrêtés du Conseil,
t. 7, n°. 3849, p. 547.

SÉPULTURES. — Décret impérial, du 23 prairial an XII (12 juin 1804), qui règle les endroits
destinés aux sépultures, et permet aux autorités de faire des concessions pour des sépultures particulières, à la charge de faire un don
aux pauvres. M. 1015, *Bulletin des lois 5*,
n°. 25, p. 75, 4°. série.

SERVICE DE SANTÉ. — Règlement du 4 ventôse an X (23 février 1802), portant règlement
du service de santé dans les Hôpitaux et Hospices. M. 471, imprimé, et se trouve c. 46,
intit. *Service de santé.*

— Arrêté du Conseil général des Hospices, du
20 floréal an X (10 mai 1802), qui organise
le service de santé à l'hôpital des Enfans. M. 615,
reg. des arrêtés du Conseil, t. 2, n°. 685,
p. 175.

— Arrêté du Ministre de l'intérieur, du 11 messidor an X (30 juin 1802), sur le service de
santé à l'hospice de la Maternité. M. 649, imprimé, et un exemplaire est déposé dans le
c. 11, intit. *Maternité.*

40 *

— Arrêté du Conseil général des Hospices, du
16 thermidor an X (4 août 1802), qui règle
la manière dont le service de santé doit être
fait à la Maternité. M. 684, rég. des arrêtés
du Conseil, t. 2, n°. 913, p. 365.

— Arrêté du Conseil général des Hospices, du
4 complémentaire an XI (21 septembre 1803),
sur les soins à donner aux malades, et à la
salubrité des salles. M. 871, reg. des arrêtés
du Conseil, t. 3, n°. 1722, p. 499.

— Arrêté des Consuls, du 9 frimaire an XII
(1ᵉʳ. décembre 1803), relatif au traitement
des militaires malades reçus dans les Hôpitaux
civils. M. 911, *Bulletin des lois* 330, n°. 3428,
p. 194, 3ᵉ. série.

— Arrêté du Conseil général des Hospices, du
24 janvier 1810, portant règlement relatif aux
élèves en médecine et en chirurgie des Hôpitaux et Hospices civils de Paris. M. 1751,
reg. des arrêtés du Conseil, t. 11, n°. 8900,
p. 58.

— Arrêté du Ministre de l'intérieur, du 21 avril
1810, portant règlement supplémentaire pour
le service de santé des Hôpitaux et Hospices.
M. 1763, c. 46, intit. *Service de santé*, n°. 137.

— Arrêté du Conseil général des Hospices, du
28 novembre 1810, portant que lorsqu'une

place d'élève interne sera vacante, il y sera
pourvu provisoirement en appelant successive-
ment les élèves mentionnés honorablement dans
le procès-verbal du jury du concours précédent. M. 1819, reg. des arrêtés du Conseil,
t. 2, n°. 10029, p. 902.

SERVICES RELIGIEUX. — Décret impérial,
du 19 juin 1806, concernant l'acquit des services religieux dus par les biens dont les Hospices et les Bureaux de bienfaisance ont été
envoyés en possession. M. 1355, *Bulletin des
lois* 101, n°. 1667, p. 241, 4e. série.

SERVITEURS A GAGES. — Instructions du 6
brumaire an X (28 octobre 1801), qui mettent
les serviteurs à gages sous les ordres des agens
de surveillance. M. 380, imprimées, et insérées
fin du reg. des arrêtés du Conseil, t. 1er.

SITUATION DE LA CAISSE. — Arrêté du
Ministre de l'intérieur, du 20 vendémiaire
an XIV (2 octobre 1805), portant que la situation de la caisse sera mise sous les yeux du
Conseil aussi souvent que le Conseil l'exigera.
M. 1228, c. 31, intit. *Règlemens généraux*,
n°. 11.

— Arrêté du Conseil général des Hospices, du
12 juillet 1809, portant que l'état de la situation de la caisse sera communiqué tant au

préfet qu'au Conseil. M. 1697, reg. des arrêtés
du Conseil , t. 10 , n°. 8002, p. 538.

SOEURS DE LA CHARITÉ. — Délibération
de l'École de Médecine, du 9 pluviôse an X
(28 janvier 1802), approuvée par le Ministre
de l'intérieur, le 3 ventôse an X (22 février
1802) , sur les médicamens dont la préparation
peut être confiée aux sœurs. M. 467, imprimée;
un exemplaire est déposé dans le c. 46 , intit.
Service de santé.

— Arrêté des Consuls, du 24 vendémiaire an XI
(16 octobre 1802), portant rétablissement, pour
le service des malades et des pauvres, des sœurs
dites *de la Charité.* M. 721 , c. 1er., intit.
Hôtel-Dieu.

— Arrêté des Consuls, du 24 vendémiaire an XI
(16 octobre 1802), qui leur permet de porter
leur costume, et qui les soumet dans l'ordre
religieux à la juridiction des évêques; et pour
le service des malades, aux administrateurs
des Hospices. M. 721, c. 1er., intit. *Hôtel-
Dieu.*

— Arrêté du Conseil général des Hospices, du
1er. ventôse an XIII (20 février 1805), portant qu'il sera donné à chacune des sœurs attachées dans les établissemens hospitaliers , un
couvert et une timbale en argent. M. 1085 ,

reg. des arrêtés du Conseil, t. 5, n°. 2655, p. 159.

— DÉCRET IMPÉRIAL, du 2 germinal an XIII (23 mars 1805), qui met les sœurs de Charité sous la protection de Madame mère de l'Empereur. M. 1105, c. 34, intit. *Préfet de la Seine*, n°. 146.

— DÉCRET IMPÉRIAL, du 18 février 1809, relatif aux filles de charité qui se consacrent aux soins des malades et infirmes. M. 1645, *Bulletin des lois* 225, n°. 4127, p. 39, 4ᵉ. série.

— ARRÈTÉ du Conseil général des Hospices, du 18 avril 1810, qui autorise l'agent de chaque maison à recevoir la signature de la supérieure sur les états d'appointemens, pour toute la communauté. M. 1761, reg. des arrêtés du Conseil, t. 2, n°, 9210, p. 283.

— ARRÈTÉ du Conseil général des Hospices, du 4 juillet 1810, qui alloue une somme de 200 fr. à chacune des sœurs de Charité des Incurables-Femmes pour leur trousseau, et qui fixe leur traitement à 200 francs. M. 1781, reg. des arrêtés du Conseil, t. 2, n°. 9469, p. 473.

— ARRÈTÉ du Ministre de l'intérieur, du 28 octobre 1813, portant qu'il y aura des sœurs de Charité attachées à chacun des Bureaux de bienfaisance. * Imprimé, et se trouve c. 48, intit. *Agence des secours.*

SOEURS SUPÉRIEURES. — Arrêté du Conseil, du 16 novembre 1814, qui charge les sœurs supérieures qui remplissent les fonctions d'économes, de signer tous les récépissés des fournisseurs, conjointement avec les agens de surveillance. Reg. des arrêtés du Conseil, t. 15, n°. 16026, p. 822.

SOEURS DE SAINTE-MARTHE. — Décret impérial, du 14 juin 1810, contenant brevet d'institution des sœurs de Sainte-Marthe de Paris, et approbation de leurs statuts. M. 1775, *Bulletin des lois* 296, n°. 5601, p. 520, 4°. série.

SOMMIER. — Arrêté du Conseil général des Hospices, du 4 mai 1808, relatif à la confection du sommier à dresser chaque année dans le Bureau du domaine. M. 1571, reg. des arrêtés du Conseil, t. 9, n°. 6284, p. 262.

SOMMIER DES DETTES. — Instructions du Conseil général des Hospices, du 6 brumaire an X (28 octobre 1801), sur l'établissement, au commencement de chaque année, d'un sommier pour les dettes fixes et permanentes des Hospices. M. 367, imprimées, et insérées fin du reg. 1er. des arrêtés du Conseil.

SOMMIER DES RECETTES. — Instructions du Conseil, du 6 brumaire an X (28 octobre 1801), sur l'établissement, au commencement

de chaque année ; d'un sommier pour les recettes. M. 367, imprimées, et insérées fin du
reg. 1ᵉʳ. des arrêtés du Conseil.

SOMMIERS DES RECETTES. — Arrêté du
préfet de la Seine, du 31 décembre 1810, qui
fixe le mode à suivre pour la tenue des sommiers des revenus qui doivent, chaque année,
être dressés dans le Bureau du Domaine.
M. 1834, c. 29, intit. *Service général et
Comptabilité*, n°. 91.

SOUMISSIONS. — Arrêté du Conseil général
des Hospices, du 1ᵉʳ. complémentaire an XIII
(17 septembre 1805), qui fixe la forme à
donner aux soumissions pour la fourniture des
objets nécessaires à l'approvisionnement des
Hospices. M. 1213, reg. des arrêtés du Conseil,
t. 5, n°. 2922 *bis*, p. 415.

SOURDS-MUETS ET AVEUGLES. — Loi, du
16 vendémiaire an V (7 octobre 1796), portant que les Établissemens destinés aux sourds-
muets et aveugles resteront à la charge du
trésor. M. 171, *Bulletin des lois* 81, n°. 753,
2ᵉ. série.

SPECTACLES. — Loi, du 7 frimaire an V
(27 novembre 1796), qui établit au profit
des indigens un droit sur les billets d'entrée
dans les spectacles. M. 179, *Bulletin des lois* 94,
n°. 890, 2ᵉ. série.

41

— Arrêté du Conseil général des Hospices, du 4 prairial an IX (24 mai 1801), qui défend de mener les enfans des Hospices aux spectacles. M. 265, reg. des arrêtés du Conseil, t. 1ᵉʳ., n°. 89, p. 99.

— Arrêté du Conseil général des Hospices, du 26 fructidor an IX (13 septembre 1801), relatif à la perception du droit des pauvres sur les spectacles. M. 305, reg. des arrêtés du Conseil, t. 1ᵉʳ., n°. 256, p. 230.

— Avis du Conseil d'État, du 29 thermidor an XIII (17 août 1805), sur les billets d'entrée gratis dans les salles de spectacles. M. 1199, c. 34, intit. *Préfet de la Seine*, n°. 9.

— Décret impérial, du 9 décembre 1809, qui proroge indéfiniment le droit des pauvres sur les spectacles, bals, etc. M. 1719, c. 59, intit. *Spectacles*, n°. 25.

— Instructions du Ministre de l'intérieur, du 19 décembre 1809, relatives à la prorogation indéfinie du droit des pauvres sur les spectacles. M. 1721, c. 59, intit. *Spectacles*, n°. 26.

— Arrêté du Conseil général des Hospices, du 16 août 1810, qui met la surveillance du droit des pauvres sur les spectacles, dans les attributions de la quatrième division. M. 1787, reg. des arrêtés du Conseil, t. 2, n°. 9654, p. 595.

SU

— Arrêté du Conseil général des Hospices , du 5 décembre 1810, relatif aux relevés à faire sur les registres des divers spectacles, par les contrôleurs de la régie. M. 1821, reg. des arrêtés du Conseil , t. 2, n°. 1005², p. 916.

— Décision du Ministre de l'intérieur , du 8 avril 1813, portant cahier des charges et adjudication pour cinq ans à un directeur, de la perception du droit des pauvres sur les spectacles; les cinq ans ont commencé le 1ᵉʳ janvier 1813. * C. 59, intit. *Spectacles,* n°. 89.

STATUTS. — Décret impérial , du 14 juin 1810, qui approuve les statuts des sœurs de Sainte-Marthe. M. 1775, *Bulletin des lois* 296, n°. 5601, p. 520, 4ᵉ. série.

— Décret impérial, du 26 décembre 1810, portant approbation des statuts des dames hospitalières de l'Hôtel-Dieu (ordre de Saint-Augustin). M. 1827, *Bulletin des lois* 341, n°. 6365, p 758, 4ᵉ. série; et aussi dans le c. 1ᵉʳ., intit. *Hôtel-Dieu.*

— Décret impérial, du 19 janvier 1811, portant approbation des statuts de la congrégation de l'institution charitable dite de *Saint-Maur.* M. 1909, *Bulletin des lois* 349 , n°. 6508, p. 146, 4ᵉ. série.

SURNUMÉRAIRES. — Arrêté du Conseil gé-

41 *

néral des Hospices, du 16 fructidor an IX
(3 septembre 1801), qui défend d'admettre
des surnuméraires dans les bureaux de l'Administration des Hospices. M. 293 , imprimé, et
fin du reg. 1ᵉʳ. des arrêtés du Conseil.

SURVEILLANCE DES HOPITAUX ET HOS-
PICES. — Arrêté du Conseil général des Hospices, du 14 nivôse an X (4 janvier 1802),
portant que les Hôpitaux et Hospices seront
partagés, pour la surveillance spéciale , entre
les membres du Conseil général. M. 395 ,
reg. des arrêtés du Conseil, t. 1ᵉʳ., n°. 435,
p. 367.

SURVEILLANTES REPOSANTES. — Arrêté
du Conseil général des Hospices, du 26 vendémiaire an XII (19 octobre 1803), portant
que chaque année il sera délivré du bois, de la
chandelle et de l'argent aux surveillantes reposantes. M. 893 , reg. des arrêtés du Conseil,
t. 4, n°. 1819, p. 51.

T.

TAXE DE GUERRE. — Lettre du préfet de
la Seine, du 6 mars 1806, portant que la taxe
de guerre établie sur les propriétés foncières
doit être supportée par ceux qui sont chargés
d'acquitter les contributions foncières. M. 1331,
e. 44 , intit. Baux, n°. 44.

TAXES. — ARRÊTÉ du Conseil général des Hospices, du 24 décembre 1811, portant que les taxes exigées pour réparations d'églises, etc., des communes où sont situées les fermes et terres des Hospices, seront acquittées par l'Administration. M. 2003, reg. des arrêtés du Conseil, t. 12, n°. 11405, p. 960.

TEIGNEUX. — ARRÊTÉ du Conseil général des Hospices, du 11 prairial an X (31 mai 1802), portant que les orphelins attaqués de la teigne seront envoyés à Saint-Louis. M. 627, reg. des arrêtés du Conseil, t. 2, n°. 735, p. 219.

— ARRÊTÉ du Conseil général des Hospices, du 31 décembre 1806, portant que les teigneux seront traités au Bureau central d'admission, à Saint-Louis et aux Enfans-Malades. M. 1433, reg. des arrêtés du Conseil, t. 7, n°. 4431, p. 927.

— ARRÊTÉ du Conseil général des Hospices, du 19 avril 1809, portant que les teigneux continueront à être traités au Bureau central et à l'hôpital des Enfans. M. 1657, reg. des arrêtés du Conseil, t. 10, n°. 7611, p. 322.

— ARRÊTÉ du Conseil général des Hospices, du 6 juin 1810, portant qu'il ne sera reçu à l'hôpital des Enfans aucun teigneux, à moins qu'il n'ait une autre maladie. M. 1767, reg. des arrêtés du Conseil, t. 11, n°. 9401, p. 417.

TERRAINS ET MARAIS. — Arrêté du Conseil général des Hospices, du 4 mars 1812, qui demande que les terrains et marais soient exceptés de la vente des biens des Hospices. M. 2023, reg. des arrêtés du Conseil, t. 13, n°. 11712, p. 203.

— Lettre du Ministre de l'intérieur, du 1ᵉʳ. août 1812, portant que toutes les propriétés urbaines des Hospices doivent être vendues, y compris les terrains et marais. * C. 43, intit. *Ventes et Aliénations des biens*, n°. 151.

TESTAMENS — Loi, du 13 floréal an XI (13 mai 1803), relative aux testamens et aux actes de donations. M. 801, *Bulletin des lois* 279, n°. 2767, p. 297, 3ᵉ. série.

TIMBRE. — Loi, du 13 brumaire an VII (3 novembre 1798), sur le timbre. M. 203, *Bulletin des lois* 237, n°. 2136, 2ᵉ. série.

— Arrêté des Consuls, du 23 floréal an XI (13 mai 1803), sur les droits de timbre des procès-verbaux de ventes des biens nationaux. M. 807, *Bulletin des lois* 382, n°. 2778, p. 427, 3ᵉ. série.

— Décret impérial, du 4 messidor an XIII (23 juin 1805), qui assujétit au timbre certains actes et registres relatifs aux administrations publiques. M. 1149, *Bulletin des lois* 49, n°. 826, p. 235, 4°. série.

TIMBRE ET ENREGISTREMENT. — Décret impérial, du 17 juillet 1808, concernant les droits de timbre et d'enregistrement à la charge des communes et établissemens publics. M. 1593, *Bulletin des lois* 198, n°. 3582, p. 17, 4°. série.

TIMBRES ET SCEAUX. — Décret impérial, du 29 ventôse an XIII (20 mars 1805), relatif aux timbres et sceaux destinés aux autorités administratives. M. 1103, *Bulletin des lois* 57, n°. 641, 4°. série, p. 398.

TISSERANDS INDIGENS. — Arrêté du Conseil général des Hospices, du 8 vendémiaire an X (30 septembre 1801), portant qu'il pourra être délivré par l'établissement de la filature, du fil aux tisserands indigens, pour leur faciliter les moyens de travailler. M. 509, reg. des arrêtés du Conseil, t. 1er. n°. 278, p. 249.

TITRES DES PROPRIÉTÉS. — Arrêté du Conseil général des Hospices, du 20 novembre 1811, qui autorise le secrétaire général à donner aux acquéreurs des maisons des Hospices des extraits des titres des propriétés par eux acquises. M. 1983, reg. des arrêtés du Conseil, t. 12, n°. 11269, p. 867.

TIVOLI. — Décret, du 25 septembre 1813, qui fixe au dixième de la recette brute le droit des pauvres à percevoir sur l'établissement de Tivoli. * C. 59, intit. *Spectacles*, n°. 242.

TOILES. — Arrêté du Conseil général des Hospices, du 29 août 1810, portant que les toiles nécessaires aux Hôpitaux et Hospices seront prises autant que possible à la filature. M. 1667, reg. des arrêtés du Conseil, t. 11, n°. 9696, p. 618.

— Arrêté du Conseil général des Hospices, du 10 juillet 1811, relatif au blanchîment des toiles fabriquées à la filature. M. 1957, reg. des arrêtés du Conseil, t. 12, n°. 10819, p. 530.

— Arrêté du Conseil général des Hospices, du 10 novembre 1813, relatif aux toiles fabriquées à la filature pour le service des Hôpitaux et Hospices. * Reg. des arrêtés du Conseil, t. 14, n°. 14272, p. 1076.

TRAITEMENS. — Arrêté du Gouvernement, du 25 vendémiaire an X (17 octobre 1801), sur le mode de paiement des traitemens des employés, etc. M. 357, *Bulletin des lois* 116, n°. 925, p. 146, 3e. série.

— Arrêté du Conseil général des Hospices, du 4 vendémiaire an XIII (26 septembre 1804), portant que les traitemens des membres de la

Commission seront pris sur les dépenses générales. M. 1049, reg. des arrêtés du Conseil,
t. 5. n°. 2455, p. 1.

TRANSACTIONS. — Circulaire du Ministre
de l'intérieur, du 16 mai 1809, qui invite les
Préfets à fournir trois copies de chaque tran-
saction dont les communes et les Administrations des Hospices solliciteront l'approbation. *
Circulaire et instructions du Ministre, t. 9,
p. 269.

TRAVAUX. — Décision du Ministre de l'intérieur, du 28 vendémiaire an XIII (21 octobre
1804), relative aux travaux à établir dans les
Hospices pour occuper les indigens. M. 1051,
c. 34, intit. *Préfet de la Seine*, n°. 38.

— Lettre du préfet de la Seine, du 23 mai 1809,
sur les travaux d'urgence exécutés et à exécuter
dans les Hôpitaux et Hospices. M. 1673, c. 31,
intit. *Règlemens généraux*, n°. 93.

— Arrêté du Conseil général des Hospices, du
2 septembre 1812, qui nomme une Commission
chargée de l'examen des dépenses en travaux,
fournitures, etc. M. 2059, reg. des arrêtés du
Conseil, t. 13, n°. 12437, p. 690.

TRONCS ET QUÊTES. — Arrêté du Ministre
de l'intérieur, du 5 prairial an XI (25 mai
1803), qui autorise les administrateurs des

Hospices à faire des quêtes et à établir des troncs dans les églises et autres lieux publics, pour le soulagement des pauvres. M. 809, c. 34, intit. *Préfet de la Seine*, n°. 3378.

TROUSSEAU. — ARRÊTÉ du Conseil général des Hospices, du 10 brumaire an XII (2 novembre 1803), qui fixe le trousseau à fournir aux enfans placés en apprentissage. M. 899, reg. des arrêtés du Conseil, t. 4, n°. 1860, p. 74.

— ARRÊTÉ du Conseil général des Hospices, du 24 brumaire an XII (16 novembre 1803), qui fixe la pension accordée pour les enfans placés à la campagne au-dessous de douze ans, et le trousseau à fournir aux enfans âgés de plus de douze ans. M. 909, reg. des arrêtés du Conseil, t. 4, n°. 1897, p. 95.

— ARRÊTÉ du Conseil général des Hospices, du 12 décembre 1810, portant fixation du trousseau à fournir par les pensionnaires ou admis à Sainte-Périne. M. 1823, reg. des arrêtés du Conseil, t. 11, n°. 10067, p. 931.

— ARRÊTÉ du préfet de la Seine, du 20 avril 1812, qui fixe le trousseau à fournir par le Bureau du placement, aux enfans placés en apprentissage. M. 2041, c. 18, intit. *Orphelins*, n°. 93.

TUTELLE. — LOI, du 27 frimaire an V (17 décembre 1796), qui nomme les membres des Commissions administratives des Hospices, Conseil de tutelle sous la présidence du président de l'Administration municipale. M. 347, *Bulletin des lois* 97, n°. 914, 2°. série.

— Loi, du 15 pluviôse an XIII (4 février 1805), relative à la tutelle des enfans admis dans les Hospices. M. 1079, *Bulletin des lois* 31, n°. 526, p. 269, 4°. série.

— Décret impérial, du 19 janvier 1811, qui met les enfans trouvés et abandonnés, et les orphelins placés dans les Hospices, sous la tutelle des Commissions administratives des Hospices. M. 1903, *Bulletin des lois* 346, n°. 6478, p. 82, 4°. série.

V.

VACCINATION. — Arrèté du Conseil général des Hospices, du 26 juin 1811, sur la vaccination des enfans apportés à la Maternité. M. 1937, reg. des arrétés du Conseil, t. 12, n°. 10747, p. 462.

— Arrèté du Conseil général des Hospices, du 21 juillet 1813, relatif aux enfans envoyés en nourrice sans être vaccinés. * Reg. des arrêtés du Conseil, t. 14, n°. 13751, p. 708.

— Arrèté du Conseil général des Hospices, du 19 octobre 1814, portant qu'à l'avenir il ne sera admis aucun enfant dans les écoles de charité dirigées par les Bureaux de bienfaisance, si les parens ne produisent un certificat qui atteste que l'enfant a été vacciné. Reg. des arrêtés du Conseil, t. 15, mention p. 714.

— Arrêté du Conseil, du 16 novembre 1814, portant qu'il pourra être accordé des primes aux médecins et chirurgiens qui feront le plus de vaccinations. Reg. des arrêtés du Conseil, t. 15, n°. 16044, p. 856.

— Arrêté du Conseil, du 23 novembre 1814, portant qu'il sera distribué des jetons de présence aux médecins et chirurgiens qui procéderont aux prochaines vaccinations gratuites. Arrêté du Conseil, t. 15, n°. 16068, p. 849.

VACCINE. — Instructions du Comité central de la vaccine, du 24 vendémiaire an XI (16 octobre 1802), sur l'origine et l'inoculation de la vaccine. * Lettres et instructions du ministère de l'intérieur, t. 4, p. 403.

— Arrêté du Conseil général des Hospices, du 24 messidor an XI (13 juillet 1803), qui met une maison rue du Battoir, à la disposition du Comité central de la vaccine. M. 833, reg. des arrêtés du Conseil, t. 3, n°. 1572, p. 379.

— Arrêté du Conseil général des Hospices, du 24 messidor an XI (13 juillet 1803), qui or-

donne que tous les enfans apportés à la Maternité seront vaccinés. M. 835, reg. des arrêtés
du Conseil, t. 3, n°. 1575, p. 380.

— Arrêté du Conseil général des Hospices, du
12 vendémiaire an XII (5 octobre 1803), qui
met la vaccine dans les attributions de la
deuxième division. M. 881 , reg. des arrêtés
du Conseil, t. 4, n°. 1774, p. 28.

— Arrêté du Ministre de l'intérieur, an XII
(1803-1804), portant création du Comité central de vaccine. * Collection des lettres et instructions du ministère, t. 5, p. 116.

— Arrêté du Conseil général des Hospices, du
25 floréal an XIII (15 mai 1805), qui fixe le
loyer de la maison occupée par le Comité central de la vaccine. M. 1143, reg. des arrêtés
du Conseil, t. 5, n°. 2745, p. 257.

— Arrêté du Conseil général des Hospices, du
18 juillet 1810, qui ordonne que tous les enfans conduits aux Orphelins, qui n'ont pas eu
la petite vérole et qui n'ont pas été vaccinés,
seront envoyés à l'hospice de la Vaccine. M. 1785,
reg. des arrêtés du Conseil, t. 2, n°. 9532, p. 510.

VÉNÉRIENS (hôpital des). Arrêté du Conseil
général des Hospices, du 13 frimaire an XIV
(4 décembre 1805), portant qu'il sera entretenu à l'hôpital des Vénériens un élève en

pharmacie aux frais de l'hospice de la Maternité. M. 1269, reg. des arrêtés du Conseil, t. 6, n°. 3107, p. 180.

— Arrêté du Conseil général des Hospices, du 4 mai 1808, qui règle le mode d'admission dans l'hôpital des Vénériens, et qui établit près de cet hôpital un traitement payant. M. 1569, reg. des arrêtés du Conseil, t. 9, n°. 6270, p. 256.

VÉNÉRIENS (maison de santé des). — Arrêté du Conseil général des Hospices, du 3 août 1808, sur l'établissement d'une maison de santé près l'hôpital des Vénériens, et la fixation de la police et du régime de cet établissement. M. 1595, reg. des arrêtés du Conseil, t. 9, n°. 6586, p. 434.

— Arrêté du Conseil général des Hospices, du 28 juin 1809, portant règlement provisoire pour la maison de santé établie près l'hôpital des Vénériens. M. 1685, reg. des arrêtés du Conseil, t. 10, n°. 7937, p. 503.

— Arrêté du Conseil général des Hospices, du 26 juillet 1809, qui fixe le prix d'admission à la maison de santé des Vénériens. M. 1699, reg. des arrêtés du Conseil, t. 10, n°. 8061, p. 574.

— Règlement particulier pour la maison de santé des Vénériens, et fixation du prix à payer par ceux qui y sont traités. Arrêté du Conseil, du 28 juillet 1813, * c. 3, intit. *Vénériens*, imprimé.

VENTES DES MAISONS. — Arrêté du préfet de la Seine, du 22 novembre 1811, qui ordonne le versement dans la caisse municipale des fonds provenant de la vente des maisons. M. 1985, c. 43, intit. *Ventes et aliénations des biens*, n°. 13.

— Arrêté du Conseil général des Hospices, du 11 décembre 1811, qui autorise le versement dans la caisse municipale des fonds provenant de la vente des maisons urbaines. M. 1991, reg. des arrêtés du Conseil, t. 12, n°. 11346, p. 923.

— Arrêté du Conseil général des Hospices, du 4 mars 1812, qui fixe le mode à suivre pour la vente des maisons des Hospices, et qui ordonne la réserve des terrains et marais. M. 2023, reg. des arrêtés du Conseil, t. 13, n°. 11712, p. 205.

— Lettre du Ministre de l'intérieur, du 1er. août 1812, portant que toutes les propriétés urbaines des Hospices doivent être vendues, à l'exception des maisons qui sont susceptibles d'être affectées au service des Hôpitaux et Secours. M. 2055, c. 43, intit. *Ventes et aliénations des biens*, n°. 151.

VENTE DES MAISONS URBAINES. — Modèle

de procès-verbal d'adjudication pour l'aliéna-
tiondesmaisonsurbaines desHospices. M. 2233,
c. 43, intit. *Ventes et aliénations des biens.*

VÉRIFICATEURS DES TRAVAUX. — Arrêté
du Conseil général des Hospices , du 16 fructidor an IX (3 septembre 1801), qui établit
des vérificateurs pour régler les mémoires des
entrepreneurs. M. 298, imprimé, et inséré fin
du reg. 1er. des arrêtés du Conseil.

— Arrêté du Conseil général des Hospices, du
14 germinal an XII (4 avril 1804), qui établit
des vérificateurs pour vérifier, régler et arrêter
les mémoires des entrepreneurs. M. 974, reg.
des arrêtés du Conseil , t. 4, n°. 2137, p. 273.

— Arrêté du Conseil général des Hospices , du
28 messidor an XIII (17 juillet 1805), qui
oblige les vérificateurs à remettre dans un délai
fixé les mémoires des entrepreneurs envoyés à
leur examen. M. 1161, reg. des arrêtés du
Conseil, t. 5, n°. 2825, p. 332.

— Arrêté du Conseil général des Hospices, du
26 mars 1806, qui divise la vérification des
mémoires des entrepreneurs entre les deux vérificateurs des Hospices. M. 1335, reg. des
arrêtés du Conseil, t. 7, n°. 3449, p. 213.

— Arrêté du Conseil général des Hospices , du
31 décembre 1806, qui fixe le traitement des

vérificateurs des bâtimens des Hospices à
2400 francs par an. M. 1405, reg. des arrêtés
du Conseil, t. 7, n°. 4433, p. 928.

VÉRIFICATION DES CAISSES. — Arrêté du
préfet de la Seine, du 1ᵉʳ. juillet 1811, qui ordonne que, chaque mois, les caisses placées
sous sa surveillance seront vérifiées. M. 1953,
c. 29, intit. *Service général et Comptabilité*,
n°. 155.

VÉTEMENS DITS DE PREMIÈRE COMMU-
NION. — Arrêté du Conseil général des Hospices, du 29 janvier 1812, relatif aux habits dits
de première communion pour les enfans de
la Maternité. M. 2009, reg. des arrêtés du
Conseil, t. 13, n°. 11555, p. 96.

VÊTURES DES ENFANS. — Vêtures ou
layettes à délivrer aux enfans placés en nourrice par l'hospice de la Maternité. Code spécial
de la Maternité, adopté en séance du Conseil,
les 14 et 16 pluviôse an X (3 et 5 février 1802).
M. 441, imprimé.

— Arrêté du Conseil général des Hospices, du
18 germinal an X (8 avril 1802), qui supprime
la septième vêture qui étoit délivrée aux enfans
de la Maternité. M. 577, reg. des arrêtés du
Conseil, t. 2, n°. 623, p. 116.

VIANDE CUITE. — Arrêté du Conseil général des Hospices, du 26 juin 1811 , relatif à la distribution de la viande cuite dans les Hospices. M. 1931, reg des arrêtés du Conseil, t. 12, n°. 10776, p. 501.

VINS. — Arrêté du Conseil général des Hospices, du 26 floréal an IX (16 mai 1801), relatif à la réception et à la dégustation des vins livrés pour le service des Hôpitaux et Hospices. M. 263 , reg. des arrêtés du Conseil, t. 1ᵉʳ., n°. 81, p. 90.

— Décret impérial, du 13 fructidor an XIII (31 août 1805), relatif aux brasseries et à la consommation du vin dans les Hospices. M. 1203, *Bulletin des lois* 56, n°. 936, p. 559, 4ᵉ. série.

VINS ET PAINS. — Arrêté du Conseil général des Hospices , du 18 février 1807, portant qu'à chaque séance du Conseil il sera déposé sur le bureau un échantillon de pain et un autre de vin de chacune des espèces qui se consomment dans les Hôpitaux et Hospices. M. 1463 , reg. des arrêtés du Conseil, t. 8 , n°. 4651, p. 99.

VISITES DANS LES HOPITAUX. — Arrêté du Conseil général des Hospices, du 1ᵉʳ. avril 1812, portant qu'il sera fait chaque mois une visite dans les Hôpitaux pour reconnoître les individus qui n'ont plus besoin de traitement.

M. 2037, reg. des arrêtés du Conseil, t. 13, n°. 11829, p. 278.

VISITES DANS LES HOPITAUX ET HOSPICES. — Arrêté du Ministre de l'intérieur, du 28 vendémiaire an X (20 octobre 1801), qui règle les visites à faire dans les Hospices par les membres de la Commission. M. 359, imprimé, et inséré fin du reg. 1er. des arrêtés du Conseil.

VISITEURS DES PAUVRES. — Arrêté du Ministre de l'intérieur, du 12 août 1813, portant qu'il sera attaché à chacun des Bureaux de bienfaisance des visiteurs des pauvres. * Imprimé, et se trouve c. 48, intit. *Agence des Secours.*

VOITURES. — Arrêté du Ministre de l'intérieur, du 18 germinal an X (8 avril 1802), qui alloue aux membres de la Commission administrative des frais de voiture. M. 385, c. 32, intit. *Gouvernement et Ministres.*

— Arrêté du Conseil général des Hospices, du 1er. frimaire an XI (22 novembre 1802), qui adopte un modèle de voiture pour la conduite des enfans en nourrice. M. 727, reg. des arrêtés du Conseil, t. 3, n°. 1146, p. 73.

FIN.

www.ingramcontent.com/pod-product-compliance
Lightning Source LLC
Chambersburg PA
CBHW060933030726
47503CB00003B/577